El último de los libros

Eliecer Salvador Hernández Reyes

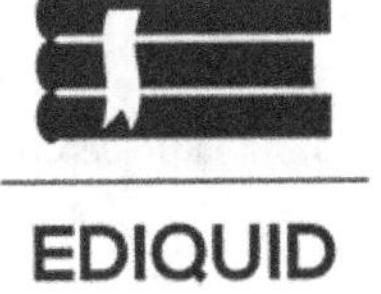

EDIQUID

EL ÚLTIMO DE LOS LIBROS
© Eliecer Salvador Hernández Reyes

Editado por: Corporación Ígneo, S.A.C.
para su sello editorial Ediquid
José Olaya 169, Ofic. 504, Miraflores. Lima, Perú
Primera edición, abril, 2025

ISBN: 978-956-6404-27-9

www.grupoigneo.com
Correo electrónico: contacto@grupoigneo.com | Teléfono: +51 955 071 270
Facebook: Grupo Ígneo | X: @editorialigneo | Instagram: @grupoigneo

Colección: Nuevas Voces

Contenido

1

Esta historia «sin final feliz» nunca pasó.

Pero, de una u otra manera, alteró la historia en general.

En el mundo había dos facciones peleadas por el agua y por el dominio de una eventual conquista de la superficie lunar.

Sin embargo, en Curicó, la tierra de las tortas, todo ocurría como todos los días. Custodiada por el cerro Condell, la avenida Camilo Henríquez estaba tapizada con puestos ambulantes y uno que otro perro callejero esperando recibir comida fuera del Top Dog, local de comida rápida. Eran las siete de la mañana y, al igual que siempre, un perro con el abdomen hinchado despertó al lado de la imprenta Alfa y ladró para pedir su desayuno. A diferencia del resto de locales de comercio, que abrían a las nueve de la mañana, la imprenta Alfa era atendida por dos viejitos que, de manera sagrada, se despertaban a las cinco de la mañana y abrían a las siete.

No tenían hijos ni parientes más jóvenes, por lo que se podía decir que su única compañía era ese perro que parecía piñata.

—¡*Menga* Globi! ¿Kimi istí, mi pirrito? ¡Qué importa que vengan menos clientes, si está usted! ¿Se entumió de frío? —dijo Pancracio.

—¿Qué tai haciendo? ¡Anda a echarte! —gritó Concrecio—. ¡Ahí está tu comida! ¡Cállate!

Ese día, como los demás, pasarían largas horas de aburrimiento tomando té y resolviendo el crucigrama del diario. El dinero no les alcanzaba para comprarse un televisor, por lo que, para matar el tiempo antes de la visita de su único cliente, escuchaban la Radio Lola, pues aún se sentían jóvenes. Mientras lo hacían, miraban con sus ojos cansados a través de la vidriera a la gente que pasaba de largo hacia el *mall* vecino sin fijarse en ellos. La vieja radio, llena de estática, chachareaba lo siguiente:

—*Nos encontramos en Santiago, en la mismísima Casa de la Moneda, con un curicano de tomo y lomo, Eduardo Witten, renombrado físico de la Universidad de Chile, quien, debido al trabajo de toda una vida, acaba de recibir el premio Feynman, galardón consistente en un aporte mensual de cien mil pesos de por vida. Eduardo, ya sabemos que eres el mejor físico del año y que resolviste las ecuaciones imposibles, pero queremos que nos cuentes de tu vida personal. ¿Cuáles son tus hobbies?*

—*Más que hobbies, son gustos algo peculiares, placeres cotidianos que, como buen científico, tengo estudiados al revés y al derecho para deleitarme a diario. Me gusta sobarme con el dedo índice la zona entre los dedos del pie, tomar sopa sorbeteándola, escuchar música de noche a la luz de las velas, consumirme en mi tina en medio de largas duchas calientes, reventar burbujas de plástico, dar largas caminatas a ningún lado y preparar y comer cabritas saladas hechas por mí; todo eso sumado al placer no tan saludable de ingerir grandes cantidades de café, manjar que me ayuda a llevar una vida sin pausas...*

—*No lo dudo. Después de todo, no puedes descuidar tu importante investigación de la nueva tesis de cuerdas que enunciaste ni mucho menos a tu hermosa e inteligente novia...*

—¡Puros chismeríos dan en la radio! —dijo Concrecio, apagando el aparato.

Entró un cliente. *La Clienta.*

—Buenos días, don Pancracio, don Concrecio. Oiga, sabe que voy a tener que reducir mi pedido. En Washington, mi local, ahora vamos a empezar a cobrar con débito, con unas maquinitas reencachadas que no usan boletas. Es por eso que ahora voy a pedirle cada semana menos boletitas, ¿ya? Dejémoslo en unas veinticinco, más o menos. ¿Tamoh?

Los viejitos no conocían qué significaba la palabra «débito», solo entendieron que debían hacer menos de las típicas boletas verdes de diez por cuatro centímetros. Si bien imprimir, cortar y empastar cien boletas semanales ya representaba poco trabajo, a los viejitos no les quedó de otra que aceptar el simbólico pedido de la Clienta. Era eso o hacer, literalmente, nada.

Cuatro palabras conformaban la pregunta que Concrecio quería hacerle a la Clienta desde hacía diez años, fecha en que llegó a imprimir donde los viejitos. Siempre estuvo enamorado de la abuela de ella y nunca tuvo el valor de ir hasta su casa para declararle todo lo que sentía. Su orgullo y su pragmatismo siempre fueron superiores al miedo al ridículo y a su propia felicidad. «Soy muy viejo para amar», se repetía a sí mismo. A Concrecio le costaba, mucho más que a Pancracio, tener el sueño romántico del amor. Cada vez que iba la Clienta, Concrecio sufría una tortura tal que, una vez que la clienta se iba, se fundía en un sentimiento de frustración que le hacía roncar por las noches. Por su parte, Pancracio amó y amaría toda una vida a su esposa, que había muerto hacía dos años.

Eran las tres de la tarde de un lunes y, para sorpresa de los viejitos, llegaría otro; sí, otro cliente.

—¡Buenas tardes! ¿Cómo están? Soy Milena Millones, concejala de Curicó, accionista de Lan y dueña del *mall* Curicó, el que está al lado.

—Mucho gusto, Pancracio Pascual para servirle, y mi compañero, Concrecio Wenefrildo. Cuéntenos, ¿gusta una impresión?

—No, no, no. Además, le tengo miedo a todos los aparatos mecánicos: líneas de frutas, mezcladoras de cemento, ruedas grandes, puertas giratorias, pero sobre todo impresoras. Vengo a hablar de negocios —dijo Milena. Mientras examinaba temerosa todos esos extraños y grandes aparatos, posó su mirada en una vieja impresora amarilla y quedó estupefacta—. ¡Esa impresora, esa forma, ese sonido! ¡La reconozco, yo ya estuve aquí!

—Seguramente nos confunde —aventuró Concrecio.

—No lo creo, ahora lo recuerdo todo, como si fuera ayer. Tenía diez años, y ahí justito, justo afuera del *mall*, cuando todavía era la pequeña multitienda Multicuricó, Sylvano Nikolichi, el de la trencita, tocaba su órgano en la calle. Mi madre era secretaria y siempre venía a imprimir unas… qué sé yo, me imagino que facturas. Ella se puso a hablar un buen rato con ustedes y yo, aburrida, metí mis manos en esta comelona —le dio unas palmaditas a la impresora.

»¡Estás más amarillenta, vieja amiga! Mientras mi mamá estaba a puro bla-bla, mi chomba se atascó por aquí, rajó mi camisa nueva y, gracias a quién sabe qué, no me trituró la mano. Mientras mi santa madre me retaba y yo llora que te llora a mares, al otro lado de la vidriera, una señora de hermosos y tubulares rulos dorados se tapó los ojos, como sintiendo vergüenza ajena. La señora iba acompañada de un niño que también me miró, no con vergüenza, sino con curiosidad y urgencia, porque no dejaba de decir: «Me hago pipí, me hago pipí».

»Ellos se fueron en breve, debido al manso *show*, espectáculo que estábamos montando yo y mi mamá. Fue la primera vez, y tal vez una de las pocas, que yo, una de las mujeres más poderosas de Curicó, me sentí rechazada, repudiada, avergonzada. Pero en la vida hay vaivenes, y ese mismo día, después de casi quedar atrapada, mi mamá me compró mi primera bicicleta justo al lado de la imprenta, en Multicuricó. Fue, paradójicamente, el día más bochornoso y más lindo de mi niñez. ¡Uy, perdón!, la nostalgia me hizo agarrar vuelo. Ejem, vayamos a lo que me convoca, iré al grano. Vengo a hablar de negocios. Me gustaría saber si su imprenta está a la venta; después de todo, quisiera agrandar el estacionamiento de mi querido *mall* Curicó.

—No —dijo Pancracio.

Minutos más tarde, Milena se fue de la imprenta algo descolocada por la negativa.

—Oye, Pancracio, ¿cómo le dijiste que no a esa mujer de dinero? —preguntó Concrecio en cuanto Milena ya no estaba.

—Se llama no venderse, viejo.

—Pero mira, viejo —dijo Concrecio, mostrándole una hoja de oficio con unos números escritos a mano—. Esto lo calculé hoy:

¡estamos empezando a tener números negativos! Tal vez a Globi le encante, pero ya estoy recontrachoreado de tener que comer arroz todos los días. Tenemos que cambiar de rubro, viejito; si no, nos vamos a morir de hambre.

—No, po, viejo. Tenemos que seguir con el trabajo que de jóvenes hacíamos con tanta pasión. ¡Es lo que hemos hecho toda una vida, el esfuerzo siempre se recompensa!

Su clienta habitual, la única, no llegaría el lunes como de costumbre, sino el viernes.

—Buenos días, don Pancracio, don Concrecio. Oiga, sabe que dejaré de venir a su imprenta, pues en el Washington no necesitamos más boletas. Ahora hacemos todos los pagos con débito. ¡Pucha! Lo siento mucho, igual agradezco todo su trabajo y su dedicación. En serio los considero mis amigos, son unas grandes personas. Espero que nos tomemos algo por ahí algún día.

—Antes que se vaya, me gustaría preguntarle algo —dijo Concrecio—: ¿cómo está su abuela?

Esas cuatro palabras hubiesen marcado la diferencia y hubieran mermado su frustración. En vez de eso, solo atinó a preguntar:

—¿Se va para siempre?

La Clienta asintió y, mientras cruzaba la puerta, Concrecio le lanzó un «espere». Concrecio pronto escribió algo en una hoja de oficio impresa con garabatos y se la pasó a la Clienta.

Querida Segismunda Tránsida:

Espero que puedas leer esto. ¡Son tantos años los que han pasado! Tal vez en otra vida nuestros caminos se juntaron, tal vez en otra historia. En esta no. Nunca tuve el valor de ir a buscarte, pero quiero hacerlo ahora.

Concrecio

Globi aulló.

Alejado de todos los flashes, en la Universidad de Chile, en Santiago, Eduardo Witten entró de golpe a la oficina del rector de la Facultad de Ciencias Exactas y, a su vez, director del proyecto Cuerdas.

—Buenos días, Witten —dijo el director—. ¿Qué lo trae a mi oficina un lunes tan temprano?

—Buenos días, señor Heisenberg. Quería expresarle una duda que está afectando mi desempeño en mi investigación sobre el proyecto Cuerdas. Comúnmente, me he caracterizado por ser una persona muy preocupada de la moral. Me enteré por conversaciones de pasillo que nuestro laboratorio está siendo patrocinado nada más y nada menos que por el conglomerado Multi. De más está recordarle que la dueña de esa empresa es Milena Millones, mujer de gran poder y de mucho dinero…

—Está en lo cierto, y sé a dónde quiere ir. Solo le recordaré que siga haciendo su trabajo y se retenga de opiniones…

—Confío en mi trabajo, sé que hago una excelente labor y que mis teorías revolucionarán la forma en que vemos la ciencia. Por eso temo que los fines para los que la señora Millones ocupe mi investigación no sean del todo morales. Puedo darle por firmado que se alejarán de los fines científicos originales.

—Le he dicho que no se preocupe, esto es una facultad de investigación, no una obra de beneficencia, así que deje de pensar cosas estúpidas y enfóquese.

—¡Estúpido es usted por aceptar subvención de semejante mercenaria! ¿Quizás hasta qué desgracia ocasionará? ¡Mi investigación no caerá en las manos equivocadas!

—¡Si es que acaso logra investigar algo! Investigación mis polainas. Ha pasado un mes desde que no me trae avances, y el último avance fueron unas ecuaciones mal hechas.

—¡Es que usted no confía en mí! Los avances están, solo los estoy perfeccionando a su tiempo. ¿Sabe qué? Desde que empezamos este proyecto solo he recibido quejas y más quejas de usted.

¡Usted no aporta nada a este proyecto! Me dan ganas de investigar por mi propia cuenta.

—Pues adelante, hágalo. Desde este momento, gracias a la autoridad que poseo aquí, la Universidad de Chile dejará de prestarle sus instalaciones.

—Pero, pero… No me puede privar de mi laboratorio. Yo ideé el proyecto Cuerdas, reforcé la teoría de las cuerdas, sus vibraciones y…

—¡Pues váyase a vibrar a otro lado! ¡Está despedido!

Milena millones era una mujer que siempre ganaba. Mediante numerosos contactos, consiguió tener una entrevista con Víctor Máximo Xanté, el presidente de Chile, primera persona transgénero haitiana en llegar al poder.

Antes de la charla, el presidente cuchicheó al oído algunas palabras con su asesor:

—¿Y esta quién es? *Oh là là*. Está *magnifique*, tiene lo suyo.

—*Bonjour*, señor presidente. Me presento de nuevo, por si acaso olvidó mi llamada telefónica. Soy Milena Millones, dueña del conglomerado Multi y concejala por Curicó. En primer lugar, debo decirle que lo admiro profundamente. Su modelo económico, que lo llevó a ser dueño de todas esas empresas, es una genialidad. Por lo general, cuando debo tomar decisiones difíciles, me pregunto a mí misma: «¿Qué haría Xanté en este momento?».

—*Merci beaucoup*, señorita Milena. Pues sí, creo que por mi cargo soy una inspiración para muchos. Antes de postular mi campaña presidencial, me preocupé de expandir mis negocios lo máximo posible. Cuando confías en tus habilidades, todo el dinero del mundo llueve a tus manos. Conozco su filosofía, señora Millones. He investigado cómo forjó su fortuna, tanto los detalles legales como los ilegales. Aquí entre nos, le confesaré que mi cargo como presidente es solo otro escalón para tener más dinero, más y mucho más, hasta rebalsar mis empresas con billetes.

—Pues me gustaría saber más de sus técnicas para hacer florecer el dinero.

—Existen numerosos *tips*. Los típicos usados en política son construir condominios con materiales de menor calidad, las típicas fotos con los bebés, comprar la mayor cantidad de medios de comunicación y todas esas cosas rimbombantes que atraen a la clase media, como que «La Roja» o los malos del Colo-Colo ganen más partidos. En fin, pan y circo, señorita Millones, además de hacer públicos todos los bienes nacionales. Pero el consejo más importante es hacer creer al resto del mundo que eres un inocente payaso. Por eso, de vez en cuando, «casualmente» pronuncio mal las palabras cuando doy discursos.

—Para mí, «marepoto» y «tusunami» fueron las mejores. No cabe duda de que usted es una fuente de sabiduría. Me gustaría que me brindara todos sus conocimientos. Estoy dispuesta a tomar riesgos por eso, hasta podría cederle parte de mis beneficios y acciones en Lan y en Multi.

El presidente no lo pensó mucho.

—Pues seamos socios. Los conglomerados siempre salen triunfando.

—Acepto, señor presidente… digo, estimado socio.

No pasó mucho tiempo hasta que, gracias a los invaluables consejos del presidente, Milena logró ganar gran popularidad en el mundo político.

«¿Por qué te postularás a alcalde de Curicó?», le preguntaban a menudo sus socios inversionistas. Ella siempre les respondía más o menos lo mismo: «Tal vez deba tener más contacto con la chusma y escuchar uno que otro problema de los barrios marginales», lo que era solo una respuesta políticamente correcta. En realidad, Milena, por un sueldo veintidós veces mayor que el sueldo mínimo, hasta sería capaz de bailarles cueca en pelotas y lavarles los pies a los flaites más drogadictos y hediondos.

La mayoría de las veces, en el mundo ordinario, triunfa el bien; pero el mundo de la política no es para nada ordinario. Las influencias del presidente eran grandes, y el dinero siempre acelera las cosas. Bastarían un par de meses de mover hilos, cambiar el gabinete un par de veces y hacer llamadas por aquí y por allá para convocar a una elección de alcaldes anticonstitucional. Pasado ese tiempo, y sumado a la ambición de Milena por el poder —sentimiento justificado en el hecho de que el poder siempre se traduce en dinero—, la millonaria se convirtió en la flamante nueva alcaldesa de Curicó.

Los viejitos escucharían por radio su falso discurso cuando llegó al poder: «Queridos ciudadanos de Curicó, es un honor ser su nueva alcaldesa. Mi mandato tendrá como foco principal la modernización. ¡Abajo lo viejo, adelante lo nuevo!».

Globi, que al parecer podía detectar su hipocresía, le ladró molesto a la radio.

Antes de dejar el laboratorio, Eduardo cogió un bolso que medía un metro de largo y se robó algunos de los aparatos con los que trabajaba a diario. Durante quince años, Eduardo había saludado cordialmente al guardia de la Facultad de Física todos los santos días. En todo ese tiempo, el físico jamás le dio problema alguno, así que el guardia, un carabinero retirado que se tomaba muy a pecho su trabajo, confiaba a ciegas en él y en su sentido de la moral.

—Lleva harta ropa en el bolso, don Edu —dijo el guardia cuando Eduardo pasó frente a su caseta con las cosas robadas—. Supongo que viaja *pal* sur.

—Algo así.

—Pase nomás, don Edu, y me trae recuerdos de sus vacaciones.

«Me espera una nueva vida —se dijo al echar el bolso al auto y ver por el retrovisor, por última vez, al guardia y a su antiguo lugar de trabajo—. Adiós, esmog».

Era una casa pequeña donde vivían todos apretados, pero a sus padres no les quedaba de otra y lo recibieron —a regañadientes, claro está— en Curicó. Durante todos los años trabajando en la

Universidad de Chile, su nuevo sobrino se había adueñado de su pieza; sin embargo, por orden de la mamá de Eduardo, la decoración, los muebles e instrumentos permanecían igual a como los manejaba en sus días de rebelde universitario. «Carretes todas las semanas, alcohol, descontrol. Fue la mejor época de mi vida», le decía seguido a su novia.

Algo desteñida, todavía estaba colgada en la pared la imagen de un joven Freddie Mercury con su melena medieval, mostrando su prominente y anormal dentadura y tocando el piano junto a Brian May. El póster de Queen seguía al lado de su teclado Casio CTK-3000, guardado en una funda artesanal. Apenas podía recordar esa época liberal de músico. Eduardo corrió su guitarra acústica hacia un rincón, junto a una ruma de ropa; sacó uno por uno los instrumentos que llevaba en su bolso e hizo un inventario mientras los ubicaba en el suelo. «Amperímetro, esfera de Gravesande, aparato de caída libre; listos. Hemisferios de Magdeburgo, máquina de Wimshurst; listos».

Sin enterarse de que había una nueva alcaldesa ni mucho menos de lo que aportaba a la ciudad, poco a poco fue consiguiendo —a duras penas, gracias a los míseros cien mil pesos que recibía cada mes por el premio Feynman— aparatos piratas en la feria de las pulgas, mercado negro donde vendían cosas usadas, y en algunos casos robadas, a precios ridículamente bajos. Eduardo no sabía de dónde rayos los sacaba —mucho menos si los robaba—, pero el Tila, su abastecedor, siempre le conseguía los instrumentos que necesitaba. Fue así como su pieza se fue transformando en una especie de laboratorio con un colchón al costado y un montón de ropa sobre él.

En su pieza/laboratorio, tuvo que soportar a su nuevo sobrino, a su hermana y a sus papás, que a menudo interrumpían su sagrada concentración. Por ese motivo, en la puerta de su pieza puso un cartel que rezaba: «Silencio. No molestar. Genio trabajando», pero parecía que su familia no sabía leer. Justo cuando estaba a punto de encontrar la solución de las ecuaciones especulares perturbativas, un llamado solía hacerlo regresar al principio de sus cálculos: «¡Eduardo, ven a ayudarme a hacer partir el auto!», «¿Estás bien, Eduardo? ¡Llevas encerrado todo un día!», «¡Ya, po, Eduardo, consigue trabajo! Ya tienes las bolas bien hediondas como para volver a encerrarte a tocar tu teclado sin ganar ni uno», o si no, los típicos favores que le pedía su sobrino gritando al otro lado de la puerta: «Edu, ¿tienes cargador para mi celular?».

La Universidad de Chile no debía saber nada de su investigación clandestina, pues se exponía a terminar en la cárcel por haber robado tan preciados instrumentos y trabajar en un tema tan delicado como la teoría de cuerdas. Después de todo, era una teoría aún en desarrollo y cualquier paso en falso podría ocasionar consecuencias, si bien desconocidas, tal vez graves e irremediables en el espacio-tiempo como es conocido. Por eso, no le pidió ayuda a ningún colega y menos a algún excompañero de la universidad, por lo que avanzaba a la vuelta de la rueda en su investigación. Estaba solo contra el mundo. Solo eran él y su pasión por lo desconocido.

Eduardo se agarraba los pelos, calculaba y calculaba.

«La constante de acoplamiento, las ecuaciones especulares…». Su teléfono sonó.

—¿Aló, Eduardo?

—El que viste y calza. ¿Cómo conoce este número? —dijo, preocupado. Debido a su condición de prófugo científico, solo cinco personas, que eran cuatro familiares y su novia, tenían su número.

—Soy Sara, tu novia, por si lo olvidaste. Llamé desde otro número porque por el de siempre ni modo que me contestes. ¡Llevo una semana llamándote! ¿Acaso no leíste mis mensajes?

—Perdón, cielo, he estado tan metido en mi investigación que he olvidado por completo la ubicación de mi celular.

—¿Me vas a decir que por eso te has olvidado de tu novia? ¿Qué es lo que te pasa? Una preocupándose como tonta por ti y tú preocupándote nada más que de ti y tu investigación.

—Perdón, he cometido un error garrafal. Te pido disculpas por mi comportamiento. Rogaría que no te enojes. Eres la única persona con la que tengo contacto en este mundo. He perdido relación con mi familia e incluso con mis colegas científicos. Eres mi cable a tierra.

—Lo sé, soy quien te devuelve al mundo real. Y te llamaba por eso mismo, te encontré trabajo de reponedor en un *packing* de fruta. Se llama Copefrut, está cerquita de aquí.

De vez en vez, Milena Millones repasaba en su mente el último encuentro, algo imprevisto, en la imprenta Alfa y en el estacionamiento que no pudo agrandar para su querido *mall* Curicó. Como no tenía amigos que hicieran de psicólogo, un día descargó sus tribulaciones con su secretaria:

—¿Qué hice mal? Llegué arreglada, les expuse mi puesto de poder… y ellos, en especial ese viejo más gordito, no se interesaron, ¡sabiendo que tengo mucho dinero que ofrecer! Tal vez estaban sordos y no entendieron bien mi propuesta. ¿Qué pasará en la cabeza de ese Panchulo para haberme hecho tan sutil desprecio? No entiendo qué le pueden ver de bueno a esa fea imprenta que me atormentó de niña. Yo siempre gano, pero esos Prancio y Comarco, que al parecer tienen una roca por cerebro, ni se inmutaron al conocer el poder que represento.

Pero no era tiempo de salvar ideales románticos de su niñez, era el momento de escalar en cuanto a poder.

A pesar de haber inaugurado tres *malls* para su conglomerado Multi, Milena Millones no estaba conforme con su puesto de alcaldesa. Quería más. Lo quería todo.

Por eso, viajó a Santiago y se reunió con el presidente una vez más. La vez anterior, la mujer de pelo negro escalonado había ido por consejos generales, pero ahora tenía en mente un objetivo específico.

—Buenos días, Milena. ¿Cómo está la alcaldesa más eficiente y mejor negociadora de todas? ¿Cómo van las cosas en Curicó?

—No me quejo, Xanté. Sin embargo, estoy algo inconforme. Mira, yo soy alguien de poder que siempre gana y me considero demasiado buena para ser alcaldesa. El puesto ya me queda chico chico y en un par de meses se vienen las elecciones presidenciales.

—Pues creo que estás pensando lo mismo que yo. Sería ideal que un mujerón como tú, con ansias de poder, persiguiera mi cargo. Queda un tiempo para las elecciones, y me sería de gran ayuda que una dama de negocios como tú, que conoce los beneficios económicos de las sociedades, conforme mi gabinete. Y quién sabe, tal vez hasta podrías llegar a la presidencia y así, de paso, financiar un par de empresas que tengo. No me vendría nada mal que apoyaras un par de leyes que, en mi condición de presidente, ahora no puedo aprobar.

—Y tener dicho cargo me haría mucho más millonaria… digo, a los dos. Usted me entiende.

—Claro que la entiendo —dijo el presidente, y le lanzó una sonrisa malévola—. Ahora escuche con atención, le revelaré el secreto mejor guardado de los políticos poderosos.

—¿Cómo robar dinero?

—No, eso no. Eso es fácil. Me refiero a cómo comprar votos —dijo el presidente, y sacó una especie de electrodoméstico del tamaño de una caja de zapatos—. ¡Le presento al *votomatizador*!

—¿Voto qué?

—Matizador. Con este aparato se puede alterar levemente el conteo de votos digital, de modo que puede tener un porcentaje de votos ya ganado. ¡La felicito, ya tiene el veinticinco por ciento de los votos a su favor! El resto tendrá que ganárselo de la forma tradicional. Pero tranquila, mi secretaria le enviará a la suya un Word con toda la información pertinente para comprar votos a la antigüita. En resumidas cuentas, se trata de seguir la vieja premisa: «El dinero mueve montañas». En el Word está todo, desde la eficiencia de su campaña en términos monetarios y las agencias de publicidad más invasivas hasta cómo sacar financiamiento estatal para su campaña.

Si bien Milena Millones conocía el poder del dinero, aún no se convencía de que moviera montañas ni de que incluso hiciera tener cargos políticos de gran monta. Poco a poco, a punta de regalar canastas familiares y clases de zumba a las madres jóvenes, realizar bingos solidarios, hacer porotadas bailables en las que repartía regalos —desde iPhones hasta autos cero kilómetros—, tener chistosas caídas ante cámaras a propósito, pronunciar mal intencionalmente un sinnúmero de palabras en discursos públicos, asistir a programas radiales y sacarse más y más fotos con bebés en brazos, Milena Millones se fue posicionando con excelentes números en las encuestas de aceptación popular. Ya muchos la veían como buena carta para cosas mayores, como presidir algún ministerio o tener un puesto importante en el congreso.

A Globi le gustaba orinar la imagen en la que Milena miraba al horizonte en los miles de folletos informativos de su programa *Por un mejor Curicó* que tapizaban cada calle de la ciudad. En muchas murallas de Curicó, Abujón, el famoso artista urbano, pintó con *spray*, por sus buenas lucas de por medio y en tamaño de mural, esa misma imagen mirando al horizonte. La imagen era más falsa que billete de quinientos pesos, porque Milena jamás se interesó ni interesaría por nada ni nadie más que ella y su dinero.

Era toda una *rockstar*.

Y su reconocimiento fue aún más grande cuando inauguró, después de una larga década de construcción, el Hospital Base de Curicó.

—Curicanos, mi tiempo dirigiéndolos se acaba. Les informo que he sido llamada para ser ministra de Economía —dijo a los espectadores de la inauguración—. ¡Un nuevo Chile vendrá!

2

Tras una cortina musical, la Radio Lola transmitió:

—*Lamentamos informar que, a las siete y media de la mañana del día de hoy, en la localidad de Houston (Texas), ha sido asesinado Kalabio Juan, físico a cargo del proyecto Bomba Córdica, investigación basada en el proyecto Cuerdas realizado en nuestro país. Este hecho supone un detonante para que «se destape» la llamada «olla a presión» que han significado las hostilidades entre la facción oriental y la occidental. El servicio de inteligencia estadounidense asignó el crimen a Kim Jong-un, espía coreano que, al parecer, trabaja para el gobierno ruso, país de la facción opositora.*

»Para quienes no han seguido nuestra transmisión esta semana, les recordamos que los dos grupos, compuestos por Rusia y Corea del Norte por un lado, y Estados Unidos y Francia por el otro, pelean ante el descubrimiento reciente de una extensión de agua dulce del porte, como mínimo, de América del Sur. Dicho reservorio se encuentra en el cráter Clavius, en las tierras altas rugosas del hemisferio sur lunar. La facción occidental argumenta que, por haber alunizado su nave primero, es merecedora de todo el reservorio de agua. Por su parte, la facción oriental sostiene que ellos, al haber hecho la correspondiente observación y descubrimiento vía satélite del reservorio, merecen al menos la mitad de los derechos de ese recurso tan escaso en la Tierra.

»Los dos bandos llevan peleando casi una década en un conflicto que a veces parece no tener solución. Recordemos que la disputa por la poca agua dulce que queda en el planeta persiste, y en el Himalaya hay tres mil hombres armados resguardando en cada bando los retazos de nieve que se transformarán, a futuro, mediante un adecuado tratamiento, en la tan preciada agua potable.

—¡Y qué me importa a mí media wea! —dijo Concrecio, encogiendo los hombros—. En Chile nunca pasa nada. Somos una franja en el extremo del mundo y aquí no nos llegan las guerras ni los conflictos de afuera.

—Te hallo la razón, viejo. ¿Tus padres vieron alguna vez una bomba de la Segunda Guerra Mundial o algo por el estilo?

—Nunca. Jamás acá llegó nada, ni explosiones ni prisioneros ni nada.

—Es como que estamos excluidos del mundo.

—Sí, pero es mejor así. El mundo está podrido.

Los viejitos seguían escuchando la radio. Conjuntamente, la televisión transmitía las declaraciones de Joe Biden, presidente de Estados Unidos, con respecto al atentado. Todo Curicó se paralizó por media hora para escuchar las palabras del hombre canoso. Muchas personas, incluyendo a la Clienta, que trabajaba a solo dos cuadras de ahí, se pararon en la vereda ante las imágenes de los inmensos televisores curvos de noventa pulgadas expuestos en el *mall* Multi, al lado de la imprenta Alfa. Al igual que los viejitos, la Clienta mostraba indiferencia a todo lo que decía Biden.

—Este ataque es la gota que rebasa el vaso, señores —decía la voz de Jorge Castro de la Barra, quien, muy lentamente y con algunos problemas, traducía las palabras de Biden—. No permitiremos que la facción oriental se meta con civiles, y menos aún con hombres de ciencia, que con sus ideas logran que la humanidad avance. Querido pueblo, las ideas son lo que nos separa de los animales, y matar a nuestras grandes mentes es el mayor crimen que se puede cometer. Lo irónico es que eso los transforma a ellos, los criminales, en unos verdaderos animales. Esto se debe terminar, el miedo se debe terminar.

Biden hizo una pausa, miró fija y seriamente a los cientos de cámaras y dijo:

—*My people, this is war!*

—¿Qué mierda dijo? —dijo Concrecio, quien, ante los vítores de la gente que se escuchaban de fondo, se enganchó un poco a la transmisión.

Debido a la última frase de Biden, el traductor de Radio Lola quedó perplejo unos segundos. Al volver en sí, informó a los radioescuchas:

—¡La guerra comienza, señores!

Si bien los viejitos, la Clienta y Eduardo desestimaron la declaración de guerra del mandamás norteamericano, Milena Millones le dio un valor crucial para todo lo que vendría. Que el mundo estuviera en guerra representaba —para ella, al menos—, una oportunidad única e irrepetible de lucro. Si llegaba a liderar el país, les vendería materia prima para construir armas a los países en conflicto. Dicho escenario no hizo más que reforzar sus deseos de ser la nueva presidenta de Chile. Para lograrlo, debía postularse como candidata en las próximas elecciones.

Como odiaba perder, Milena armó el mejor equipo de publicidad para elevar su imagen pública de «avara y ambiciosa sin alma» al nivel de «salvadora del pueblo». El plan para limpiar su imagen no tuvo precedentes en la historia chilena de campañas electorales. Millones contrató a Tomás Cox, quien era catalogado desde hacía muchas décadas como el mejor publicista de Chile, y a Helhue Sukni, la mejor abogada del diablo, defensora de los grandes narcos chilenos. Ambas figuras se encargaron de limpiar a fondo su imagen tanto personal como penal.

Tomás Cox, en un esfuerzo sobrehumano y en una fina labor de ingeniería e inteligencia, borró de la imagen colectiva su faceta vividora, sus numerosos carretes llenos de cocaína, éxtasis, pasta base y orgías de sexo casual. Y no solo eso, también borró de su hoja de vida y de cualquier archivo de prensa, tanto escrita como audiovisual, sus numerosos romances en el matrimonio. Para ello, pulverizó cualquier aparato, fuera un *smartphone* o un *notebook*, que tuviera imágenes o videos que diesen prueba de sus numerosas infidelidades en su primer matrimonio.

Quemó las incontables cintas de las entrevistas llevadas a cabo en sus juicios por acoso sexual de su personal masculino. Se encargó de comprar, con irrisorias sumas de dinero, el silencio de todos los hombres con los que estuvo Milena. Borró de la faz del internet todos esos medios digitales que hablaban de las facetas amorosas de la mujer de pelo negro escalonado. Y todo para hacerla parecer una santa que no mataba ninguna mosca, una mujer calmada y para nada ambiciosa, una altruista mujer de familia.

Por su parte, su abogada, la misma que había trabajado con delincuentes de la talla del Tila y de Pablo Escobar Gaviria, se encargó de limpiar su imagen fiscal. Helhue hizo invisibles sus numerosos fraudes legales, aquellos que le permitieron amasar su inmensa fortuna. Sukni se preocupó de que nunca saliera a la luz alguna que otra ley rota y de que no se conocieran los nombres de las innumerables y grandes tiendas y empresas que poseía, como el imponente *mall* Multi que se alzaba al lado de la imprenta Alfa. Con el cumplimiento de esas leyes, las empresas de Milena —por ejemplo, el gran Banco de Talca— jamás hubiesen surgido.

En cuanto a su campaña, Millones compró los seis aviones Extra 300-L que conformaban la escuadrilla de alta acrobacia Los Halcones, pertenecientes a la Fuerza Aérea de Chile. Así también, contrató a los seis oficiales que pilotaban cada avión, todo ello para realizar figuras de humo con su nombre, llevar colgando pancartas con el lema: «Un nuevo Chile vendrá», y, cual lluvia blanca, lanzar millones de panfletos sobre las calles de Santiago y el resto de Chile sesenta horas semanales durante los tres meses previos a las elecciones.

Además, contrató a una veintena de los actores y actrices más conocidos de Chile, entre los que estaban Gonzalo Zabaleta, Benjamín Vicuña, María José Prieto y María Elena Swett. No conforme con ello, contrató a los actores chilenos que en el momento triunfaban en Hollywood, como Pedro Pascal y Leonor Varela, entre los más importantes. Todos ellos debieron salir a repartir panfletos puerta a puerta y, ocupando sus dotes actorales, convencer a Pedro, Juan y Diego (y Marco y Nacho) de que votasen por Millones.

—¡¿Hasta cuándo?! ¿Hasta qué hora va a sonar ese teléfono, Eduardo? —gritó su padre—. ¿Acaso tai sordo?

Su celular llevaba sonando más de media hora, pero Edu ni lo había sentido, pues estaba pegado en su *notebook*, que arrojaba y arrojaba números, verificando si las ecuaciones del principio de incertidumbre funcionaban.

—¿Aló?

—¡Media hora! ¡Media hora, Eduardo, por la chucha! ¿Pa qué cresta tení el celular? ¡Son veinte llamadas perdidas!

—¡Pucha! Lo siento, Sara. Discúlpame, porfa, es que estaba atendiendo un asunto de vida o muerte. Literalmente no podía dejarlo de lado.

—Ya, está bien. La verdad es que ya nada importa mucho.

—¿Eso es todo? ¿Me perdonarás? ¿No te enojarás más?

—No. Debemos hablar.

—Hablar… ¡Uf! ¿Tiene que ser ahora? La verdad que estoy muy ocupado con mis fórmulas y… Pero ¿qué le puedo hacer? Adelante, dime.

—Es eso, estás muy ocupado con tus fórmulas. Ocupado en tu mundo, alejado del mundo real, aquel donde se gana dinero para ti, para nosotros, el mundo donde me estoy quedando sin nada por «prestarte» a ti. Si ni pa echarle al pan tengo. Ahí voy…

Sara suspiró.

—Hace un mes te dije que aceptaras el trabajo de reponedor y tú me prometiste que lo tomarías en cuenta. Y acá estamos, tú dándote la grandiosa vida del oso, de no ganar ni uno y de ni siquiera acordarte de que existo. La semana pasada fue nuestro aniversario y, como ya sé que ni tienes para comprarme un frugelé, me hubiera alegrado si al menos me hubieras llamado.

¿Te acordaste siquiera de que cumplíamos años? Con suerte sabes dónde me parto el lomo día y noche. Bueno, eso ya no importa. Te re-juro que ya todo da lo mismo, ya todo se fue a la mierda. Lo he pensado mucho, Eduardo, y ya no puedo seguir con alguien que me trae solo deudas.

Sara dio otro largo suspiro.

—Debemos terminar.

—¿Estás segura? No me hagas esto, eres mi cable a tierra, el único apoyo en mi vida. Sin ti no sé qué haría.

—Tú, tú y tú. Siempre eres tú. Eres un yoyo: yo esto, yo esto otro. No siempre se trata de ti, Eduardo. Una relación se construye entre dos. Eres un monstruo que consume y consume y no deja de consumir. No puede ser que yo siempre soy la que da y nunca reciba nada a cambio. Y ahora, aparte de eso, me estoy quedando sin plata, o sea, contigo estoy yendo hacia atrás en vez de adelante. Me hubiese gustado que todo hubiese sido distinto, Eduardo, que las cosas hubiesen marchado de otra forma. Lo siento, lo siento mucho, Eduardo. Es todo, esto se acaba ahora. La pasamos bien mientras duró. Cuídate mucho, Eduardo.

El mes que siguió al rompimiento con su novia, Eduardo sintió mucha desesperanza y miedo. Todos los días iba a caminar por la larga Alameda de Curicó desamparado, con un miedo atroz de no saber adónde iría su vida.

«¿Por qué pasó todo así? ¿Adónde irá todo esto?», se preguntaba mientras sus pies lo llevaban a duras penas a través de los inmensos árboles. Sin explicación, una lágrima caía de vez en cuando por sus mejillas.

No tenía novia ni trabajo. No tenía apoyo de nadie. Sus padres ya habían perdido la paciencia de soportar el hecho de que no aportara dinero alguno a «la casa», y que, además, ni siquiera ayudara en los quehaceres domésticos. Ellos se preguntaban qué diablos hacía encerrado las veinticuatro horas en su habitación. Al final, optaron por dejar de dirigirle la palabra.

Con la indiferencia de sus padres, Eduardo vagó en una tortuosa y silenciosa existencia. Se sentía un fantasma, un ser invisible, ignorado por los demás, una cuerda que no vibraba en la misma frecuencia que el resto del mundo. Cada día sentía más que no encajaba y eso se vio reflejado en su investigación. Al igual que el resto del mundo, que no lo escuchaba ni veía, parecía que sus instrumentos del laboratorio tampoco querían dirigirle la palabra, interactuar con él y darle resultados. Lo mismo sucedía con las fórmulas, que tampoco encajaban y que le costaba cada vez más trabajo resolver.

—«El esfuerzo siempre se recompensa» —dijo Concrecio—. ¿De a'onde la viste, viejo retamboreado? Cada vez perdemos más dinero, con suerte tenemos para comer.

—Hazme caso, son más importantes los principios. Es más importante el papel con el que imprimimos que el papel verde del dinero.

—¿De qué papel hablas, si el último cliente que teníamos se acaba de ir? En toda una semana no ha entrado un alma a esta imprenta de mala muerte.

—Tranqui, ya llegará otro cliente. La paciencia es una virtud.

—¡Qué virtud ni qué ocho cuartos! Yo no sé qué bicho te picó o qué libro leíste acerca de las virtudes. ¡Debiste haberle aceptado el dinero a esa chiquilla!

—Las virtudes no se leen ni se aprenden en ninguna escuela, son tus padres en tu casa quienes te forjan los principios.

—Fíjate que mi papá era un borracho, ¿y qué? Yo no salí borracho, yo forjé mi propio destino.

—Fíjate que aún estás a tiempo de seguir forjándolo.

—¡Por Dios, hombre! Eres terco como mula y porfiado como cabra. Solo debiste haberle dicho que «lo pensaremos» o alguna lesera así a la señorita Melena; en vez de eso, le diste la negativa de rompe y raja.

—¿Y qué más iba a hacer si ya lo tenía decidido? ¿Invitarla a un tecito con galletas? ¿Ver una película como amiguis?

—Sí, claro, tómalo con humor. Espero que también tomes con humor la vida de miseria que nos espera. Si tan solo no fueras tan cuadrado, tan robot pa tus cosas… —Concrecio miró los picos nevados de la cordillera de los Andes a través de la ventana—, una nueva vida nos hubiese esperado. Una vida digna de vivirse, una vida de comodidad, el único tipo de vida que un viejo merece, y debe, vivir. Me veo a mí mismo esperando plácidamente como llega el atardecer, recostado en mi sillón en mi casa.

»Estaríamos así, echados, descansando y recordando, simplemente recordando, porque los viejos como nosotros solo deben recordar, Pancracio. Recordaríamos nuestras nobles vidas, tú a tu viejita, yo a Segismunda. Y, recibiendo el calorcito rico de una chimenea, vendrían a nuestra mente todos los hermosos trabajos que hemos hecho. Han sido hermosas impresiones, Pancracio, magníficos empastados. ¿Por qué no los dejas ir?

»Imagínese, compadre: calentaríamos nuestros pies en la estufa y dormiríamos hasta tarde todos los días, en vez de tener que levantarnos congelados a las cinco. Con la plata que nos daría esa tal Melena, nos compraríamos uno de esos televisores gigantes que hacen tantas cosas. Veríamos la tele todo el día y, con la burra' de canales que hay hoy en día para elegir, no nos aburriríamos nunca. ¿Te acuerdas lo que nos dijo la Clienta, de que ahora hasta uno puede elegir cuándo y qué programa ver?

»Tú cuidarías tus propias gallinas que tanto te gusta alimentar y yo me la pasaría fumando mi pipa día y noche. Y con el dinero de la Melena, tú podrías pegarte el viaje que siempre quisiste hacer: conocerías los palafitos de Chiloé. Lo que es yo, me conformaría con una vuelta en avión a La Serena. Me gustaría saber qué se siente estar más arriba de las nubes.

—Aún me queda algo de energía por entregar, Concrecio.

—Pero a mí no, viejo hipercinético. Tú solito nos metiste en este problema y tú solito vas a salir de él, porque yo me voy.

—¿Cómo es eso de que te vas? ¡Tsss! La que agarraste ahora.

—Así es nomás, po. Dejo la imprenta. Soy un viejo, Pancracio, y sería bueno que tú también asumieras eso. Soy viejo, somos viejos, y los viejos deben descansar.

Pensaba seguido en la derrota con los viejitos, pero ya habría tiempo para arreglar ese cacho.

A pesar de toda la inversión de dimensiones ridículas en su campaña, Milena quería más y más. Cuando su fortuna empezó a desaparecer, desembolsó un dineral que tenía en las Islas Caimán. Tenía la profunda filosofía de no perder jamás y lo arriesgaría todo para cumplir su objetivo, daba igual los medios que ocupase y si quedaba en bancarrota. Con esos «humildes ahorros» pudo regalarle, a cada uno de los chilenos, sin excepción, un iPhone cuyo chip estaba cargado con dinero.

Los viejitos, obviamente, vendieron el «aijon», como le llamaban, para tener de comer otro mes. A su vez, Eduardo, como no quería figurar en el sistema y que, con ello, la Universidad de Chile lo pusiera bajo las rejas, jamás fue a retirar el celular. Distinto sucedió con la Clienta, quien encontró una nueva adicción en el aparatito de Apple. Con sus últimos ahorros, Milena le regaló un viaje a Francia a cada miembro del Servicio Electoral.

Cuando su dinero lavado «honradamente» se agotó, se las ingenió para ocupar todos los fondos destinados al Ministerio de Economía. A su vez, debido a los numerosos contactos que tenía en Curicó, pudo abastecerse de todos los fondos de dicho municipio.

Con ese nuevo ingreso, contrató a Germán Garmendia, conocidísimo youtuber chileno, para que clausurara sus cuentas anteriores (HolaSoyGermán y JuegaGerman) y protagonizara un nuevo canal de YouTube llamado «GermanPorMilena», el cual comenzó a llenarse de millones de visitas al instante, pues Milena, a través de los teléfonos regalados a cada chileno, realizó el *spam* más invasivo de la historia de YouTube. Con cada video subido día de por medio, sonaba en cada iPhone una estruendosa alarma que daba dolor de oídos y que no se detenía a menos que el usuario viera todo el video.

En ese ridículo despilfarro de fondos municipales, la ciudad de Curicó y, en menor medida, la mayoría de las ciudades de Chile, quedaron hechas un caos. Todo se debía a que Milena Millones, para subvencionar su histórica campaña, había usurpado el dinero destinado a la seguridad ciudadana, el cual recibían los funcionarios de Carabineros de Chile. Fue así que, en Curicó, al igual que en otras ciudades del país, quedó funcionando solo un carabinero, el suboficial Mayor Hernández, quien se desplazaba en un scooter y portaba un viejo y casi obsoleto revólver con solo tres balas.

Mientras arriba, en el cielo de Curicó, los aviones Extra 300-L de Los Halcones dibujaban cada semana la frase «Con Milena, un nuevo Chile vendrá», abajo, en las calles, había un permanente estado de emergencia. Con asaltos día y noche, salir a realizar las labores cotidianas, como comprar el pan, resultaba extremadamente peligroso.

La mayoría de las calles de Curicó estaban clausuradas con hogueras de neumáticos, y las murallas y señales peatonales estaban todas vandalizadas con rayados de aerosol, en su mayoría con la letra «A», de anarquía. Los robos a las tiendas eran comunes, y la imprenta Alfa solo se salvó debido a que era poco lo que se podía robar allí. Alrededor de cada hoguera se empezaron a formar grupos ingiriendo alcohol, fumando drogas y planeando un nuevo lugar para robar.

Multicuricó no se salvó de ello. Al igual que en otras tiendas, la gente entraba como Pedro por su casa a robar sin apuro. Se veían salir, tranquilamente y sin la menor preocupación de ser arrestadas o reprendidas, personas portando grandes plasmas. A su vez, los niños, que en su inocencia desconocían el peligro y no les temían a los asaltantes, salían con una sonrisa de oreja a oreja sorteando los escombros y las fogatas en sus flamantes bicicletas Trek recién robadas.

Con el pasar del tiempo, y en cuanto los *stands* se fueron desocupando, la tienda Multicuricó se convirtió en un refugio para personas en situación de calle. Con numerosos puestos en su interior, parecía una suerte de hotel para todos esos drogadictos y alcohólicos que no tenían adónde ir y terminaban en ese lugar lleno de grafitis y hediondo a orines. Milena Millones tenía conocimiento del uso de su querida tienda, pero no salía perdiendo por ello: cobró un suculento seguro por catástrofe que destinó para seguir solventando su campaña y, también con ello, que los oficiales de Los Halcones siguieran volando por al menos un mes más.

Una vez que la última de las bicicletas de Multicuricó fue robada, dos chicocos drogadictos que rondaban los quince años armaron su suite presidencial en la tienda deportiva ya desmantelada. Ese día, Tapu, el más alto, aspiraba una bolsa de papel rellena con Neoprén, mientras Zun, el más gordo, dibujaba líneas con un polvo blanco que le vendieron con el rótulo de cocaína. En realidad, el polvo tenía todo menos cocaína, pues se rumoreaba que quien lo vendía rellenaba sus pedidos con cualquier sustancia blanca, incluyendo talco, yeso, harina y jugo Zuko en polvo.

Enajenados de la realidad, se dirigieron a la plaza y se unieron a la turba que estaba quemando los centenarios árboles. Y no solo eso, bajo la influencia de las drogas y ayudados por una docena de hombres, botaron la estatua de madera de Caupolicán, porque, según los testigos, «les daba miedo su mirada». De acuerdo con ellos, trataron a cada una de las estatuas que adornaban los pozos de agua como una especie de dios.

Ante cada una, realizaron un baile de adoración para luego arrancarlas de cuajo con un mazo que habían robado de la modesta ferretería El Águila. «Se verán bien en nuestra tienda deportiva», dijo uno. El grupo de hombres que los seguían hizo lo mismo. Aquellas figuras que quedaron demasiado malogradas para robarlas, las dejaron sentadas en los chamuscados bancos de lo que había sido la plaza.

Luego del asalto a la plaza, Tapu y Zun partieron de vuelta a su habitación en Multicuricó, cada uno con una hermosa estatua a la espalda. Tapu llevaba la estatua de una mujer de preciosas proporciones griegas, por lo que caminaba a duras penas. A su vez, Zun llevaba la de un infante agarrándose el pene en posición de micción, por lo que llegó antes a su habitación. Zun, debido al efecto depresivo que deja la cocaína después de su efecto eufórico, se confundió de entrada y, en vez de entrar al *mall*, entró a la imprenta de los viejitos.

—¡Qué volá hermano! ¿Qué pasó con la entrada de mi pieza? —dijo Zun, todo confundido. Miró la vidriera y dijo—: ¿Qué wea dice ahí? ¿Imprenta Alfa? Pero ¿qué caeza de chancho escribió eso en la entrada de nuestra pieza? Y pa más cacha, la llenaron con impresoras. ¡Ya van a ver los logis culiaos!

Preso del cólera, Zun rompió la vidriera y destruyó todas las impresoras sin dejar de decir: «Esta es nuestra pieza, no queremos impresoras».

Atrás de la gran impresora de fierro estaba Pancracio, escondido, quien aprovechó su invisibilidad para coger su teléfono celular. Marcó a carabineros, pero no contestaban. Al décimo llamado y cuando ya no quedaban muchas impresoras por destruir, le contestaron.

—¡Salgan de ahí! —gritó la voz del otro lado, inmersa en otro asunto—. Cabo Hernández, buenas noches.

—¡Aló, carabineros! ¿Alguien me escucha?

—Sí, claro, cabo Hernández para servirle… ¡Alto, carabineros! ¡No disparen mierda! Cuénteme.

—¡Me están asaltando! ¡Me están asaltando! Un joven drogado está destruyendo todo. Tiene un revólver. Venga rápido; si no, me va a matar. Imprenta Alfa, en calle Montt 688. Apúrese.

—Iré en cuanto salga de esta. Están asaltando una casa con una madre y su bebé adentro. ¡Suelta al niño, culiao! Lo siento —dijo el cabo Hernández, y colgó.

En efecto, el cabo Hernández era el único funcionario de Carabineros, debido al desvío de fondos que había hecho Milena, así que Pancracio no recibiría ayuda alguna de Carabineros de Chile. Tal vez lo intuyó, pues comenzó a rezar: «Por los caminos de amargura, camina la Virgen pura, San Juan le acompaña».

Tapu llegó jadeando y oyó los ruidos de destrucción en la imprenta. Exhausto por cargar la gran estatua, no razonó en los motivos de Zun, solo lo secundó en su destrucción.

—No me maten —gritaba Pancracio, refugiado tras el enorme y viejo aparato para cortar los bordes de las hojas.

Zun y Tapu, drogados hasta las cachas, apenas veían y escuchaban al viejo gritando e implorando piedad. No podían destruir el aparato que protegía a Pancracio. Era demasiado enorme, pesado y, además, estaba hecho de fierro.

—¿Quién chucha grita, Zun?

—Parece que e' ese pe'azo de fierro, o'e.

—¡Qué wea! ¡Es mágico!

Tapu comenzó a revisar de dónde venían los gritos.

—¡Es un viejo culiao el que grita, weón!

—¡Qué wea, viejo conchetumare! ¿Qué haces en nuestra tienda?

—No me hagan daño, llévense lo que quieran, pero no me lastimen.

—¡Cállate, viejo culiao barza! ¡Nadie te dio permiso pa' entrar aquí!

Entonces, Zun agarró una pequeña impresora en el aire y la alzó lo más alto que pudo para dejarla caer en la cabeza de Pancracio. En el instante en que la máquina de fierro estaba en el aire, apareció Globi y, con una habilidad inusual para su cuerpo inflado como un perro muerto de canal, le mandó un certero y feroz mordisco en el antebrazo. Globi mantuvo sus mandíbulas trabadas alrededor del antebrazo de Zun, y el flaite terminó por soltar la impresora.

—¡Quiltro culiao! ¡Suéltame!

Zun no hallaba cómo quitarse al perro y, con Globi colgando del brazo sangriento, empezó a dar vueltas por la imprenta, tropezando con las impresoras rotas. Al ver la escena, Tapu entró en desesperación, agarró su revólver, sujetó lo mejor que pudo al perro y le disparó a quemarropa. Debido a que Zun no dejaba de agitar su brazo, Tapu solo consiguió darle en la cola a Globi. Solo entonces el perro aflojó la mandíbula del brazo de su atacante y cayó de trasero al suelo con la cola llena de sangre.

A pesar de quedar atolondrado, Globi no se desmayó. Eran las siete de la tarde y el miedo que les produjo Globi les hizo caer en cuenta de que esa no era su tienda, por lo que se alejaron del perro, que no dejaba de ladrar, y se quedaron en la entrada de Multicuricó, oyendo que Globi, desde la imprenta, les seguía ladrando y mostrando sus colmillos babosos hasta entrada la noche.

ERAN LAS NUEVE de la noche y Eduardo sintió la necesidad de dar una vuelta por la Alameda de Curicó para ver si alguna idea le venía a la mente y así lograba salir de su estancamiento en las fórmulas que desde hacía dos meses no podía resolver. Recordó que Einstein daba de manera sagrada una caminata de cincuenta minutos a diario y que era un buen ejercicio para echar a andar la creatividad. Llevaba consigo el único libro de la Universidad de Chile que conservaba y, cada trescientos pasos, lo ojeaba para rumiar alguna idea con base en un párrafo al azar.

Vaya a saber por qué causa mística, sus pies lo llevaron a recorrer la calle Montt, no oyó los insistentes ladridos y se topó, afuera de Multicuricó, con los dos chicocos drogadictos. Como desconocía el nivel de delincuencia presente en Curicó, Eduardo, sin miedo alguno, les dijo:

—Buenas noches, chiquillos. Pero ¿qué te pasó en el brazo, hombre? Debes ir al hospital.

—No pasa na, hermanito. ¿Me regala una mone'ita pa fumarme un pitito? —dijo Zun, quien extendió su mano toda ensangrentada.

Globi ya hacía pausas entre sus ladridos.

—¡El librito que tení! ¿De qué wea es? A'erlo —dijo Tapu.

—Se llama *El universo elegante*, de Brian Greene. Trata sobre supercuerdas, todo se basa…

—Hablái puras falacias, ca'eza 'e chancho. Cállate el hocico, pasa pa'cá el libro —dijo Zun.

—¡Devuélveme mi libro! ¡No tienen derecho!

—Nadie te pesca, logi culiao —dijo Tapu—. No toy ni al litro con tu libro.

—Asaltemos a este culiao, Tapu. Anda buscando mocha. ¡Ya, sacate altiro las «tillas», pasa el reloj, el celular, las moneas, y toda la wea, cochino chuchetumare!

Los dos chicocos, luego de mandarle unas patadas en el vientre, le quitaron su ropa. Tapu, con una navaja oxidada, le rajó el muslo derecho, lo que hizo que Eduardo gritara y que el pobre Globi, exhausto, retomara sus ladridos sin descanso y a todo pulmón. Si bien la sangre corría por su pierna desnuda y empezaba a formar un charco, Eduardo distaba de sentirse abatido, porque, últimamente, estaba llevando una vida gris.

—¿Es eso todo lo que tienen, flaites marihuanos?

A Tapu se le quitó por un momento lo drogado, se puso rojo de rabia y tocó con la punta de su revólver la frente de Eduardo.

—Mira, conchetumare perkin culiao, no toy ni al litro si hablái bonito, sacohuea, porque un hoyo en la caeza nadie te lo 'a a sacar, hijo ela eisy. Aquí te vai pal patio de los callao y todo por aweonao.

Globi, con la cola empapada de sangre, retomó sus fuertes e insistentes ladridos.

Eduardo, al tener la pistola en la frente, estaba sorprendido; no porque podía ser el fin de su vida, el fin que, como buen científico, tanto le intrigaba, sino porque no sentía miedo alguno. Fue ahí cuando se dio cuenta de que ya no le importaba vivir.

—¿Qué esperas? ¡Dispara! —gritó Eduardo.

Una extraña nube luminosa subía despacio desde lo alto del cerro Condell. Eran las nueve y media de la noche. Tapu quitó la mirada, pero no el revólver, de la frente de Eduardo para ver la nube que alumbró por un momento sus caras.

Globi aprovechó el momento de descuido para correr en silencio y morderle con fuerza la mano a Tapu. Este último, al contraer los dedos de dolor, apretó el gatillo.

3

Lo que esa noche habían visto en el cerro Condell no era nada más ni nada menos que una nueva estrategia de publicidad de Milena. Era el primer intento —fallido, por supuesto— de poner en el cielo una nube luminosa con su nombre.

El disparo de Tapu rozó los pocos pelos de la cabeza de Eduardo, atravesó un borde de concreto y rompió el último trozo de la vidriera de la imprenta Alfa. Pancracio, quien aún estaba refugiado tras la gran impresora de fierro, al oír el disparo y los trozos de vidrio caer en su imprenta, asomó un poco la cabeza para ver qué sucedía. Después de descubrir que algo peligroso estaba pasando afuera, siguió oculto detrás de la impresora. Tapu, con el perro agarrado como una lapa sobre su mano, soltó el revólver y se retorció de dolor, caminando de aquí para allá. Zun recordó la mordida del perro y, en vez de prestar auxilio a Tapu, salió corriendo despavorido hacia el interior de Multicuricó.

Globi repitió la misma estrategia que usó con Zun: trabar sus mandíbulas hasta el cansancio. El disparo en la cola le impedía a Globi torcer el cuello para ejercer más dolor sobre el delincuente. Con el perro a modo de pulsera, y a duras penas, debido a lo inflado que estaba el can, Tapu se tiró al suelo, justo al lado del revólver. Con su mano libre, cogió el arma, forcejeó un rato más con el gordo Globi y luego le disparó a quemarropa en el ojo izquierdo. El perro emitió un gran quejido y dejó toda ensangrentada la cara de Tapu. Recién ahí, Globi soltó la mano de Tapu y cayó a un lado de él. El chicoco, con la cara roja de sangre, escapó corriendo a trompicones dentro de Multicuricó.

Eduardo abrazó con fuerza a Globi.

—Me salvaste la vida, perrito lindo; pero ¿qué te hicieron en tu ojito? Déjame secarte la sangre. ¡Pucha! A ver dónde encuentro papeles.

Eduardo oteó el lugar hasta que, tiradas en la vereda, halló unas hojas de oficio en blanco.

—Sigue así, perrito. No dejes de respirar. Te llevaré a un veterinario, o lo que encuentre. Al igual que yo, vivirás otro día.

Sin dejar de acicalar a Globi, Eduardo miró hacia el cerro Condell. La nube luminosa había desaparecido.

En el mes siguiente, el último antes de las elecciones, Milena organizó cuatro conciertos gratuitos de rock en los que invitó a Los Bunkers, Mon Laferte y Denise Rosenthal, entre otros. En estos eventos, los cantantes, previo pago de una gran suma de dinero, hacían que los miles de espectadores corearan el nombre de Milena. Los trajes formales que lucía la candidata en ellos eran ya «la» última posesión que tenía, pues había vendido todo para costearse su campaña.

En Curicó, Milena regaló miles de panes amasados a la comunidad y sorteó cientos de viajes al balneario de Iloca. Luego de un mes de esos preparativos, Milena perfeccionó su nube luminosa, con la que logró hacer desaparecer la noche. Desde doce ciudades de Chile, incluyendo, por supuesto, a su natal Curicó, lanzó una nube redonda al cielo con su nombre que brillaba intensamente en las noches, opacando incluso el brillo de la luna.

De ese modo, las calles oscuras de Curicó, debido a la carencia de alumbrado público, se vieron alumbradas por esta nueva luna artificial. Durante el día, los aviones de Los Halcones de Chile ya hacían sus últimos recorridos dibujando el lema «Con Milena, un nuevo Chile vendrá». Las elecciones estaban a la vuelta de la esquina y Milena ya saboreaba su victoria y su nuevo puesto.

Concrecio no estaba trabajando muy a gusto en el *packing* Copefrut, recinto que Eduardo rechazó a pesar de las rogativas de la que, en ese entonces, había sido su novia. El viejujo había entrado a trabajar allí al darse cuenta de que la pensión que le daba el Estado no le permitía llevar una vida digna ni mucho menos darse gustos. Sentía que hacer y ver a la gente hacer las mismas cosas una y otra y otra vez sin descanso, como una máquina sin alma, carecía de sentido.

Todo era siempre lo mismo: recibir la fruta, seleccionarla, empacarla, trasladarla, almacenarla. Una, y otra, y otra vez. Trabajar, colar, trabajar, cagar, seguir trabajando, viajar a casa, viajar al trabajo. «Buenos días, don Concrecio», «Apúrese, don Concrecio», «No se quede dormido, don Concrecio», «Hasta mañana, don Concrecio»… Por ello, buscaba alivio imaginando que volaba en un avión rumbo a La Serena. «Con un poquitito más de platita, podré realizar ese viaje», le susurró en una ocasión a la exnovia de Eduardo, que también trabajaba en ese *packing*.

Por ser viejito, lo destinaron a la labor más fácil, pero, por lo mismo, más aburrida: revisar que las cajas del riel no se acumularan y ello generase tacos. Concrecio sentía que allí no estaba ese factor romántico, como el hecho de oler un libro recién impreso, que tenía su anterior trabajo, y eso lo estaba enloqueciendo. Además, tal vez por la culpa, veía en los rostros de la gente más anciana a Pancracio. Era un rostro cansado, solitario, ajetreado y sobrepasado por el trabajo.

Concrecio sintió que su locura tuvo su cénit cuando un día salió más tarde del *packing* y vio, a través de la ventana del bus de la empresa que lo trasladaba a su hogar, en lo alto del cerro Condell, la nube luminosa de la campaña de Milena.

—¡Conchesumare! —dijo con los ojos encandilados y sin vislumbrar el nombre de Milena—. Ya me llegó la locura, ¡estoy viendo dos lunas, mi virgencita! Ya me volví viejo y se me zafó un tornillo, Cristo Jesús Es el karma por haber abandonado a mi pobre viejo, mi compa'ire Pancracio. ¿Por qué te hice esto cumpa de mi alma? Diosito castiga, pero no a palos, y ahora sí que ha sabido cómo castigarme, haciéndome ver dos lunas.

»Será mejor que vuelva luego con mi compa'irito; si no, Dios sabe qué locura haré. ¡No quiero ir a un manicomio! ¡No quiero que me empastillen! Y ahora pa más remate estoy hablando solo, como los weones. ¡Chucha, ese es el primer síntoma de la locura, hablar solo!

—¿Lo puedo ayudar? —dijo preocupada la exnovia de Eduardo, quien estaba sentada cerca de él en el bus.

—Tal vez no sea para tanto —siguió Concrecio, hablando para sí, sin oír a la mujer—. Tal vez solo sea que esté estresado, que he trabajado mucho. Ya le decía yo a mi compadre que los viejos no deben trabajar. Pero ya está bueno de leseras, quizá deba dejar esta porquería de pega e irme a un asilo a descansar.

»Allí tendría una vida más placentera, recibiría los cuidados de las enfermeras, dormiría bien, estaría en la playa, tendría tiempo de hacer cosas, tal vez hasta de idear un plan para poder ver de nuevo a mi Segismunda. ¡Oh, cosa bien hecha! ¡Segismunda, mi dulce Segis…! O tal vez, por ahora, solo deba volver a la imprenta.

Y llegó el día.

Una ciudad destruida. Curicó, o lo que quedaba de ella, era un caos total. Fue en ese estado cuando finalmente llegó la fecha esperada por Milena, el día de las elecciones presidenciales.

Muy poca gente fue a votar. La Clienta, Chiloé, fue a votar; Pancracio no quería ausentarse de la imprenta; Concrecio estaba absorto en su posible locura, y Eduardo, obsesionado con sus fórmulas que no arrojaban fruto alguno, se sumía en una depresión cada vez más grande.

Milena tenía en su poder un programa que le mostraba el recuento de votos en tiempo real. Con él, se enteró de que la votación comenzó estrecha.

—¡Tan pocos votos! —le dijo al jefe de su campaña—. No sé qué mierda me faltó hacer para obtener más votos, por poco y les consigo la luna a los weones y este es el resultado. Sin duda, este es el «pago de Chile».

Milena ganaba en el recuento de votos, pero no era la victoria aplastante que esperaba. Aunque eran ínfimas, aún había posibilidades de que no saliera presidenta. Cualquier persona habría sido optimista y hubiese esperado la victoria confiada en el margen estrecho que llevaba en los votos. Cualquiera menos Milena, ella nunca perdía. Fue así que, recordando los consejos que le dio Xanté, el actual presidente de Chile, Milena se encargó de comprar los votos que le faltaban para ganar aplastantemente las elecciones.

Para ello, sobornó a ciento dos vocales de mesa, incluyendo todos los de Curicó, por supuesto. Luego, con el debido apoyo de un grupo de informáticos de la Universidad de Chile, hackeó el sistema digital del conteo de votos. De ese modo extraordinario, ya para la una de la tarde de ese día, se podía decir que, por cálculos matemáticos, Milena Millones era la nueva flamante presidenta de Chile.

Concrecio iba en el bus de camino a su trabajo en el *packing*. Eran las tres de la tarde y el bus de la empresa parecía, literalmente, un sauna. A pesar de que estaba casi asfixiado por el calor que se acumulaba debido a la gran cantidad de gente a su alrededor, Concrecio estaba quedándose dormido. De pronto, luego de la cortina musical, escuchó la noticia en la radio:

—*Radio Lola informa: Esta noche se hizo el cambio de mando presidencial. Un extraño y cordial abrazo le entregó el expresidente Xanté a la nueva líder, Milena Millones.*

Inmediatamente luego de escuchar la noticia, se paró de su asiento, pasó entre los cuerpos sudados de algunos trabajadores que iban de pie y le rogó al chofer que detuviera el bus. Esa noche no iría a trabajar al *packing*; de hecho, no iría nunca más. Bajó del bus y se fue caminando hasta la imprenta. Un auto casi lo choca al cruzar la carretera en un paso no permitido.

—Pero ¿qué mierda pasó aquí? —le dijo a Pancracio una hora más tarde, cuando llegó a la imprenta.

—¡Bah! ¿Tenemos visitas? ¿A qué se debe el placer de tu presencia?

—Vine a ayudarte, Pancracio. Me enteré de que Milena Millones es la nueva presidenta de Chile, y esa señorita nos tiene mal. Presiento que no se vienen cosas buenas para esta imprenta. Además, me estaba volviendo loco en mi trabajo, ¡hasta estaba viendo dos lunas! Creo que nunca debí haberme ido de aquí. ¿Qué es este cuchitril? ¿Dónde están todas las impresoras?

—¡Tssss! Esto no es nada comparado a la cagaíta que pasó. ¡Por poco no la cuento dos veces! Si no fuera por el perro al que tú tanto le gritas, otro gallo cantaría. Vinieron dos chicocos y dejaron la pura caga' acá. Lo único que pude salvar de toda su destrucción son estos trozos de fierro y esta pequeña impresora portátil. ¡Tendremos que seguir trabajando con esta pequeña amiga!

—Pues lo haremos, compaire Pancracio. Te ayudaré, como lo he hecho toda la vida, como siempre nomás lo hemos hecho: poniéndole el hombro a las balas, como cuando abrimos esta imprenta con tan solo una impresora. ¿Lo recuerdas? Éramos jóvenes y enérgicos.

»Ahora no somos nada de eso, pero tenemos nuestra integridad y nada ni nadie, ni siquiera una presidentucha de cuarta, nos la quitarán. Y si a usted le da con decirle que no a la señora esa, pues lo apoyaré. Como dice la canción, «Cuando hay que pelear, peleamos», y si hay que sufrir, la sufrimos nomás.

»Venga pa'cá, socio. Deme su mano, que yo le daré la mía para reconstruir esta pocilga. No estoy curado, pero le voy a preguntar: ¿somos amigos o no somos amigos?

—Somos amigos.

EL PRIMER MANDATO de la presidenta Millones fue reducir la inversión económica en los asuntos científicos, hecho que repercutió de indirectamente en los avances de Eduardo, pues tuvo un profundo impacto en las nuevas investigaciones que realizaba la Facultad de Física de la Universidad de Chile. Eduardo guiaba su trabajo con base en dichos estudios, puesto que, a pesar de que había sido expulsado de la institución, conservaba su acceso al repositorio que la universidad tenía en internet.

Milena no pensaba en el futuro del país ni en el bien intelectual o cultural, solo le interesaba ganar más poder y, con eso, más dinero. De ser por ella, tendría una piscina llena de oro líquido y se bañaría con gusto en ella, dejando que el poder del dinero exfoliara su piel. Pero, en ese momento, tal fantasía estaba más lejos que nunca, pues la grandilocuente campaña y todos los artilugios que la habían llevado al poder la dejaron en la ruina momentánea. Por eso, de inmediato cobró el seguro contra catástrofes que tenía Multicuricó, y con ese dinero se dispuso a amasar, nuevamente, su fortuna.

Una vez que Milena volvió a hacerse cargo de Multicuricó, se preocupó por ordenar y hacer segura la ciudad para que no se repitiera lo que le había ocurrido a su querido centro comercial, donde alguna vez, cuando niña, paseaba de la mano de su mamá tomando leche con plátano.

—¡Salgan de ahí, vagos hediondos! Por orden de la presidenta de Chile, esta tienda debe ser desalojada —les dijo el recién ascendido a jefe de la primera comisaría de Curicó, el suboficial mayor Hernández, a los dos chicocos drogadictos, Tapu y Zun, escoltado por una docena de uniformados de Carabineros de Chile y algunos funcionarios de la Policía de Investigaciones.

La presidenta Millones ya tenía algo más de dinero que solo la ropa que llevaba puesta. A partir de ahí, ocuparía todo el poder y los beneficios de su cargo para recuperar el dinero perdido. Luego de retomar el mando de sus empresas, se encargó de vender todo el cobre estatal al mejor postor internacional. Del mismo modo, vendió soluciones radioactivas y metales a Estados Unidos en su incansable carrera armamentista, y, en menor medida, a Rusia y Corea del Norte.

Ella sabía que una guerra se venía y que, sí o sí, iba a sacarle provecho. Con esas maniobras, al vender dichos recursos, obtuvo ingresos que fueron directo a sus propias empresas, como su cadena Multi y el Banco de Talca, las cuales aumentaron significativamente sus ganancias y crecieron exponencialmente.

—Tenemos un problemita en Multicuricó —le informó una vez su contador.

—¿Qué pasa con mi querido *mall*?

—Está creciendo mucho y nos estamos quedando sin estacionamiento. Hay una imprenta colindante que podríamos comprar, y nos podría ayudar a obtener más espacio. Le mostraré cuál es.

—No me diga, no es necesario que me muestre un mapa, ya sé cuál es… ¡Esos viejitos tercos! Ya los visité una vez y desde entonces no he tenido tiempo de demostrarles quién es la que manda. ¡Ah! Ahora verán quién manda en este país. Yo siempre gano, y ahora sí que el poder está de mi lado.

Debido a la falta de subvención por parte del Estado en el régimen autoritario de Milena, Eduardo no tenía la información suficiente para guiar su trabajo. No había publicaciones disponibles para hackear desde el repositorio de la Universidad de Chile, así que dejó de trabajar en su investigación. Durante ese tiempo improductivo, no hizo más que dormir doce horas diarias y pelear con su familia, que lo veía como un mero vago.

Eduardo se sentía vacío. Estaba en su nadir, había tocado fondo. Sentía envidia por los demás, que tenían algo por lo cual vivir, mientras a él solo le quedaba un cuaderno con ecuaciones sin resolver y unos resultados obtenidos en su *notebook* que no calzaban con sus teorías. Sentía que no tenía nada.

Ni novia. Ni trabajo. Ni recursos.

Ni motivación. Perdió su gusto por el conocimiento, esa chispa que lo había llevado a decidirse a estudiar Física en una ciudad que él no conocía, dejando su cómodo Curicó por la selva santiaguina, «Santiasco», como la llamaría después de mudarse. Sentía que los cálculos que había hecho durante casi toda su vida, aquellos que envolvían la teoría de cuerdas y la teoría cuántica de la supersimetría de once dimensiones, jamás tuvieron y jamás tendrían un efecto práctico en la realidad.

Sentía que por eso estaba solo, sin novia, porque se la pasaba encerrado en ese microscópico mundo cuántico y que, en realidad, era un cobarde que temía vivir en el mundo no cuántico, «el mundo real de las cuentas que pagar», como le repetía como perico Sara, su ex. Sentía que su existencia era un total fracaso y que, si él fuera una cuerda, sería la que menos vibración tendría.

»Todas las noches se desvelaba. A eso de las tres de la mañana, iba a la cocina y se hacía su única comida diaria: un sándwich con lo que hubiera en el refrigerador. A veces era manjar, otras veces era huevo. Y cuando ya era fin de mes y no había casi nada que comer, el sándwich solo tenía mantequilla. Por todo ello, se volvió ojeroso y los huesos se le empezaron a marcar.

Su pieza estaba rodeada de aparatos científicos y ya no le interesaba usarlos. Lo último productivo que hizo fue imprimir, con una pequeña impresora portátil que el Tila le llevó, hace un tiempo, desde la Feria de las Pulgas, el libro que le habían quitado los dos chicocos drogadictos. Decidió que, simplemente y sin una razón superior, leería el libro; después de eso, no sabía qué pasaría ni qué más haría. Les tomó fotos a todos sus aparatos de la pieza/laboratorio y las publicó en Mercado Libre para venderlos.

Un día, ingresó vía internet al repositorio de la Universidad de Chile y se llevó una triste sorpresa al darse cuenta de que su usuario había sido bloqueado.

A modo simbólico de su rendición en el mundo científico, escribió una última ecuación en su cuaderno de notas:

Si:

a) Eduardo = perdedor (fracaso)
Entonces,
b) Estas ecuaciones no tienen resolución en este universo.

EL PARQUE O'HIGGINS se llenó de gente. El estrado estaba adornado con banderas chilenas, pero no cualquier bandera. El rojo había sido cambiado por rosado y, en vez de una estrella, estaba la letra M de color blanco.

—¡Compatriotas! —dijo Milena. Las trescientas mil personas que asistían a la ceremonia la ovacionaron y aplaudieron durante al menos un minuto. Cuando al fin se callaron, prosiguió con su libreto. En él, haciendo caso a los consejos de Xanté, había algunas palabras mal escritas a propósito—. ¡El *pogreso* lo es todo! El futuro es ahora, el cambio es inminente. Es por ello que prohibiré el funcionamiento de todo tipo de impresoras. Quiero decir: ¡prohibiré todo tipo de imprentas!

La multitud le aplaudió por al menos otro minuto.

Contrario a lo que la mayoría de los ciudadanos creía, Milena, en su afán de abolir el funcionamiento de las imprentas, no era para nada tonta. Sus ansias de dinero y el hecho de no saber perder, mucho menos ante unos simples viejos, la cegaban ante otras posibilidades.

Fue así que las imprentas en Chile se fueron cerrando una por una. Milena contrató a dos agentes para que viajaran a Curicó y notificaran ellos mismos a los viejitos de la prohibición. Pancracio divisó a los agentes y, antes de que entraran, alcanzó a pasarle a Concrecio los trozos de fierro y la única impresora que tenían.

—¡Rápido, escóndete en el baño con estos aparatos! —le dijo mientras lo empujaba al espacio de dos por un metro.

—Buenas tardes —dijeron los agentes—. Estamos fiscalizando que no haya imprentas abiertas.

—Esta no es una imprenta. Mire a su alrededor, solo somos yo y mi socio Concrecio que está en el baño —dijo Pancracio. Miró hacia el baño y dijo—: ¿Cómo estás, hombre?

—Más o menos —gritó Concrecio desde el baño, apretando la guata.

—Amaneció con diarrea, el pobre. Solo somos dos viejitos que vendemos… Eh…

Pancracio hizo una larga pausa. Nada convincente se le ocurría decir.

—¿Qué cosa, po, hombre? —dijo un agente.

Pancracio, oculto de la cintura para abajo, se sacó los zapatos y se los mostró a los agentes.

—Zapatos. Vendemos zapatos.

—Oiga, pero ese zapato está gastado.

—¡Qué torpe soy! ¿Dije «vendemos zapatos»? Quise decir, vendemos y arreglamos zapatos. Pero más los arreglamos que los vendemos.

Los agentes golpearon un par de veces la puerta del baño hasta que se resignaron a que la persona adentro no iba a salir.

—Tal vez nos equivocamos de lugar —dijo un agente—. Esta no es una imprenta. Perdón, buen hombre.

Una vez que los agentes se fueron, Concrecio salió y le preguntó a Pancracio:

—¿Qué vamos a hacer ahora? Los agentes tarde o temprano nos van a pillar.

—Ya se nos ocurrirá algo —dijo Pancracio.

YA QUEDABAN POCAS imprentas funcionando a lo largo del país. Los chilenos no tuvieron más remedio que adaptarse a la ausencia de libros físicos. Las ventas de tabletas para leer libros digitales aumentaron, hecho que elevó las ganancias de Multicuricó y tiendas similares. Sin embargo, en el otro lado de la vereda, hubo muchos casos de gente que, debido a problemas visuales, sufrió por tener que leer todo en formato digital. Por ello, miles de estudiantes de enseñanza básica y universitarios salieron a protestar por la prohibición.

El Ministerio de Salud llegó a realizar informes que denotaban el considerable aumento de enfermedades visuales, de lo que se culpabilizó completamente a la presidenta. Sin embargo, Millones, en vez de retirar la polémica prohibición, y dado que no le gustaba realizar simples conferencias de prensa, manifestó su rotunda postura en otra ceremonia ideada nada más para reforzar el hecho de que la prohibición se quedaba:

—¡Mientras yo no me enferme, todo está bien! —ladró a las cuatrocientas mil personas—. ¡El que esté en contra mía, se va a ganar un subsidio para vivir en el cementerio! ¡Yo soy la ley, y si yo digo que las imprentas se cierran, se cierran y ya!

Todas las noches, a eso de las tres de la mañana y momentos antes de irse a acostar, Eduardo se quedaba parado mirando las paredes de su cuarto durante largo rato. Era como si su cerebro y su cuerpo se apagaran, como si su cuerpo no encontrara la motivación para irse a dormir y empezar un nuevo día, como si todos sus órganos se resistieran a vivir otra jornada.

Comenzó a levantarse a las tres de la tarde, a dormir demasiado para un científico que toda su vida había madrugado para investigar los más profundos rompecabezas cuánticos. Si ya le costaba el doble de trabajo realizar cada una de las labores diarias, proseguir con sus investigaciones le parecía una tarea titánica.

Con la publicación en Mercado Libre, vendió la mitad de sus aparatos científicos. A modo personal, conservó un jockey con una extraña figura cuyo significado solo él y algunos pocos entendidos conocían. En el mundo de la Física, era conocida como «forma de Calabi-Yau» en honor a sus creadores, y se da a niveles cuánticos.

Ese gorro fue el que usó, a modo de puesta en escena, en uno de los pocos conciertos que dio en el campus de la Universidad de Chile tocando su teclado, chorrocientos años atrás. Quería ser un músico-físico, aunque, al igual que Brian May, su ídolo de Queen, quería ser más músico que físico.

Todos los días recibía reproches de sus padres: «No tienes un trabajo que te dé para comer, Eduardo. No puedes seguir así, dependiendo de nosotros», «Aterriza en la vida, Eduardo, mira que hace harto rato que dejaste la U y nosotros te manteníamos». Fue tanta la presión de sus padres que un día pescó su viejo teclado, le compró pilas y se puso a cantar en la calle para ver si así conseguía algo de dinero. El tiempo no pasa en vano, y ya no tocaba como antes. En una hora en la calle hizo apenas dos mil pesos, hecho que lo desmotivó y lo llevó a desistir de esa práctica.

En ese tiempo dejó de leer documentos, fueran los escasos archivos digitales que, debido al bajo financiamiento científico de parte de la presidenta Millones, había en la web o los últimos papeles que imprimió en su pequeña impresora. El último libro que imprimió, *El universo elegante* de Brian Greene, viajaba de un lugar a otro de la habitación sin siquiera abrirlo para hojearlo.

Esa noche, el libro estaba encima de su cama.

Como todas las noches, estaba parado frente a su cama con la mente apagada. A diferencia de otras noches, esta vez posó los ojos en el rústico texto, ese libro «artesanal», con las hojas mal cosidas, y de un tamaño más grande que el promedio de libros y los bordes disparejos.

A pesar de considerarlo un libro científico, no lo era en estricto rigor, pues su modo de explicar las cosas, apelando a las masas, iba dirigido a cualquiera que no fuera por fuerza un científico. Sentía que algo había que descubrir en él, y le quedaban solo cien páginas para terminarlo. En otra circunstancia, las hubiera leído muerto de la risa, pero, debido a su bajo estado anímico, demoraría en leerlas al menos una semana.

Y lo decidió.

Terminaría el libro.

Y luego su vida.

Eduardo intuía que algo iba a descubrir en ese libro que, antes de morir, le haría sentir que las piezas de su existencia calzaban un poco más. Sentía que al leerlo hasta el final podría reencarrilar su vida y pensamientos.

Una semana después, Eduardo apretaría con todas sus fuerzas el mango de la guillotina que acabaría con su dilema.

Eduardo daría fin a su sufrimiento.

El cuchillo oxidado atravesaría la tripa con dificultad, pero finalmente dividiría el cuerpo de lado a lado en un corte limpio.

Si bien dejaría un gran desorden en las baldosas del piso, quedaría en el aire la pulcritud de haber terminado con las imperfecciones.

Luego, don Pancracio barrería los restos esparcidos aleatoriamente por el piso. Moviendo su escoba de forma embarazosa y débil, como solo puede hacerlo un viejo, daría a entender un hecho inalienable de la vida: para que la vida continúe, se debe limpiar lo sobrante, eliminar los restos que no sirven. Se trata de podar lo viejo para obtener belleza.

Para Eduardo, sería el fin de sus días.

4

CONCRECIO INTENTÓ por todos los medios posibles convencer a Pancracio de llevarse la impresora portátil y los pedazos de fierro a su hogar y desistir de funcionar como imprenta, al menos durante el tiempo en que Milena permaneciera en el poder. Pero Pancracio era terco como mula en su decisión de seguir con la imprenta. Lo haría pasase lo que pasase y a como diera lugar.

Dicen que es en los momentos de crisis cuando surge la creatividad y, a pesar de que lo de reparar zapatos fue una frase al aire que les había dicho a los agentes de Milena para salir del paso, Pancracio siguió con la idea de la reparadora de calzados.

Para ello, fue a la Feria de las Pulgas y le compró al Tila una bolsa de basura llena de zapatos usados y una plancha de cholguán que el Tila había robado de una casa abandonada. A su vez, como ya no había repuestos para la impresora grande de fierro, decidieron vendérsela al Tila a modo de chatarra por veinte mil pesos, precio justo para sus veinte kilos de fierro, pero injusto por su valor sentimental, pues era una de las primeras impresoras con las que inauguraron el local hacía cincuenta años.

Así, los viejitos pusieron la plancha de cholguán en el tercio trasero de la imprenta, a modo de pared falsa, para dividir el local en dos zonas. Pintaron nuevamente las paredes del interior del local y la de la plancha de cholguán para que no se notara la remodelación. En la mitad trasera de la imprenta, oculta a los ojos de todo aquel que entrara a la «reparadora de calzados», esconderían la pequeña impresora portátil y los pedazos de fierro que quedaron del asedio de los chicocos drogadictos.

En la mitad delantera, que estaba a la vista de cualquier cliente o transeúnte, pusieron los zapatos, lustrados y ordenados en pares, así como por número de talla, en unas estanterías sin puertas que antes estaban en la casa de Pancracio, quien las llevó ayudado por Concrecio.

Solo quedaba un último detalle para que la fachada de la reparadora de calzado cobrara vida: comprar una nueva vidriera. Concrecio llamó al Tila para preguntarle si se podía conseguir alguna. El Tila no lo iba a defraudar y, aprovechando los últimos momentos de vandalismo en Curicó antes de que todo por fin volviera a la normalidad, alcanzó a robar la vidriera del local Top Dog.

La Primera Comisaría de Curicó recibió, al instante, un llamado telefónico denunciando el robo, pero el suboficial mayor Hernández y sus dirigidos aún estaban demasiado ocupados ordenando todo el despelote que había quedado en Curicó durante el período de la campaña de Milena como para atender asuntos menores como el del hurto de una simple vidriera.

Los viejitos borraron con detergente y una espátula cada una de las dos infladas palabras «Top Dog» de la vidriera, así como su logotipo, un perro con un babero. Con la mejor caligrafía y con una brocha gruesa y pintura blanca, y recordando los viejos tiempos de los anuncios a mano, Pancracio escribió en la vidriera con letras grandes: «Reparadora de Calzados Beta». Se habían demorado solo un día en transformar la imprenta en una reparadora.

—¿Recuerdas cuando escribimos «Imprenta Alfa» en la vidriera? —dijo Pancracio.

—Algo recuerdo, ya ha pasado mucho tiempo. ¿Serán cincuenta años, más o menos?

—En ese entonces, al igual que ahora, no teníamos dinero para contratar a alguien que nos dibujara las letras. Y aun así pudimos salir adelante.

—Es que en ese tiempo las impresiones eran un oficio que prometía. Las cosas cambian, Pancracio.

—Tal vez sí, pero todo esfuerzo se recompensa, ya sea si imprimes una hoja al mes o reparas zapatos.

—¡Qué bueno que mencionas los zapatos! Da la 'casolidad' que este rubro, aunque sea solo una fachada, no tiene mucha diferencia con el de las impresiones —le dijo Concrecio a Pancracio—. Es otro oficio que tal vez morirá, como nosotros.

—Sé más optimista, viejo. Si muere, al menos lo hará bajo sus propios términos, sin venderse ante nadie. No sé tú, pero a mí me queda mucha vida por delante. ¡Este cuerpito aún tiene mucho que ofrecerle al mundo! ¡Solo mira estos músculos!

La traductora de Milena ya estaba algo cansada. La presidenta de Chile hablaba muy rápido y llevaba casi una hora conversando con Joe Biden, el presidente de Estados Unidos. Era tanta la falsa seguridad que tenía Milena sobre su manejo del inglés que no le agradaba usar un traductor. Sin embargo, en la última conversación con Biden hizo el papelón de su vida, pues no entendió ni una palabra de lo que el gringo le dijo, mucho menos pudo responderle algo coherente.

—Sí, señor Biden —dijo Milena al teléfono—. Le vuelvo a repetir que la prohibición de las impresiones es una marcada tendencia mundial.

El presidente habló unos momentos en inglés y la traductora, tras tomar una gran bocanada de aire, le dijo a Milena:

—Pero ¿acaso esa medida no representaría una reducción drástica en la lectura?

—En lo absoluto. Los últimos estudios de la Universidad de Chile indican que la población les dedica al menos dos horas diarias a los dispositivos inteligentes, ya sean *smartphones*, *Smart tvs* o *tablets*. Por eso, al dejar de imprimir en formato físico e invertir en el desarrollo de la lectura digital, estaremos haciendo todo lo contrario a su preocupación, pues incentivaremos la lectura al traspasarla a un formato más atractivo para las masas. Realizaremos una especie de marketing a la lectura, publicidad que llegará a mayor cantidad de personas, en especial a los jóvenes, quienes son los que más consumen dichos servicios.

La traductora demoró un poco en explicarle todo al presidente. Este último respondió y la traductora dijo:

—Bueno, entonces tal vez es hora de abrirnos al progreso.

—En efecto, señor presidente. Siempre mi lema ha sido «Un nuevo Chile vendrá», eso es lo que quiero para mi país y para el suyo. Debemos probar nuevas alternativas.

El presidente Biden dijo algo que Milena entendió sin la necesidad de traducción: *Let's do it!*

Con el mismo *modus operandi* y ayudada por varios traductores, Milena intentó convencer a otros importantes mandatarios:

—Sí, señor Kim Jong-un, le digo que la gente le concede más tiempo a un bloque de silicio que de papel. Por supuesto, nadie toma en serio los libros físicos. Y la tarea de realizar avances tecnológicos en su rica nación no requerirá de materiales del extranjero. Sus propios ciudadanos lo pueden hacer…

»Sí, señor presidente. La gloria de la cultura china no se extinguirá por el hecho de dejar de imprimirla en papeles o, en su defecto, detener la caligrafía… *Chinchulancha, tafuchi tuchancla, checayó flakuching, nochechube…* —pronunciaba Milena sonidos chinos—. No, no, no. Ya existen numerosos *softwares* que emulan los trazos de pincel y realizan una copia digital muy fidedigna de la famosa caligrafía china. Pierda cualquier cuidado.

—*Simecaigo kataplofv, Dostoievski, sibrinka sedespetrronka, matamoshka melosova…* Mi ruso es malo. No, señor Putin. La literatura rusa no se venderá ni leerá menos porque se acaben las impresiones. Solo se expandirá más, debido a los avanzados motores de búsqueda de los que hoy en día disponen los navegadores web.

—Por supuesto, señor Emmanuel Macron, las lecturas digitales crearán una nueva forma de acercarse al mundo de la poesía y las artes literarias, en las cuales Francia siempre ha marcado tendencia. Le prometo que ninguna de esas expresiones va a morir con el retiro de las impresiones. Como le digo: todo el mundo le concede más tiempo a un bloque de silicio que a uno de papel.

Era tarde y Milena, al igual que sus traductores, estaba cansada de tanto hablar por teléfono. De repente, su secretario entró para decirle:

—Llegaron sus agentes, señorita Millones.

—Buenas tardes, señora presidenta —dijo uno de ellos—. Lamentamos informarle que en la ubicación que nos envió no hay ninguna imprenta, solo se encuentra una humilde reparadora de zapatos.

—¡Par de inútiles! Yo sé que ahí hay una imprenta. No me queda más remedio que destinar la labor de vigilar a los viejitos a verdaderos profesionales y no a simples pelafustanes como ustedes.

De tal modo, Milena contrató a dos funcionarios de la Policía de Investigaciones, los mejores del rubro investigativo, famosos por su eficacia y el récord de llevar cincuenta crímenes resueltos al hilo.

—No se preocupe, señora presidenta —dijo uno—. Nosotros los vigilaremos veinticuatro siete. Sabremos todo de ellos: a qué hora llegan a la reparadora, cuándo salen, cuándo van al baño, qué almuerzan y qué toman de once. Revisaremos su basura si es necesario. Llevaremos un registro exhaustivo de quién entra y quién sale de la reparadora. Nada se nos escapará.

Debido a la profunda depresión en la que se encontraba, Eduardo se alejó de todo lo que pasaba en Chile. Ignoraba que una nueva presidenta gobernaba el país y que había instaurado una prohibición para que funcionasen las imprentas. Era de mañana y estaba muy triste, parado como siempre frente a su cama, con la mente apagada.

De pronto, vio en el piso de su habitación un ejemplar del diario La Prensa de Curicó. «¿Cuándo lo compré?», se preguntó. Sin reparar mucho en la fecha que salía en los bordes, y debido al desgastado estado de sus hojas, concluyó que tenía un par de meses. Su mente se activó un momento para sacar una hoja al azar. Un anuncio llamó su atención:

Ese mismo día, a las tres de la tarde y con los gritos de fondo de sus padres pidiéndole que se consiguiera un trabajo que le diera de comer, Eduardo se puso el gorro de Kalabi-Yau, una de sus últimas posesiones, tomó el libro de bordes disparejos y, en completo estado de enajenación y desestimando ir a la cárcel por ello, rasgó la hoja del diario y partió a dicha calle en busca de la imprenta Alfa.

Eduardo acabaría con su sufrimiento.

Llegó a la dirección del anuncio, pero se llevó una extraña sorpresa. No había ninguna imprenta, sino un local con una leyenda pintada con letras blancas de pésima caligrafía que decía: «Reparadora de Calzados Beta». «No se ve nadie en el interior, debe ser un local abandonado», pensó. Revisó bien el anuncio, no podía haberse equivocado de número. Por casualidad, un perro empezó a ladrar y menear la cola muy cerca de él. Era Globi, el perrito héroe.

—Venga, lindurita —dijo Eduardo—. Tú me salvaste esa vez de los flaites, ¿cierto? ¿Cómo está ese ojito? ¡Pucha! Ya lo perdiste todo, ¡puta que fue malo el que te disparó! ¿Quién es un buen perrito? Tú, ¡y tal vez seas más bueno si me ayudas ahora!

Entonces Globi entró en la reparadora Beta y, para extrañeza de Edu, le ladró a la muralla del fondo de la reparadora. Eduardo entró a la reparadora y vio la gran cantidad de zapatos lustrados que se exhibían en los estantes. Globi no dejaba de ladrarle a la muralla.

—Globi huele nuestra comida, Concrecio —alcanzó a escuchar Edu.

—¡Cállate, perro hambriento, y déjanos almorzar tranquilos! —gritó una segunda voz.

—Está bien, mi perrito regalón. Saldré a darte comida.

Eduardo se sorprendió de que, de repente, una parte de la muralla del fondo se doblara hacia adentro del local para formar una puerta desde la que salió Pancracio. Cuando vio a Edu, al viejito se le cayó su plato debido a la sorpresa.

—Ahora sabes nuestro secreto, jovencito —dijo Pancracio.

—Buenas tardes, no era mi intención molestarlos ni nada. Me preguntaba si conocen dónde se ubica la imprenta Alfa.

—¿Para qué necesitas una imprenta? Es un rubro que se extingue, ¿acaso no sabes de la prohibición?

—No he oído hablar de ella, solo sé que quiero cortarle los bordes a este libro que yo mismo imprimí. Mire.

Pancracio vio el libro. Observó los gruesos hoyos que Eduardo le había hecho, así como las gruesas pitillas atravesando esos hoyos y uniendo firmemente las hojas. Era una mala encuadernación en la que las hojas no estaban dispuestas en un orden correlativo, sino que sus números iban más o menos así: uno, tres, dos, cuatro, y así sucesivamente.

—Es un buen trabajo, chico; algo rústico, pero bueno, al fin y al cabo. Si de verdad conocieras la realidad del país y nuestra situación, tendrías que dar por hecho que no te diría dónde se encuentra la imprenta que buscas. Nos persigue algo muy poderoso y bien podrías ser un agente enviado por la presidenta Millones. Sin embargo, al mirarte a los ojos, veo en ti, más allá de una profunda pena, bondad y buenas intenciones. Es por eso que te ayudaré. ¡Sígueme!

Pancracio abrió la puerta que se camuflaba con la muralla y le mostró a Eduardo la reducida imprenta Alfa.

Eduardo quedó sorprendido de que, en un espacio tan reducido e invisible a los ojos de la gente que entraba al local principal, pudieran caber tantas cosas. Recordó que esa misma estrategia del doble fondo la usaban los magos para hacer desaparecer a sus modelos en una gran caja. Vio al final del, llamémoslo, espacio/pasillo la minimprenta, una pequeña mesita para dos donde Concrecio, acurrucado y aún comiendo, lo saludó tibiamente con la mano.

—Como verás, nuestra guillotina está desarmada —dijo Pancracio—. Falta ponerle algunos fierros. Si gustas, nos puedes ayudar a arreglarla.

Eduardo tomó un montón de fierros y fue poniéndolos, uno a uno y según las indicaciones de los viejitos, en su lugar. Era una guillotina de gran tamaño y se notaba que era muy vieja.

—Eso es todo, chiquillo; el resto de los fierros que sobraron creo que no son necesarios. Pertenecían a una vieja impresora y los venderemos como chatarra. ¡Manos a la obra! Solo debes poner el libro aquí. ¿Está bien este corte?... Bueno, ahora debes apretar fuerte.

Edu apretó con todas sus fuerzas el mango de la guillotina que acabaría con su dilema, el de las hojas disparejas.

Eduardo daría fin a su sufrimiento.

El cuchillo oxidado atravesó la tripa del libro con dificultad, pero al finalmente cortó el cuerpo de lado a lado de todas formas. Dejó un desorden en las baldosas del piso, donde las tiras del papel cortado tapizaban todo el espacio circundante. Sin embargo, a pesar de ello, quedó en el aire la pulcritud de haber terminado con las imperfecciones.

Luego, don Pancracio barrió los restos del corte esparcidos de aleatoriamente por el piso. Moviendo su escoba de forma embarazosa y débil, como solo puede hacerlo un viejo, dio a entender que, para que la vida continúe, se debe limpiar lo sobrante, eliminar los restos que no sirven, eliminar los bordes feos, pulir las cosas, podar lo viejo para obtener belleza.

Para Eduardo, sería el fin de sus días de andar con el libro con incómodos bordes disparejos.

—Oiga, pero muchas gracias. En serio se pasó, caballero. Ahora mi libro quedó hermoso.

—Estamos para servirle, señor.

—¿Cuánto me sale la gracia?

Pancracio sonrió y, con una palmadita en el hombro, le dijo a Eduardo:

—Vaya nomás, no es nada.

—Pero ¿cómo que nada? ¡Si les quité algo de tiempo!

—¡Bah! Si el tiempo para los viejos corre de otra forma. Con haberlo ayudado, se puede decir que usted nos dio algo de tiempo.

—¡Pucha! Muchas gracias, caballero. Que Dios se lo pague, en serio, que le vaya muy bien.

—Vuelva cuando quiera, nomás.

Concrecio, con la boca ocupada comiendo, solo atinó a despedirse con la mano.

Al marcharse, algo cambió en el modo de pensar de Edu. Un calorcito le recorrió la médula, ¿sería felicidad? No podría decirlo. De lo que estaba seguro era de que, luego de tantas penurias, se sentía bien consigo mismo al pensar en que aún quedaban personas buenas en el mundo, como don Pancracio.

Aún quedaban cosas por las que luchar en el mundo.

Mucho más allá de las preocupaciones que limitaban la mente de Eduardo, estaba la situación de guerra en la que se encontraba el resto del mundo.

Las naciones involucradas fueron invirtiendo cada vez más y más dinero en la compra e investigación de nuevas armas. Por ello, ante los escasos recursos económicos disponibles y motivados por los insistentes consejos de Milena, quien decía que «los libros son un gastadero de plata», los principales mandatarios decidieron que se debían cerrar las imprentas. Así comenzó el proceso de cierre de imprentas a nivel mundial.

Dada la cercanía geográfica con Chile y el hecho de que Milena había viajado un par de veces a hablar en persona con el presidente gringo Biden, el primer país involucrado fue Estados Unidos, o Estados Juntos, como le decía Pancracio. Cientos de estudiantes de las más prestigiosas universidades se vieron obligados a transformar sus hábitos de lectura para pasar a una completamente digital. A raíz de ello, las acciones de Apple se elevaron a las nubes con la descomunal y nunca vista venta de *tablets* de lectura.

Hubo numerosas protestas en Harvard y en Massachusetts, pero el pueblo les dio poca importancia, ya que el foco de la gente estaba en la nueva guerra que se avecinaba, ante la cual el presidente daba conferencias de prensa día de por medio exponiendo el poderío militar gringo y las innumerables formas en que podría atacar a los «malvados» enemigos de Europa. «Tenemos cinco mil no sé cuántos aviones F algo, chorrocientos soldados y leseras así».

Al conocer sobre el cierre de las imprentas en Estados Unidos, el presidente ruso, Vladimir Putin, decidió, recordando el viejo conflicto de la Guerra Fría, darles del mismo chocolate, verdad de Dios.

—Camaradas, no podemos ser menos que esos capitalistas consumistas occidentales. También cerraremos las imprentas, puesto que debemos ahorrar hasta el más mínimo rublo para la guerra que se avecina —dijo en una conferencia de prensa.

Del mismo modo, los países que no estaban en guerra decidieron que el cierre de las imprentas era una opción que les acarrearía beneficios. Debido a la cercanía de una nueva era digital, en la que se podría acceder a más libros por menor precio, decidieron invertir en nuevas tecnologías que facilitaran dicha forma de lectura en lugar de seguir invirtiendo en imprentas, lo que llevó al irremediable cierre de las últimas.

Así fue como, más rápido que lento, en todo el mundo se fue sustituyendo el papel por el tabloide de silicio. Las escuelas ya no tenían libros, las universidades ya no daban exámenes en papel. Los paraderos de buses ya no tenían anuncios pegados, nada de «se ofrece pensión» o «se perdió mi perrito Frufrú». Ya no se imprimían diarios, revistas, manuales ni historietas. Todo tenía que estar dentro de una pantalla; si no, nadie lo compraba.

YA ESTABA TERMINANDO su libro.

Solo unas pocas hojas y todo acabaría.

Contó cuántas hojas le quedaban: «Solo dos».

Hasta que Eduardo leyó el último párrafo de su texto.

—Supongo que es el fin —le dijo al libro.

Tocó el borde liso de las páginas y el dulce recuerdo de los viejitos le hizo desistir de su plan original.

—No esta vez —le dijo al libro.

Recordó el gesto de buena voluntad de los viejitos, la expresión de bondad de Pancracio y la mirada digna de Concrecio.

—No descansaré hasta que salven su imprenta —le dijo de nuevo al libro.

Así, Eduardo empezó a escribir otro capítulo en su vida, uno distinto, uno menos triste.

Decidió cambiar de raíz su estilo de vida. Desde ese día, llevaría una vida saludable, comería saludable y pensaría saludable. Haría todo lo que estuviera a su alcance para no desvelarse sin hacer nada por las noches, para no estar parado frente a su cama con su mente apagada, procrastinando de lo lindo. Comenzaría a sacarle provecho a su vida, para que así esta llegara a importarle y no la tirase por la basura.

Y es que el acto de buena voluntad de Pancracio lo marcó hondo. Se prometió a sí mismo que usaría todas sus habilidades científicas y su inteligencia para ayudarlo a él y a su compañero. Desde ese día, leería todo lo que estuviese a su alcance para ayudar a los viejitos. Revisaría cada publicación del repositorio de la Universidad de Chile y, si aún carecía de nuevas investigaciones, intentaría hackear bases de información de otras universidades en el resto del mundo. Y si los artículos hackeados provenían del otro lado del orbe, aprendería a hablar chino mandarín de ser necesario, *chîchēñòl, wŏ fāshì.*[1]

A su vez, desistió de seguir vendiendo sus implementos científicos y borró la página de internet donde los promocionaba. Razonó que, tal vez por una razón superior, divina, o qué sé yo, nadie quería comprarlos. También juró, en nombre de la ciencia, que no moriría sin resolver las ecuaciones matemáticas que salían

---

[1] «Lo julo», según el traductor de Google.

en el libro guillotinado. Solo después de eso, si aún persistía su falta de apego por la vida y no aparecían nuevas ecuaciones por resolver, tal vez podría darse el gusto de acabar con su propia vida.

Aunque muy en el fondo sabía que cambiaría de opinión y que era una idea ridícula, al menos vista desde un punto de vista racional, desde el punto de vista científico, el hecho de resolver todos los problemas numéricos de tanto físico que hay hoy en día. ¡Tanto pelagato enunciando disparatadas teorías, por Dios, la gente problemática!

Es más, recordó que ya en sus tiempos de estudiante, cuando no estaba el boom cuántico, que todo cuántico, que tallarines cuánticos, que sopaipillas cuánticas… ya había una infinidad de ecuaciones sin resolver y que la física cuántica era una rama de la ciencia que seguía en pañales y que había muchas cosas nuevas por saber de ella.

—Perdón, ciencia, por abandonarte y hacerle caso a un desmotivado corazón —le dijo al libro—. ¡Ahora prometo que develaré tus secretos para así ayudar a esos viejitos buenos! —léase con una música motivadora de intro de anime o de su elección.

—Premiaré con un bono a todo el que me dé información de cualquier imprenta clandestina —dijo Milena en una ceremonia municipal.

Y es que, motivada por sus traumas de niñez y por el rechazo de los viejitos, quería acabar con cualquier imprenta que hubiese en Chile, así como eliminar esa imprenta específica en su natal Curicó.

Producto del incentivo económico denominado «Bono Imprenta», se formaron a lo largo de todo Chile grupos de «Caza Organizada y Profesional de Imprentas». Su emblema era una impresora atravesada a cada lado por dos flechas sobre las siglas COPI. Una suerte de inquisición erradicaría los últimos locales de impresión en contra de la ley.

En Curicó empezó a correr el rumor de que había una imprenta oculta bajo una ingeniosa fachada. Así, un domingo de septiembre se formó una turba en la Plaza de Armas de Curicó, donde estaba la exnovia de Eduardo. La turba tendría como propósito violentar el local ilegal. Las cincuenta personas que la componían, digamos que no dotadas de mentes brillantes, ataron algunos cabos sueltos hasta llegar a la conclusión de que la imprenta clandestina se ubicaba, nada menos ni nada más, que en la reparadora de calzado de los viejitos.

De ese modo, la turba emprendió camino a la reparadora que se encontraba a solo seis cuadras de la plaza, con la esperanza de ver algún aparato ilegal de impresión escondido entre los zapatos remendados. Mientras avanzaban ondeando sus banderas con las leyendas de «Prohibidas las imprentas» y «Con Milena, un nuevo Chile vendrá», entonaban atronadores gritos de guerra:

—¡No más demoras, abajo impresoras! —gritaba la turba furibunda.

La turba estaba a solo una cuadra de la imprenta y los viejitos alcanzaron a escuchar los gritos.

—¿Escuchaste, Concrecio? Están gritando: «Abajo impresoras».

—¡Chuuu! Tení' razón, pa mí que vienen para acá. Cagamos.

—¿Cómo que cagamos? ¡Siempre tan niñita y amariconado! Ven pa'cá y ayúdame a cerrar la cortina de fierro, mejor será.

—¡Pancracio! ¡Mira, ya están aquí! Ya no alcanzamos a cerrar la cortina de fierro.

—Verdad, Concrecio. Escondámonos detrás del muro.

Y dejando la cortina de fierro a medio cerrar, los viejitos partieron a refugiarse detrás, esperando que la suerte estuviera de su lado.

Del otro lado del cholguán, los viejitos alcanzaron a escuchar los ladridos de Globi, que se interpuso en vano a la turba que gritaba y se acercaba al local.

—*Las hojas no hacen bien, en mi tablets leo cien.*

Globi mordió el pantalón de la exnovia de Eduardo y un grupo de diez personas salió a su auxilio, moliendo a golpes a Globi, quien quedó inconsciente.

Los agentes de Milena, que observaban todo, decidieron tomar distancia del suceso, pues no querían ser descubiertos ni ser lastimados por la turba.

La turba se amontonó en la entrada de la reparadora y abrieron la cortina de fierro sin dejar de gritar sus cánticos de protesta.

—Lo viejo no nos detendrá, un nuevo Chile vendrá.

La turba vació los estantes y revisó todos los zapatos para comprobar alguna pista o rastro de la imprenta. La suerte estuvo del lado de los viejitos. La turba, por más que buscó, no pudo distinguir la puerta camuflada en la plancha de cholguán.

Una vez que cada una de las cincuenta personas entró al local y comprobó que la dependencia se trataba solo de una tienda de reparación de calzado, uno a uno, los integrantes de la turba salieron del local, esquivando el bulto que era el inconsciente Globi.

—Mira, Pancracio —susurró Concrecio, que miraba tras una rendija—. A esa chiquilla la reconozco, es Sara, trabajé con ella. ¡Así es el «pago de Chile»!

La turba, aún con la adrenalina a mil y buscando dónde descargar tanto poder, desvirtuó su plan original y se fue a la plaza sin dejar de gritar:

—No más esperas, los libros afuera.

Fue así que entraron a la biblioteca de Curicó, decididos a obtener provecho de sus redadas; si no era en la reparadora, sería en otro lugar. Allí estaba un disque músico, alguien con mucho tiempo libre (al parecer, válgame, Dios), que artísticamente se hacía llamar «The Real Cheo». El pobre, que estaba tocando en ese mismo momento el hermoso piano de cola, se paró de su taburete y alcanzó a salir corriendo por la puerta trasera.

La biblioteca lucía sus estantes vacíos, pero alguien esparció ese día el rumor de que aún quedaban libros. Y estaban en lo cierto. La turba desparramó hasta las sombras, hasta que encontró su «santo grial». Escondidas dentro del piano de cola, bajo las cuerdas, estaban las preciadas y preciosas obras de arte, entre las que se encontraban ediciones antiquísimas de García Márquez e Isabel Allende. Eran veinte libros en total, los cuales fueron llevados al toque al centro de la Plaza de Armas y quemados en una pila que tardó solo treinta minutos en convertirse en cenizas.

Luego de la quema de libros, la exnovia de Edu, Sara, tomó la ruta que pasaba por la reparadora de calzados Beta.

Y lo vio.

O al menos creyó verlo.

Vio de lejos a Eduardo entrar a la reparadora.

Corrió para ver qué se tramaba Eduardo, pero al llegar al local, se encontró con que no había ningún pelagato.

Entonces, la ex de Edu llamó a la presidenta de Chile, la muy chinwenwencha. El secretario de Milena la escuchó y, en su posición de mandamás, la comunicó con la mandamás.

—Señora presidenta, debo informarle que algo pasa en la reparadora de calzados Beta. Fíjese que es atendida por los mismos viejitos de la imprenta Alfa, oiga, solo que cambiaron de razón social, pero el local pasa la mayor parte del tiempo vacío. Además, cerca de la reparadora hay un auto con dos hombres que parece que los vigilan.

—¡Muchísimas gracias, señorita! Por ese honesto aporte se ha ganado el codiciado Bono Imprenta. En cuanto a mí, parece que tendré que darme una vueltecita a Curicó para comprobarlo con mis propios ojos. ¡Que lo tenga que hacer todo una misma para que resulten las cosas!

5

Sin casi ninguna imprenta funcionando, los grupos de búsqueda de impresoras a lo largo de Chile, los COPI, dejaron de tener una razón para hacer destrozos. A pesar de ello, estaban lejos de disolverse. Al contrario, de sorprendentemente, se multiplicarían hasta ser conformados por el ochenta por ciento de la población, que saldría a protestar a las calles con una nueva consigna, distinta de los gritos de «¡No más demoras, fuera impresoras!» y ligada más a la presidenta y al lucro en general.

Chile no iba a ser el único que estallaría en protestas, pues la mayoría de los países latinoamericanos seguiría los mismos pasos de la onda de rebelarse contra el gobierno.

Y bajo el mando de la presidenta más corrupta jamás vista, por la virgencita de Guadalupe que era malota la señora, estallaría una de las revoluciones más masivas en la historia de Chile.

Todo comenzó con una serie de injusticias que se llevaban cometiendo a la población desde mucho antes de que presidiera Milena, y que databan, por difícil que sea de creer, desde el mal ponderado Golpe Militar. Por un lado, estaba la extorsión que cometían las Aseguradoras de Fondos de Pensiones, las AFP, sociedades que lucraban con el dinero de las pensiones de vejez de los chilenos. Por otro lado, existían sistemas de pago de universidades con intereses ridículos que generaban increíbles deudas. Y, entre otros motivos, estaba el alza de los pasajes de locomoción, que subían y subían de precio.

Los chilenos se fueron dando cuenta de todo el engaño y empezaron a creer cada vez menos en los políticos, que eran payasos ricos y cosas así. De la noche a la mañana, toda la parafernalia de la campaña presidencial de Millones dejó de tener efecto en los votantes, quienes despertaron del mágico y fantástico sueño donde Milena era la política que construiría un nuevo Chile. De comenzar a dirigir el país con un 99 % de aprobación, Milena llegó a tener solo un 10 %, la cifra más baja que hubiera tenido un presidente en toda la historia de Chile.

Y un día de noviembre, cayó la gota que rebasó el vaso.

Ese día, el pasaje de todos los transportes de Santiago tuvo un alza de cien pesos, ¡cien pesos, po, eso ya era mucho! Fue ahí cuando a la población chilena se le prendió la mecha de protestar por tanta injusticia.

Entonces, los COPI, ya sin imprentas que destruir, organizaron una gran marcha nacional el día veintitrés de noviembre.

Y cuando llegó el día, quedó la pura cagá.

Millones de chilenos —porque en Chile había hartos chilenos— paralizaron el país de norte a sur.

Ya no solo las imprentas habían dejado de funcionar, también todo el comercio a lo largo del país durante ese día en que el pueblo despertó. Una década atrás, hubo una marcha nacional en la que los estudiantes de educación media, los pingüinos —llamados así por usar colores blanco y negro en sus uniformes—, se organizaron y protestaron de lo lindo, destruyendo el mito de la «edad del pavo». Sin embargo, esa marcha, la de los pingüinos, usando las proporciones, parecía un simple juego de niños comparada con el gran estallido social que sucedió ese día veintitrés.

Los grupos COPI que organizaron la marcha borraron de sus carteles las leyendas «El papel es mal, era digital» y «Con Milena, un nuevo Chile vendrá» por las consignas «¡No más AFP!» y «¡Renuncia, Millones!».

Llegado el día, no es que hayan asistido unas pocas personas ni una cantidad considerable; no, no, no, señor, sino que se podría decir que fueron todos los chilenos, todos, todititos. En todas las ciudades de Chile quedaron abandonadas casas y locales comerciales, peluquerías y supermercados, cines y restaurantes, «puticlubs» y baños públicos. En Santiago, en la Plaza Baquedano había reunidas muchísimas más personas que cuando Chile ganó la Copa América. Era un mar de gente con inmensos oleajes de banderas chilenas y mapuches, porque, dicho sea de paso, los mapuches son como la «mascota deportiva de Chile»: cuando se quiere luchar por algo a nivel nacional, se acuerdan de los weones.

Pues bien, alrededor de todo Chile se estaba dando una gran marcha que no era del todo pacífica. Hasta a Curicó, la ciudad pequeña de los «conejitos», alfajores, berlincitos y pastelitos Montero, donde no volaba ni una mosca y que por lo general se abstenía de cualquier alboroto o burrada parecida, llegaron las protestas. El comercio de Camilo Henríquez estaba desierto y había un gran griterío en la plaza, donde el exgrupo de búsqueda de imprentas había aumentado considerablemente.

Y pensar que ni con «los pingüinos» hubo desmanes; pero con esa movilización, cuarenta mil personas marchaban con antorchas en la plaza que alguna vez fue una de las más bonitas de todo Chilito y que ahora tenía a duras penas dos estatuas, todas cagadas, en sus fuentes de agua. El grupo que marchaba, donde participaba la exnovia de Edu, comenzó a recorrer la ciudad destruyendo todo a su paso.

De tal modo, llegaron a la reparadora de calzados y, sin los viejitos adentro que intentaran defenderla, abollaron la cortina de fierro de la «reparadora» a punta de letreros de signo «Pare» y postes de semáforos recién arrancaditos.

Ante el destrozo de la cortina de fierro, los viejitos comenzaron a sentir que su local corría serio peligro y que, al final, quien daría término a su vida laboral no sería ni una codiciosa presidenta ni su tonta prohibición, sino la misma gente que alguna vez fue a su imprenta. Eran esos mismos clientes honrados y de esfuerzo, don Washington y don Pepito, curicanos comunes y corrientes que, al igual que los viejitos, iban a comprar el pan cerca de la imprenta luego de pasar a comprar a Multicuricó, la multitienda vecina.

Las protestas no paraban y Millones estableció un toque de queda en el que los militares o carabineros podían usar todas sus facultades y, de paso, descargar el estrés de las marchas en los civiles que merodeaban en la vía pública pasadas las nueve de la noche. De ese modo, podían agarrar a cualquier weón que estuviera dándose vueltas a esa hora y, sin necesitar ninguna razón, premiarlo con una estadía cinco estrellas en el calabozo, con todos los gastos pagados y, como desayuno continental, un cariñito con luma y una deliciosa pata en l'hocico a la cama incluidos.

Puesto que en la noche ya no había disturbios, los viejitos convencieron al suboficial mayor Hernández para que, cuando el sol se escondiese y no hubiese ningún manifestante que los violentase, tuvieran el permiso de maestrear en la reparadora para arreglar los destrozos que las marchas habían generado en su local.

En dos noches de arduo trabajo, consiguieron desabollar un poco la cortina de fierro para impedir que alguien pudiese entrar a la reparadora y descubriese que era solo una fachada para su pequeña imprenta clandestina. «Una marcha, por muy grande que sea, no acabará con el fruto de tantos años partiéndonos el lomo desde las cinco de la mañana todos los días», dijo Pancracio.

De ese modo, trabajaron con la luz artificial de una pequeña ampolleta que salía de un alargador. La idea era reforzar la cortina de fierro. Se preocuparon por siempre mantenerla cerrada para que, ante cualquier manifestante sorpresa, no hubiera destrozos en el interior de la «reparadora-imprenta». A la tercera noche de trabajos nocturnos, pusieron unos gruesos maderos sobre la cortina, a fin de que, si alguien se motivaba a romper la cortina de nuevo, al menos se diera el tiempo de desclavar, quemar o destruir, según gustase, los gruesos maderos, tarea que no le sería para nada fácil.

—Si bien no son indestructibles —dijo Pancracio la madrugada que terminaron la tapia—, estos palos al menos harán que a los bandidos les cueste abollar la cortina de fierro.

—Ni que lo digas, hombre. ¡Dios nos libre si llegasen a entrar y luego rompen el cholguán y descubren la imprenta!

Y como invocando al mal, esa mañana llegó la turba más temprano que de costumbre, gritando como loca: «¡Chile despertó!».

—¡Rápido, Concrecio! ¡Escondámonos dentro en la imprenta!

Los viejitos se escondieron y Concrecio, armándose de valor, vio el choclón de gente a través de una rendija de la tapia.

—Mira, Pancracio, ¡ahí está la niña de nuevo, la que trabajaba conmigo! Mocosa de porquería nomás que anda metiéndose en problemas.

—Sin lugar a duda, el país se volvió loco.

Sɪ ʙɪᴇɴ ᴍɪʟʟᴏɴᴇs tenía harto de qué preocuparse, ya que en Chile estaba quedando un despelote social ante tanta marcha, tanta protesta, tantas leseras, tanta violencia entre carabineros y protestantes, donde los primeros sacaban grandes daños físicos y psicológicos por la abismal diferencia de número, seguía con el asuntito de prohibir las impresoras. Solo por protocolo daba sus discursos placebos para aplacar, en parte, las marchas. Gastaba gran parte del día en reuniones para detenerlas, pero aun así se pudo hacer un tiempo para seguir llamando a países, esta vez de menor monta, para convencerlos con su propuesta «antimpresoras».

A pesar de esa pesada agenda, siguió en conversaciones con los peces grandes como Rusia y Estados Unidos. Los presidentes de dichos países, en su competencia mutua por demostrar su progreso bélico, fueron los primeros en eliminar todas las actividades relacionadas con la impresión. Allí, y luego en el resto del mundo, ya se había dejado de imprimir todo tipo de carteles, que se reemplazaron por pantallas LCD en la mayoría de los casos.

En otros, lisa y llanamente, se prescindía de su ayuda, puesto que toda la información habida y por haber se almacenaba en el gran número de redes sociales que estaban proliferando, Instabook, Youtubegram, Carabook, Tik-Tube, Tik-Tak... ya ni me acuerdo de toda la cachá de nuevas plataformas.

Y así, la influencia de Milena —mejor dicho, insistencia— dio sus primeros frutos.

En el mundo proliferó la digitalización de los materiales de lectura. Las universidades de Londres modificaron su plan de estudios para que ningún estudiante ni profesor requiriese imprimir un papel nunca más. Pruebas, informes, estudios, manuales… ahora todo se encontraba en formato digital dentro de celulares inteligentes y *tablets*.

Las bibliotecas más grandes del mundo dejaron de conseguir nuevos libros y traspasaron toda su información al formato digital. Con la irrupción masiva de medios de lectura digital, ya nadie requería de los servicios bibliotecarios, que daban un paso atrás en el progreso del país para pasar a ser verdaderos museos con información de antaño, solitarios, seudoabandonados.

Al igual que ocurrió con el formato caset en la música, las impresoras portátiles quedarían obsoletas. En el mundo se terminó por completo de fabricar y vender dichas impresoras. A causa de ello, quebraron muchas empresas papeleras que no pudieron reinventar su oficio, como lo fue la curicana Dunder-Mifflin. Del mismo modo, las ventas de cuadernos y productos similares disminuyeron, y el hecho de que un estudiante llevara un cuaderno a clases era muy raro y objeto de *bullying*.

Muy pronto y rápido, todas las imprentas de todo el mundo se cerraron. Ya no había lugares donde imprimir proyectos de construcción, planos, menús de restaurantes, boletas y todo lo que se pudiera poner en un papel. No existía ningún lugar en el mundo donde colorear una hoja de papel con tipografías digitales.

Ningún lugar en el mundo.

Ninguno, excepto la imprenta clandestina de los viejitos en el pequeño Curicó.

En seis oscuros metros cuadrados se podían traspasar las palabras e imágenes a un papel. En seis hacinados metros se podía prescindir de los aparatos electrónicos que encadenaban a toda la población mundial.

Pancracio no lo sabría, pero su obstinada lucha de no cerrar la imprenta podría dar como resultado que imprimiera las últimas páginas de todo el mundo. En ese caso, sería una leyenda y sería recordado por toda la humanidad como el hombre que imprimió las últimas imágenes, las últimas boletas, los últimos libros.

—Sigo vivo —murmuraba a menudo Eduardo en su pieza, investigando—. Y seguiré vivo hasta que salve a los viejitos.

Eduardo llevaba una semana sin descansar, realizando investigaciones en su laboratorio/pieza, todo para ayudar a los viejitos de buen corazón.

Atrás habían quedado sus pensamientos suicidas. Estaba tan ocupado que literalmente no tenía tiempo para pensar en nada más que en ayudar a los viejitos.

Necesitando información, al fin pudo resolver unos códigos encriptados y hackear su acceso al repositorio de la Universidad de Chile bajo el nombre de usuario «Kalabi-Yau».

—¡No hay ni una wea acá! —le gritó a la pantalla de su *notebook*, golpeando la mesa. Pa más remate, con el golpe, su *notebook* se apagó de repente—. *What the fuck!* ¡Chucha! ¡Ahora se echó a perder esta wea! ¡Por la cresta! ¡Así nunca podré ayudar a los viejitos!

Pensar en ellos le hizo apreciar el libro guillotinado. Lo releyó una y otra vez para ver si alguna idea acudía a su mente. La quinta vez, se le cayó torpemente al suelo, al lado de un pequeño espejo de mano que había comprado en las artesanías de la playa Iloca mucho tiempo atrás. Vio su reflejo ojeroso y se le alumbró el mate.

—¡Claro! —gritó—. ¿Cómo no lo pensé? ¡Todo se basa en los reflejos especulares y la interferencia! ¡Con la onda correcta, podré dominar cualquier aparato digital!

Con esa idea, loca para cualquier mortal común que viviera lejos de las teorías cuánticas que Edu pasaba leyendo una y cincuenta mil veces, pero brillante para él mismo, realizó sus primeros experimentos que lo llevarían a resultados concretos con valor práctico en la vida real. Así podría defender a los tatitas del acecho de la leona Milena.

Como había vendido un par de instrumentos de laboratorio y el dinero no le sobraba, tomó prestada en secreto… bueno, le robó una batidora de puré a su mamá, quien tuvo que hacer puré con tenedores durante tres meses.

Eduardo desarmó por completo la batidora y le anexó un astrosextante, un amplificador de cuerdas, un electrogravitazigramizador y una pegatina que decía: «No sirve para cocinar», para que su mamá no hiciera puré radiactivo por accidente. Con esas modificaciones, logró que la batidora emitiera las ondas específicas que quisiera.

Probó su invento en la tele del comedor mientras su papá veía los goles de la U, como le decían al mejor equipo de fútbol del país, llamado en realidad «Universidad de Chile». Eligió la frecuencia de la tele y disparó sus ondas. Si bien hizo un ruido que le rompió los tímpanos, la batidora logró su objetivo, ya que con ello pudo cambiar la tele. Justo cuando iban a dar el golazo de chilena que había recibido el Colo, «el mejor gol de la historia chilena», según Aldo Schiappacasse, la tele pasó a la telenovela *La rosa de Guadalupe*.

—¿Qué wea pasa ahora? ¡Que no pueda ver los goles tranquilo en esta casa, por la rechucha! —rugió enojado su padre—. ¿Qué es esa bulla, Eduardo, por la recresta?

Edu, por el bochinche de la batidora, apenas escuchó el griterío de su padre.

«Tendré que hacer algo para silenciar ese ruido catete», se dijo a sí mismo.

Edu desarmó la batidora y la volvió a armar, configurándola para que no emitiera ruido. La probó nuevamente con su celular; esta vez, el ruido fue peor y le reventó los tímpanos.

—¿Hasta cuándo, Eduardo? —gritó su papá—. ¿Me quieres matar o qué?

A pesar de que emitía aún más ruido, Edu, sobándose los tímpanos y casi llorando del dolor, notó que la pantalla de su *smartphone* se prendía y apagaba como loca. Si bien no era como lo esperaba, el invento había logrado su función.

—¿Cómo lo arreglo? ¿Qué cosa? ¿Qué cosa? —murmuraba una y otra vez echado en su cama—. ¿Qué cosa hago con el ruido?

Así, tendido, miró hacia las murallas los posters de Queen y recordó su época universitaria de músico. Tres conciertos dieron en el campus de la Universidad de Chile y la modesta paga que le ofrecieron, si bien no resolvió sus deudas universitarias, le permitió comprar una que otra botella de Sierra Morena, el ron barato que, en su época universitario, tomaba en los carretes que hacía con sus compañeros de casa. Entonces tuvo una idea: transformaría la batidora en un instrumento.

Milena estaba muy lejos de solucionar el conflicto, tanto que ni siquiera le importaba. «Que los pobres se maten entre ellos si quieren —solía decir—. De todos modos, seguirán siendo pobres y yo seguiré siendo rica».

Su cabeza estaba en otro lado. De un momento a otro, sus pensamientos se concentraron en los viejitos, en el preciado estacionamiento para su querido *mall*, el cual le habían negado. Además de ello, sus preocupaciones estaban en sacar la mayor cantidad de beneficios de la guerra mundial que estaba sucediendo, vendiéndole armas a un bando y suministros al otro.

Y debido a esas preocupaciones, que, como todas las que tenía Milena, involucraban el dinero, Millones dejó al país en una profunda crisis económica.

Había pobreza, y mucha.

Si bien Chile siempre había tenido pobreza, el asunto se solucionaba dándoles un poco de dinero placebo a los pobres. Bonos para todo: para el hogar, para alimentación, transporte, crianza, etc. Con ello la gente sin recursos podía llevar una vida más o menos vivible. Sin embargo, ahora no había fondos como para calmar el hambre ni la frustración de las personas pobres.

Como la población no tenía dinero para comprar nada, igual que un virus que se propaga rápido, las fábricas alrededor de todo Chile comenzaron a despedir gente. A su vez, los productos, por ser de baja calidad ante la poca tecnología y la baja mano de obra, no se podían exportar a otros países. Los barrios marginales se llenaron de tristes niños en los huesos, pidiéndole algo para comer a la gente que andaba en auto por ahí. Si antes en los semáforos había un par de jóvenes drogadictos lavando autos, ahora había una docena de niños dispuestos a lavarlos a cambio de unas monedas que les permitieran comer algo.

A su vez, en pueblitos rurales, como el de Tutuquén, en Curicó, la gente comenzó a beberse el agua de los canales hervida en pequeñas fogatas, hecho que la gente de Curicó imitó en el río a orillas de la ciudad, el Guaiquillo. El Guaiquillo, debido a los desechos industriales tirados por ahí, era un río sucio, por lo que abundaron los casos de intoxicación en las postas de salud.

Las dos panaderías que no habían cerrado en Curicó empezaron a vender pan de pasto, un pan hecho con una desabrida harina que extraían de la maleza que salía en los sitios eriazos. A pesar de su mal sabor, la gente se peleaba por comer un poco de él. Fue tanto así que un solo pan llegó a costar ochocientos pesos, cinco veces su valor en tiempos normales.

Y las cifras de desempleo subían y subían.

Mientras que en Curicó eran de seis cuadras, las colas en el departamento de Cesantía para retirar una mísera suma de dinero eran mucho más largas. En ciudades grandes, como Santiago y Concepción, cubrían cerca de diez cuadras. Allí instalaron sus puestos vendedores de café y de churrascos. Como las colas eran tan grandes y puesto que, debido a la crisis, no quedaban carabineros, tuvieron que destinar a civiles para dirigir el tránsito en los sectores donde la cola atravesaba las calles.

Si bien la cola de Curicó era más cortita que la de Talca, se presentó allí Marcianeke, famoso cantante talquino que pasaba por la ciudad de las tortas para comerse uno de los famosos pastelitos curicanos. Aunque apenas cantó una canción, se rellenó los bolsillos con billetes de luca. Ese concierto sentó la base para que, con el paso del tiempo, se realizaran conciertos más preparados, como el que realizó Mon Laferte en la cola del departamento de Santiago Centro. Y es que la gente podría estar muriéndose de hambre, pero lo más importante era que se entretuviera.

Y eso no era lo peor, nones.

—*Volvieron los asaltos —trasmitió la Radio Lola FM—. Esta vez, a diferencia de los tiempos de la campaña de Milena, suceden a lo largo de todo mi Chilito lindo. Por la crisis y la avaricia de Milena con el dinero, se han tenido que despedir a muchos carabineros y militares. Eso tiene mucho sentido, puesto que yo soy la única persona que para esta radio. Soy la locutora, dj, representante legal, secretaria… las hago todas. Así que, en Curicó, como en el resto de las ciudades, los uniformados otra vez han tenido que arreglárselas como pueden, igual que yo, nomás.*

El pobre suboficial mayor Hernández escuchaba cansado la transmisión. Tenía que arreglárselas armado solo con lumas.

—Así que les informamos a nuestros oyentes que el estado se ha declarado zona de catástrofe.

—A ponerse el overol de nuevo, nomás —dijo el ojeroso suboficial mayor Hernández a sus tres subordinados.

Edu buscó en los cajones de su cómoda una vieja armónica que usaba en esos ya lejanos tiempos de joven soñador, y la desarmó por completo. Luego redujo la batidora a sus componentes esenciales y los traspasó a la armónica. Como resultado quedó una armónica de veinte por diez centímetros a la que se le podían sacar algunas notas musicales. Si bien tenían un molesto chirrido, eran notas después de todo.

Entonces hizo la prueba de fuego. Como no quería echar a perder su *notebook*, tuvo que seguir sacrificando su celular.

Edu tocó la armónica al lado del celular. Y al teléfono se le desconfiguró la fecha, la hora, los contactos, los programas. Eduardo lo había logrado. Al ritmo de un desabrido vals, Eduardo logró que el celular se calentara y se fundieran sus bordes plásticos. ¡CHASS! Con una pequeña chispa, comenzó a echar humo para luego estropearse definitivamente

Edu entendía que la armónica-batidora —o harmonidora, como la llamó en un inicio—, funcionaba como una especie de imán que alteraba el electromagnetismo de los aparatos digitales. Eso lo podía deducir hasta un estudiante de Física de enseñanza media. Sin embargo, no podía establecer la frecuencia justa para solo estropear los aparatos sin llegar a destruirlos.

Testeó, nota por nota, su harmonidora. Desde do a si. No pasaba nada. Probó con los sostenidos: nada.

De repente, mientras tocaba melodías aleatorias con la armónica, y sin querer queriendo, tosió y el tosido generó una nota. Y eso pareció cambiar la pantalla de su *notebook*. Tosió otra vez a modo de *beatbox* y la pantalla adquirió estática. Probó otra vez, nota por nota, pero esta vez haciendo *beatbox*.

En la nota si, el ruido de la estática de su *notebook* aumentó abruptamente. Notó que, si cambiaba el ritmo, así como el tempo de su *beatbox*, la pantalla del *notebook* salía de la estática y, con el tempo y ritmo adecuados, comenzaba a generar raros códigos en la pantalla.

«Tal vez esa sea la frecuencia exacta para alterar los aparatos inteligentes», susurró a su harmonizadora.

Anotó sus logros en un cuaderno:

2 de septiembre

Mezclando partes de una batidora con una vieja armónica, descubrí el funcionamiento de un aparato que altera el funcionamiento de aparatos digitales, llámense

smartphones, notebooks, Smart TV, tablets y similares que cuenten con sistemas operativos Android o iOS.

Solo funciona al tocar una nota si de alta frecuencia a modo beatbox con tempo de 100.

Al parecer, los mejores resultados se obtienen al realizar un beatbox de hip-hop. Al probar con otros ritmos, como cumbia o balada romántica, el efecto se hace débil, así como el radio de acción.

Lo bauticé como «Desharmonizador», pues estropea, con música, los aparatos mencionados, quitándoles su normal funcionamiento, su armonía original. Un nombre chévere que espero patentar algún día y que el tipo ese Elon Musk no me lo robe, o al menos que me pague un par de millones de dólares por él.

Edu anotó en otra hoja:
Cosas por hacer:

- *Patentar Desharmonizador.*
- *Probar nuevos usos del Desharmonizador.*
- *Practicar notas con el Desharmonizador.*
- *Dejar de ver videos improductivos en YouTube.*

Borró la última frase y puso de nuevo:
- ***NO VER*** *videos en YouTube.*

MILENA LO HARÍA. Por fin pudo sacar un tiempo para ir a la reparadora. Su asesor, debido a las amenazas que colgaban del cuello de la mandataria por el estallido social, le aconsejó ir de infiltrada, por lo que Millones se disfrazó de un anciano de barba y cabello blancos.

—Esta vez quiero que saques todo el dinero de mi caja fuerte —le dijo a su asesor—. Desvía todos los fondos fiscales, saca todo el dinero de las Islas Caimán; total, tengo más luquitas en otras islas. Esta vez, esos viejitos no me la ganarán. Todo en esta vida tiene un precio.

Y así, puesto que Milena había instalado un búnker secreto en las Islas Caimán, un avión Hércules partió con el dinero de Milena hacia Chile.

Un día después, el asesor llegaría con dos camiones con rampla llenos de billetes de veinte mil pesos a la Casa de la Moneda. Si bien Milena podría haberles hecho un cheque o una transferencia electrónica a los viejujos, quería causarles un efecto de shock. Deseaba ser magnificente, espectacular, divina; intimidar a los viejitos con su poder, que se viera lo grande que ella era.

Como si fuera poco, al igual que en su campaña, en la que no quiso dejar nada a la suerte, quería sorprender a los viejitos con algo más que el dinero. Quería que no tuvieran opción de decir que no. Les daría algo que ningún habitante de este redondo planeta azul rehusaría: un viaje al espacio.

Contactos por aquí y por allá. Llamadas a los amigos de los amigos. Que llamó a Biden, presidente de los Estados Unidos, quien llamó a su cuñado, su cuñado a su dentista, el dentista a su ex, su ex a su veterinario, su veterinario a un primo, y el primo a Elon Musk, el famoso y excéntrico científico multimillonario.

—Buenas, buenas, don Musk —le dijo Milena por medio de un traductor—. Supe de su proyecto de colonizar Marte a futuro. ¿Cuánto dinero cuesta comprar dos pasajes, dos casas y dos parcelas de agrado allá?

El asesor de Milena hizo las gestiones para que los viejitos sacaran la tapia de la reparadora y así poder conversar con la mandamás. Organizó, para el día en que Milena iba a convencer a los vejetes, un par de eventos gratuitos en el estadio La Granja, donde cantó Bad Bunny junto a Camilo. Con ello no habría marchas ese día y los viejitos abrirían el local por al menos una jornada. Milena partió con su caravana de camiones cargados con dinero y autos de seguridad hacia Curicó City.

Por la crisis, no había prensa que reportara el evento, así que fue a duras penas que la locutora/dj de Radio Lola pudo grabar con su celular un video de la llegada de Milena.

Milena miró con desprecio a un mendigo que tocaba la armónica al lado de la reparadora y luego entró para charlar con los viejitos. Entonces, la mandataria les mostró los dos camiones con dinero.

—No necesitamos dinero, ya somos viejitos —dijo Pancracio.

—Está bien, pero ¿qué opinan de tener su propia casa en Marte con el exclusivísimo derecho de adueñarse de cuanto terreno pudiesen descubrir?

—¿Y para qué miechica querríamos ir a pasar frío allá? —le dijo Pancracio—. ¡Y má encima taríamos más solos que Judas en el Día del Amigo!

—Me da lo mismo el viaje, a mi edad ya nada me sorprende —dijo Concrecio—. Lo que sí me interesa es que podría cambiar el pasaje y el terreno en Marte por plata, un cerro de plata. No tendría más proble…

Justo cuando Concrecio estaba a punto de ceder, comenzó a sonar un tono en armónica. Lo hacía el vagabundo, quien era nada más y nada menos que Eduardo, quien había hackeado el mail de la presidenta y sabía, desde hacía un día, el destino de Milena.

Con un colorido *beatbox* de hip-hop de fondo, sonaron las alarmas de los relojes, celulares y tabletas de Milena, así como los aparatos de los agentes que la secundaban y de los dos agentes permanentes que vigilaban a los viejitos. El pulso electromagnético emitido por Eduardo era el correcto: el Desharmonizador estaba dando resultado.

Y Milena leyó la agenda en su *tablet*.

—Pero ¿qué mierda? ¿Qué enredo tengo en mi lista de quehaceres?

Su celular, por su propia cuenta y como por obra de magia, empezó a escribir un mensaje:

Todos los tratos de armas que he hecho con ustedes no tienen validez. Cada dispositivo, bomba, misil o arma química que tienen ustedes puede ser detonado desde larga distancia por mí. Los he engañado y, si no acceden a mis siguientes demandas, los haré explotar e iniciaré una guerra sin tregua.

Demando:

- *La mitad de sus reservas federales.*
- *Un octavo de sus terrenos.*
- *Un tercio de su arsenal bélico.*

Poseen veinticuatro horas para cumplir lo mencionado.
(Enviando)

Con la cara helada de pánico, y apretando en vano en todos lados de la pantalla, Milena vio que el celular envió el mensaje a los mandatarios de Rusia, China, Estados Unidos y a los principales medios de prensa mundiales.

A pesar del miedo que tenía, sentía que debía cerrar su trato con los viejitos. Ya lo estaba logrando, solo era cosa de dar vuelta a Concrecio.

—¿Y? ¿Qué me dice, don Concrecio? Es una muy buena ofer…

Su celular sonó. Era Biden, el presidente de los Estados Unidos, indignadísimo con el mensaje enviado.

—No se preocupe, señor presidente, es un lamentable y ridículo error. Haré un comunicado de prensa inmediatamente y aclararé todo.

Ya faltaba poquito para que Milena ganara…

—¡Entonces, Concre… ci…!

Otra vez su celular.

«Tiene una reunión urgente con el embajador de Rusia en Santiago», mostró la pantalla.

Entonces Milena, contra toda su voluntad, tuvo que devolverse a Santiago.

A pesar de que lo de la reunión era en realidad un mensaje erróneo que el celular estropeado había inventado; tenía ya de por sí demasiados asuntos que resolver con sus infortunadas e involuntarias declaraciones.

6

Si bien antes de las marchas, como nadie quería desobedecer la prohibición de Milena, a los viejitos no les estaba yendo para nada bien con los arreglos de zapatos; luego de ellas, sumado a los asaltos y la crisis en Chile, no había clientes que atender en la reparadora. Entonces los viejitos dejaron tapiada la reparadora por el tiempo en que las marchas persistiesen. Ya que eran los domingos los días críticos donde las marchas se incrementaban, iban los lunes a constatar si por X motivo los manifestantes habían conseguido romper la tapia y luego la abollada cortina metálica.

Los viejitos, sin estar recibiendo ningún ingreso, de lenta e irremediablemente, como gran parte del país destrozado, se fueron sumiendo en la pobreza.

No podían pagar la luz, y por ello no contaban con refrigerador, así que todo lo que compraban debía ser «no perecible». Compraban alimento de los sacos que se vendían a muy bajo precio en la Felicur. Sacaban cinco kilos de arroz y cinco de tallarines, que sumados a diez latas de jurel marca «Barato», les servían para pasar todo el mes. Lunes y martes comían arroz blanco sin nada, tallarines sin nada miércoles y jueves, y viernes, sábado y domingo, jurel pelado.

A veces, si la suerte estaba de su lado, acompañaban el jurel con algún tomate tutuquenino que algún pendejo drogadicto había robado y que, angustiado, se los vendía por lo que tuviesen. «Lo que quiera, socito, cualquier ayudita pa comprarme un pitito, ¿pa qué le voy a mentir?». Al desayuno y a la once comían pan con mantequilla más un té que preparaban con una sola bolsita que duraba todo un día.

Era tan poco el alimento que tenían y estaba tan racionado que dejaron de darle las sobras al pobre Globi, quien, para no morirse de hambre, tuvo que rebuscárselas por aquí y por allá.

Para su mala suerte, el local de comida rápida Top Dog, imán de un buen grupo de perros callejeros hambrientos, estaba cerrado debido a las protestas, así que al valiente Globi le costó el doble encontrar comida suficiente para evitar estirar la pata. Si bien su panza tumorígena no se desinfló, sus patas y su cara adelgazaron y palidecieron, dándole un aspecto de deformidad total a su cuerpo. El pobre parecía un esqueleto embarazado.

—Nos estamos desapareciendo de lo poco que comimos —dijo Pancracio un lunes de tallarín en que revisaban los daños de la reparadora/imprenta—. Mira, Concrecio, ya ni puedo desclavar estos tablones de la poca fuerza que tengo.

—Bueno, sí, en eso tienes razón. Y ya no nos queda nada de plata. Mira estos bolsillos, se están pelando con mis huesudas piernas. Pero no te preocupes, viejito, así como tú me has dado palabras de aliento todos estos largos años, ahora me toca pagarte algo de toda esa buena energía.

»Tengo unos ahorritos, no son muchos, pero puedo decir que es una platita que estaba reservando pa darme un viajecito por ahí. Me da pena mirar lo chupado que estás, pareces un esqueleto hablante… ¡El viaje en avión a La Serena puede esperar! Llevo cincuenta años esperándolo, un par de años más no serán mucha diferencia.

»Mientras defendíamos la reparadora en las marchas, algo escuché entre el sonido de las sirenas de los carropatrullas y del griterío infernal de los manifestantes: «¡No más AFP!», «¡No más AFP!», clamaban. Parece que son algo malo. Escuché en la radio el asunto y resulta que no es muy bueno ahorrar para la vejez.

»Es una empresa que te estafa y lucra en cantidades ridículas con el dinero de todos los chilenos. Así que a la mierda todo el ahorro, sacaré el dinero de mi fondo de vejez para que por fin podamos comer como la gente, como premio a nuestro trabajo y esfuerzo por medio siglo de trabajo.

Ese mismo día, Concrecio se hizo con el dinero y los dos prepararon una once/cena con pavo asado, tres kilos de ostras, un pernil de chancho, dos langostas enteras, media docena de empanadas de pino, cuatro humitas, dos pasteles de choclo y un vino Casillero del Diablo Reserva del 92.

—Ya había olvidado lo bien que se siente gastar el dinero que uno tanto se esfuerza por conseguir —dijo Concrecio con la boca llena—, y el placer que te da el comer rico y creer que uno es rico, al menos por los treinta minutos que dura la comida.

—¡Bien, conchetumare! —gritó Edu en su pieza.

Lo había logrado.

Había estropeado no solo los aparatos del millonario, también los de los agentes que vigilaban a los viejitos.

Había impedido justo a tiempo que Concrecio fuese tentado por el dinero y cayera en las sucias garras de Milena.

Por fin había llevado a una aplicación práctica todo aquel enorme reservorio de información que cargaba en su cabeza y que algunas noches lo hacía dar vueltas y vueltas en su cama sin poder conciliar el sueño. El éxito logrado fue un golpe anímico que lo impulsó a seguir creando más artilugios.

Edu estaba full motivado. Su creativa mente de científico exploró nuevos recovecos, nuevas posibilidades.

Desarmó el Desharmonizador como un buen desarmador. Separó sus piezas una a una, determinando su función. Era un aparato grande, pero, desarmado por completo, podía vislumbrar la forma de reducirlo a sus componentes esenciales.

Edu desempolvó la guitarra acústica de sus tiempos de cantante universitario. Si bien esta vez no la tocaría, y mucho menos habiendo perdido todo rastro de destreza con las manos, por fin le daría uso, al igual que al artefacto para afinarla, después de haber estado guardada en su estuche una década entera.

Aunque nunca tuvo un amplificador de guitarra, Edu sabía más o menos el mecanismo para ponerle un micrófono a la guitarra y transformarla en electroacústica. Sin embargo, no era un micrófono lo que le pondría a la guitarra, sino el mismo Desharmonizador limitado a sus piezas básicas.

Así, le fue dando forma a un nuevo aparato hecho con el armazón de la guitarra. El dispositivo sería capaz de captar las vibraciones de las cuerdas desafinadas para luego amplificarlas en frecuencias de ultratumba gravísimas.

En el primer intento en que golpeó las cuerdas, rompió el ventanal de la entrada de su casa. Su mamá culpó por el bochorno a los niños que solían jugar a la pelota afuera de su casa y se quedó gritándoles por un buen rato:

—¡Cabros de miechica que juegan a esta hora de la noche! ¡Mocosos de porquería! Fuiste tú, Pepito, te caché, no te escondái como los weones. Epérate nomá, caurito. Voy a hablar con tu mamá pa que me pague el ventanal nomá.

Tras realizar un par de pruebas más, anotó todo en su cuaderno, el cual empezaba a tener varias hojas rayadas:

10 de octubre de 2022

Utilizando las partes del Desharmonizador, creé un aparato que funciona como un micrófono. Este capta las ondas de las cuerdas de la guitarra y las amplifica en ondas graves capaces de destruir materiales frágiles, como el ventanal de mi casa. Me queda realizarle un par de pruebas para comprobar su real alcance y si puede destruir aparatos más sólidos.

Cambiando el tipo de onda que captaba el micrófono de la guitarra, Eduardo pudo obtener resultados sorprendentes. Una gran vibración de las cuerdas hacía que la casa se remeciera como si hubiera un terremoto.

—¡Dios mío santo, Eduardo! ¡Está temblando, por la Virgencita! ¡Sal de tu pieza rápido, Cristo Jesús y la santa Virgen! ¡Sal rápido, hijo! —gritó su mamá cuando estaba probando el nuevo aparato.

Luego de reírse un rato, Eduardo salió de su pieza para calmar a su madre, que estaba paralizada de miedo y algo asombrada de que ningún vecino hubiera notado el sismo. Porque, como bien sabía Eduardo y nadie más que él, no era un sismo común, sino uno que había remecido única y exclusivamente su casa.

Entonces Edu anotó en su cuaderno:

El aparato en cuestión produce vibraciones similares a un sismo. Lo llamaré «percusionador».

Se sintió tan animado y con tanta confianza en su creación que de inmediato tuvo una idea inspiradora: incursionaría en otro mundo de la ciencia, el farmacéutico. No le resultó muy difícil crear las drogas que quería. Después de todo, se trataba solo de seguir una receta de cocina. Era muchísimo más fácil y simple que las fórmulas de la teoría de las supercuerdas que aún quedaban por resolver. Un par de videos tutoriales en YouTube más y pudo preparar un brebaje capaz de enfermar, por un periodo aproximado de un mes, hasta a la más sana y fuerte de las personas. Incluso hasta a la más obstinada, a Milena.

—Lamento mucho, de todo corazón, todos los problemas que pude ocasionar por los mensajes que accidentalmente envié a todos los mandatarios involucrados —dijo Milena a través de una famosa conferencia de prensa que dio la vuelta al mundo y daría de qué hablar por varios meses.

Milena, jamás de los jamases, se hubiese imaginado mostrando sus emociones, si las tenía, en público. Por el contrario, era más fría que peo de pingüino o que Walt Disney. Sin embargo, su asistente le aconsejó que era un acto necesario para que su disculpa pública fuera creíble y así evitar que Chile se incluyera en la guerra que se estaba desarrollando en el mundo.

—Parece que me pude salvar de esta —le dijo a su staff de comunicaciones una vez terminada la serie de conferencias y entrevistas con la que salvó su pellejo—. Ahora sí que resolveré el asuntito de los viejos esos, esa molestosa basurita que tengo atrapada entre dientes. Cerraré mi mandíbula de tiburón sobre ellos.

Milena fue por tercera vez a Curicó para hablar con los viejitos. De nuevo, se hizo acompañar por los camiones cargados con dinero, ya que la última vez le pareció que Concrecio mostró debilidad ante ellos.

Al igual que un caballo al que le ponen viseras en los ojos para que camine recto, Milena estaba cegada con convencer a los viejitos. Nada más pasaba por su cabeza ni entraba en ella, aunque desfilara frente a sus narices el desastroso estado en el que estaban Curicó y el resto de las ciudades. En las calles, las bocinas de carabineros sonaban, batallas campales entre guanacos y protestantes eran la orden del día, así como carabineros dando y recibiendo palos. Lumazos iban, palos venían. Ningún bando ganaba ni llevaba la delantera, era como una batalla de mil días.

En medio de ese escenario, la caravana de Milena, compuesta por su limusina, los dos camiones con dinero, doce motos, seis autos, cuatro camionetas, tres helicópteros y catorce drones que hacían de escolta, pasó sin que la mandataria echara siquiera un ojo a lo que pasaba fuera de su limusina. Ella solo se la pasó viendo una y otra vez su celular para aprenderse de memoria el discurso que el día anterior le habían escrito sus asesores. Se lo diría a Pancracio para hacerlo cambiar de opinión respecto a la compra de su local.

Los citó a las diez de la noche, una hora después del toque de queda, para cuidar la salud y la seguridad de todos, pero sobre todo la suya.

Como los manifestantes habían roto el alumbrado público, tuvieron que llevar a cabo su reunión a la luz de las velas, de los celulares de sus asistentes, de los helicópteros y de un par de drones con linterna incluida.

—Don Pancracio, don Concrecio, dejemos de lado el tema de tener dinero a destajo. Suena un poco egoísta y tacaño tener plata si no se tiene un buen fin en qué gastarla, ¿no? Miren, se vienen períodos difíciles. Uno nunca sabe si una pandemia puede caer de repente. De ser así, sería una pena que su familia no contase con el dinero ni las influencias para conseguir la cura en una eventual situación como esa.

—Es curioso el punto de vista que expone —dijo Pancracio.

—¿Ve que tengo razón? —señaló las paredes y dijo—: encerrado en estas murallas, no obtendrá dicho dinero.

Al examinar las paredes, Milena se detuvo en la muralla del fondo. Algo no calzaba en la pintura.

Antes de detectar la minimprenta que escondía la delgada muralla de cholguán, un sismo de grado cinco remeció la reparadora.

Los guardaespaldas de Milena, sorprendidos, cubrieron a la mandamás y la escoltaron a su limusina. Un gran trozo de concreto del viejo edificio de la imprenta cayó en el capó de la limusina, achurrascó la carrocería y estropeó el motor.

Mientras los guardaespaldas de Milena intentaban arreglar, cagados de calor, el auto, un mendigo que tocaba la guitarra les ofreció una lata de Coca-Cola para capear algo los treinta y tantos grados que hacía. Los gorilas tomaron de la lata fervorosamente

—Podrá ser dañina para la salud esta porquería, pero ¡cómo refresca el webeo! ¡Qué asco más rico! —les dijo Edu disfrazado de mendigo—. ¡Uta que les salió larga la faena!

—Ya, ya, ya. Déjense de conversar y trabajen, mejor será. Miren, que estoy más atrasada que la cresta para atender unos asuntos en Santiago. Esto de los sismos siempre es cosa seria. Pueden venir réplicas, así que a mover el culo. Pásenme esa bebida para acá, mejor —Milena tomó un sorbo de la lata, se volvió a los viejitos y les dijo—: Y ustedes, ¿por qué cresta nunca puedo conversar con ustedes por la misma miechica? Ya retomaremos esta conversación.

Y así, Milena tomó de la bebida con fármacos que le había dado Eduardo.

Milena, una vez más, había perdido la oportunidad de convencer a los viejitos.

PANCRACIO SUSPIRÓ ALIVIADO. Milena ya estaba lejos, en Santiago. Por fortuna para ellos, siempre que iba a charlar a la imprenta, algo pasaba.

—Tal vez después de todo tengamos un ángel guardián, Pancracio —le dijo Concrecio.

Si bien Concrecio sabía que a Milena le había costado convencerlos y que ahora, con el asunto del sismo, estaba ocupadísima, no se encontraba del todo relajado. Muy en el fondo de su corazón sabía que, más temprano que tarde, Milena iba a ganar y les iba a quitar su querida imprenta.

Pero no solo eso.

Tenía la seguridad de que el fin, su fin, se acercaba.

Sentía que los años se le estaban yendo.

Años que, si bien no podrían ser muchos, serían un tormento si Milena así lo decidiese y tomase venganza por sus negativas.

—¡Hará del fin de nuestras vidas un verdadero calvario! —dijo Concrecio.

—Creo que el fin no es tan entretenido como el principio —lo consoló Pancracio al escuchar sus tribulaciones.

—El fin…

Concrecio miró afuera de la imprenta esperanzadoramente. Los manifestantes gritaban alrededor de neumáticos quemados, se oían carropatrullas y el ambiente estaba pasado a bombas lacrimógenas y humo

—El fin tal vez sea entretenido, después de todo —dijo. Las bombas molotov caían cerca de la imprenta y los pocos carabineros que había les pegaban lumazos a los manifestantes. Aun así, Concrecio sonrió y gritó con júbilo—: ¡Este es el fin! ¡No tengo nada que perder! ¡No tengo nada que perder! ¡Viva! —Concrecio se largó a reír nerviosamente y, saltando de alegría, exclamó—: Espérame, amada mía.

Concrecio iría de inmediato adonde la Clienta y le haría la pregunta que su orgullo no le había permitido formular por tantos años.

Y pasó por los neumáticos quemados, por los manifestantes lanzando piedras y tanta lesera a los carabineros escudados, por los cacerolazos furibundos de la gente desfilando, por las ráfagas de agua que lanzaban los guanacos. Cualquiera que lo viera atravesar todos esos obstáculos pensaría que era el hombre más valiente del mundo.

Sin embargo, lo que lo impulsaba a seguir adelante, más que valentía, era el sentimiento de que ya no tenía más opciones, como cuando a uno le preguntan: «¿Qué harías si supieras que este es tu último día de vida?». Pues bien, cayéndose un par de veces con los chorros de agua de los guanacos, sorteó todos esos obstáculos hasta llegar al local tapiado, cuidado en su interior por la Clienta.

Y entonces, Concrecio vomitó las cuatro palabras que llevaba atravesadas en la garganta desde hace tantos años:

—¡¿Cómo está su abuela?! —le gritó desesperado a la tapia.

—Váyanse, pendencieros —respondió Chiloé—. En este local no harán destrozos. Tengo una amiga que me defiende.

La Clienta, a través de una rendija, disparó una escopeta que Concrecio, por lo sordo, apenas escuchó.

—¡¿Cómo está su abuela?! —gritó de nuevo Concrecio. Se sentía tan bien diciendo esas palabras que las podía repetir una y otra vez hasta el cansancio ahora que por fin salían de su boca.

—Ya se los advertí, si siguen acá, saldré y les meteré uno de estos en el cuerpo —gritó Chiloé y volvió a disparar. El disparo hizo que Concrecio despertara de su trance.

—Jovencita, ¡soy yo, Concrecio! ¡No me dispare, vengo a hablar con usted!

—Ah, ¡con que era usted, don Concrecio! Por Dios, casi lo mato. La culpa la tienen los manifestantes, que hacen que uno se ponga como león para defender lo de uno. Pase pa acá y conversamos tranquilos, mejor, oiga.

Don Concrecio le dijo todo lo que quería decirle desde hacía mucho tiempo:

—Quiero saber de ella, saber si se acuerda de mí. Dígale que pienso todos los días en ella, que he tenido mil sueños con ella. La he visto enojada, feliz, nerviosa y relajada en mis sueños. Si me queda poco tiempo, quiero pasarlo con ella. Dígale todo eso y yo estaré atento a su respuesta.

—Ya, ya. Bueno, intentaré darle su mensaje. La verdad, con los de las protestas, tengo poco tiempo de sobra y hablar con mi abuela es un poco difícil. La pobre está sorda y, de lo poco que entiende, el dolor de sus articulaciones no le permite procesar mucho lo que escucha.

Milena se enfermó.

Nunca supo, ni siquiera sus doctores, cuándo, por qué o de qué se enfermó. Lo que sí sabían sus doctores y ella era que se trataba de una enfermedad incapacitante que la dejaría en cama por un buen tiempo.

Milena tenía dolores de cabeza constantes, fuertes náuseas y vómitos. Si intentaba pararse de la cama, las piernas le temblaban a tal punto que llegaba a desmayarse al instante. Si se exponía a la luz solar, le dolían fuertemente los ojos, y si hablaba mucho, también le dolían las cuerdas vocales.

En resumen, no podía hacer nada aparte de quedarse en cama hasta que la extraña enfermedad pasase. Sus doctores le hicieron muestras de sangre, de pelo, de caspa, de uñas, saliva, orina, heces y secreciones nasales, sudor, aliento, lágrimas, cerumen de oídos, eructos y flatulencias. Dijeron que nunca habían tratado con una enfermedad así, que era una mezcla entre gripe, migraña, anemia y fibromialgia. La llamaron «huichichio». Milena pensó en la fragilidad humana, pues una simple enfermedad puede frenar las actividades y anhelos de las personas.

Milena entonces no podía dirigir el país. Sin embargo, se las arregló para ocultar del todo su enfermedad a la población chilena. Para ello, dio «charlas» desde su cama. Acostada con su traje formal, decía una frase a la vez y sus asesores, mediante herramientas de edición de video, hacían la magia de que pareciese que hablaba de corrido desde el salón presidencial.

Maquillada para ocultar su palidez y ojeras, daba pequeños comunicados de prensa bajándoles el perfil a las manifestaciones que estaban sucediendo a lo largo de todo el país. Milena no empeoraba ni mejoraba, y cada día que pasaba se acostumbraba más a estar en cama. Había días en que se creía mejorada; sin embargo, al intentar sentarse o salir de la cama, la invadían terribles náuseas que no la dejaban reanudar sus tareas diarias de mandataria.

Además de ocultar su enfermedad a la prensa, ocultó lo más que pudo la tensa situación del resto del mundo a la población chilena. Milena llevaba algún tiempo estudiando el conflicto que se estaba desarrollando en el mundo. Si el pueblo chileno llegase a saber más de lo necesario sobre dicho conflicto, no tardaría en averiguar los negocios que la chinwenwencha hacía con las partes involucradas.

El pueblo no solo lucharía por sacarla del poder de inmediato, sino que eso forzaría la elección repentina de un presidente interino, lo que sería desastroso económicamente en muchos aspectos, no solo para ella, sino para todos los «chileninos», como decía en sus discursos. Y si llegase a salvar su pellejo de ir a la cárcel, una salida así del poder también le acarrearía un gran desprestigio que le haría perder millones y hasta empresas enteras.

Edu se sentía realizado.

Había logrado no solo frustrar la compra de la imprenta y enfermar a Milena con el compuesto que inventó, sino que pudo salir impune de todo el acto. Habían sido tantos los mareos que le dieron a Milena luego de ingerir el seudorrefresco que olvidó por completo el hecho de que había bebido Coca-Cola™ de la lata de un desconocido. Asimismo, había olvidado del todo el rostro de Eduardo.

Eduardo había recuperado toda su motivación, ya nada podía pararlo. Desde entonces, sentía que todo lo que hacía era oro puro. Su ambición de descubrir nuevas aplicaciones de sus estudios aumentaría sin parar. Anotó sus progresos en su cuaderno:

Pude alterar el metabolismo de una persona con drogas creadas por mí, pero ¿qué pasaría si, para malograr a alguien, en vez de drogas uso la física?

Con base en esa pregunta hipotética, se lanzó de cabeza a estudiar, a través del material que tenía a su alcance, cualquier teoría física que calzara con sus ambiciones. En su investigación, llegó a hackear la base de datos de la Universidad de Harvard y, con ello, obtuvo valiosa información acerca de las nuevas propiedades descubiertas de las ondas.

Quería más. Ya había conseguido alterar aparatos electrónicos y hasta la misma tierra al simular sismos, ahora quería alterar el comportamiento de las personas. Después de leer las últimas investigaciones del Departamento de Física de Harvard, concluyó que aún podía modificar su percusionador.

Desarmó su guitarra. Sacó las cuerdas, el mástil y los restos del Desharmonizador dentro de la caja del instrumento. Hizo unas pruebas de frecuencias. No obtenía los resultados que quería. Resolvió un par de fórmulas y leyó un par de *papers* más. Cuando identificó el problema, escribió en su cuaderno: «Cualquiera que investigue sobre teoría de cuerdas descubre que está llena de magia».

La magia ahora radicaba en que, para cumplir su objetivo, necesitaba notas más largas y con mejor resonancia, notas más mágicas. Para ello, desempolvó el viejo y barato violín que había ocupado tan solo un par de veces, le puso el mecanismo del ya irreconocible Desharmonizador y lo probó en su madre.

—¡Qué es ese chillido infernal, parece un gato agonizando! ¡Ya, po, Eduardo! ¿Por qué mejor no vas a tocar a tu pieza, carajo?

No obtuvo el resultado que quería. No lo entendía. Sus cálculos indicaban que todo funcionaría. Tal vez debía hacer que el violín sonase aún más fuerte, con mayor reverberación.

Entonces encargó un resonador electroencefalogramoneural de ondas al Tila en la caótica Feria de las Pulgas.

—No se preocupe, socito. Será pelúo pero no imposible encontrárselo —le dijo el Tila.

Una vez que el Tila le consiguió, robado, el resonador electroencefalogramoneural de ondas, lo conectó al violín y partió a ver sus efectos en su madre.

—¡Qué bien tocas, Edu! —le dijo su madre, suspirando aliviada mientras Edu tocaba con las cuerdas desafinadas y los perros de al lado ladraban como locos por el ruido ensordecedor del violín, que sonaba como si estuviesen matando a una gata en celo—. ¡Me siento en el paraíso! ¡Es un placer para los oídos!

—Muchas gracias. Ojalá que siempre me felicitaras así —susurró bajito Edu.

—Perdón por no hacerlo seguido.

—¿Me estás escuchando a pesar de lo bajo que hablo? —dijo Edu, sorprendido.

—Fuerte y claro, hijo. Es como si estuvieras en mi mente.

Entonces Edu, atónito, se dio cuenta de que el aparato que había creado no solo podía turbar a las personas, sino que ¡también podía transmitir mensajes directo a su cerebro! Esto, al igual que la física cuántica, era algo incomprensible.

Así llamó al aparato surgido del violín, Quantovisión, y con él envió varios mensajes, como el siguiente:

—*Quantovisión informa: La presidenta Milena Millones Plata está realizando una inhumana y antiética campaña para que dos esforzados viejitos en Curicó pierdan su querida fuente de trabajo.*

Edu no sabía, ni podía calcular, si los mensajes enviados a través de Quantovisión funcionarían y llegarían a algún receptor algún día. Él solo los envió. Tuvo fe.

—Es un alivio que se haya recuperado, señorita Millones —dijo su asesora principal.

—La verdad, creí que moriría, y todo pasó de la noche a la mañana, aunque… fue misteriosamente después de ir a ver a esos vejestorios.

—Mire usted, ¿no será demasiada coincidencia?

—Pues la verdad que mucha. Parecen inocentes y débiles criaturitas de Dios, unos inocentes cachorritos nuevos, pero tienen con qué pelear esos viejitos. Por desgracia, tengo que cuidar una imagen; si no, resolvería este asunto a la antigüita, ojo por ojo, diente por diente. Y si ellos intentaron matarme, pues ahora que paguen mi *vendetta*.

—¿Qué pasaría si le digo que, en efecto, puede llevar a cabo su venganza, y sin dañar su imagen de presidenta? Le explicaré. El cargo de presidente es muy demandante y estresa mucho, y un presidente estresado no funciona, no rinde. Por eso, su puesto tiene unas vías para descongestionar ese estrés, una licencia para aliviar esas cargas que le molestan y así gobernar libre de toda distracción.

»En Chile, desde 1810, fecha en que comenzó a gobernar el primer presidente, está establecido que cada presidente tiene como derecho fundamental el perdón de un par de delitos, fechorías de las que nadie se enterará y cuyo registro quedará confiscado en los archivos secretos presidenciales, archivos confidencialísimos.

—¡Pues haberlo dicho antes! Nada me detiene, entonces.

Y así, con la confianza de que, por ser presidenta, gozaba de inmunidad absoluta de cometer hasta el más inmoral de los delitos, se armó con un revólver Colt de oro en el bolsillo de la chaqueta y se subió a su helicóptero privado, donde su chofer la esperaba animado para trasladarla a Curicó.

Con los ojos inyectados en sangre por la rabia que le provocaban los viejitos, esos a los que increíblemente no podía vencer, fue mirando hacia abajo las fogatas y destrozos que se veían desde el helicóptero. Ella no haría nada para mejorar el desastre hasta comprarles el local a los viejitos, y algo más.

Eliminarlos.

—Yo siempre gano —dijo. El viento le pegaba en la cara y sostenía su arma mientras se asomaba en lontananza el cerro Condell, cerro isla que distinguía a Curicó de otras ciudades—. Yo soy su lado oculto. Yo soy la persona que todos niegan ser. Yo soy sus deseos ocultos. Yo soy éxito. Yo soy ley. Yo soy poder.

Minutos después, Milena estaría apuntándole la Colt a la frente a Pancracio.

7

Edu escuchó el sonido del helicóptero de Milena. Tomó sin permiso la bicicleta de su papá y salió soplado hacia donde estaban los viejitos. Esquivó un par de fogatas. Estaba aterrorizado, sentía que esta vez no llegaría a tiempo para impedir quizás qué locura de Milena.

En efecto, Milena ya tenía apuntada el arma a la cabeza de Pancracio.

—¡Di tus últimas palabras, viejito cochino! ¡Tú sabes cuáles te pueden redimir! Tú decides si vivir o morir.

—Siempre diré lo mismo: no venderé mi local por nada del mundo, ni siquiera por mi vida, así que adelante, dispara.

Milena hizo girar el cartucho para poder disparar.

En ese mismo instante llegó Edu, con Quantovisión, el violín modificado. Milena lo miró a los ojos y gritó con soberbia:

—¡A ti te reconozco! ¡Eres el mendigo que anda siempre por aquí cuando quiero hablar con estos viejos!

Y antes de que pudiera decir o hacer nada más, Eduardo rascó las cuerdas del violín justo al lado de su cara. Acto seguido, Milena puso los ojos en blanco y cayó desmayada al suelo.

Milena despertó, desorientadísima, bien entrada la noche, cuando los manifestantes ya se habían ido a sus casas.

—¿Quién soy? ¿A qué vine a este local? —preguntó.

—No lo sabemos, señorita —dijo Concrecio—, pero le ofrecemos nuestra amistad.

Milena vio las murallas de esa pequeña oficina y luego a los viejitos. Los viejitos y luego las murallas. No encontraba nada que recordar en ellos, nada familiar.

Se habían ido todos los rasgos de la personalidad que la caracterizaba. Se habían ido las estrategias para sacarle provecho económico a la guerra, así como su filosofía de no perder y sus insaciables ansias de dinero. Era tan poco lo que le quedaba en la mente que ya no era la misma Milena.

—¿Se encuentra bien, señorita? —le preguntó Pancracio—. ¿Quiere que la acompañemos a su casa?

—La verdad, olvidé dónde está mi casa. Creo que me quedaré un rato con ustedes hasta que lo recuerde. Claro, si no les molesto.

—Claro que no —dijo Pancracio amablemente—. Justo íbamos a comer algo. Quédese a comer con nosotros, y usted también, joven del violín.

—Muchas gracias. Me llamo Eduardo, ya nos conocíamos de antes.

—¡Ah, claro! ¡El chico que usó la guillotina! —dijo Concrecio.

Los viejitos hicieron un poco de arroz blanco sin agregados, ni siquiera sal. Edu cogió el revólver de oro de Milena y lo dejó cerca de la tapia, entre unos bototos «punta de fierro» recién arreglados.

Mientras cocinaban, Globi, que siempre pululaba cerca de la reparadora-imprenta, atraído por el olor del arroz, llegó moviendo la cola como loco. Si bien siempre había gozado de buen olfato, el hecho de haber quedado tuerto, sumado a que los viejitos siempre le daban comida, incrementó su capacidad olfatoria a niveles impresionantes. ¡Incluso podía oler el aroma de la comida de los viejitos a un kilómetro de distancia!

—Mmmmm, pero esto está muy rico, don Pancracio —dijo Milena.

Eduardo la miró detenidamente, sacó a escondidas su cuaderno y anotó:

Al parecer, el uso de Quantovisión despierta el apetito por el arroz blanco sin nada.

—¡Qué bueno que le haya gustado, señorita! —le respondió Pancracio—. Es lo único que tenemos para ofrecerle. Le hubiéramos ofrecido maíz, pero, lamentablemente, el camión que lo trae *chocló*.

Milena se rio hasta atragantarse y escupir algo de arroz.

Al dejar de reírse, miró a Globi, que, sentado en sus patas traseras, meneaba la cola y miraba con ojos de cordero degollado esperando recibir restos de arroz.

—Pobrecito, con un solo ojito. Y tan infladito que es —dijo Milena, sobándole el lomo—, si parece una piñata.

Cuando dejaron de comer, Milena, satisfecha y plena, les dijo a los viejitos:

—¿Saben qué? De momento me dieron ganas de ir al espacio. ¿Me alcanzará el dinero para ir a la luna?

Edu anotó en su libreta:

Todo indica que el uso de Quantovisión incentiva el deseo de viajar enormes distancias en las personas.
Investigar:

- *Efectos del viaje en la red neuronal cerebral.*
- *Diferencias entre efectos de viaje en avión vs. viaje en nave espacial.*

Estaban tan ocupados comiendo y riendo que ninguno de ellos, ni siquiera Globi, que no emitió gruñido alguno, se dio cuenta de que Tapu y Zun, introduciendo un largo palo a modo de caña de pescar entre la tapia, hurtaron el revólver de oro de Milena. De todos modos, no representaban amenaza alguna, pues les daba mucho miedo acercarse al perro que los había mordido, razón por la que procuraron que nadie notase su presencia, en especial el quiltro de afilados dientes.

—Creo recordar algo —dijo Milena—. Algo como que vivo en Santiago. Me iré para allá, tengo la certeza de que allá recordaré dónde vivo. Muchas gracias por todo, don Pancracio, don Concrecio. A usted también, muchas gracias, joven.

Y así, riendo y cantando rumbo a Santiago, Milena dejó a los viejitos. Mientras se alejaba de ellos, cantaba: «¡Luna, luna, luna! ¡Tú sabes que la quiero!».

AL OTRO DÍA de que Milena se fuera, los viejitos se cagaban de la risa recordando que Milena ni siquiera sabía dónde vivía. Debajo de todas sus ansias de poder había una mujer simpática e inteligente.

Ese mismo día, al almuerzo, encontraron muerto a Globi.

Eduardo pasaba por ahí y se reunió con los viejitos para examinar el bulto tieso que alguna vez fue Globi.

—No hay ninguna marca de lesión o similar. El pobre y viejo perro debe haber caminado hasta acá sabiendo que le quedaba poco de vida. Tal vez quería despedirse de ustedes, que lo alimentaron tanto tiempo. Eso, o solo tenía hambre. Nunca lo sabremos.

—Quiero creer que el pobre venía a despedirse de nosotros —dijo Pancracio—. Prefiero recordarlo así —dijo, y le acarició por última vez su cabeza—. Toda una vida dormiste a la salida de esta imprenta, perro héroe. Esta será la primera noche que no dormirás aquí, sino en el cielo de los perritos.

—¡Parece que la señorita esa ojeó al pobre perro! —dijo Concrecio, molesto—. Se le habrá quitado lo pesada y obsesionada, pero esa señorita causa mal adonde vaya, aunque no lo quiera.

—Sé que Milena no es una santa, pero míralo, el pobre murió de viejo, Concrecio. Recuerda que nosotros solo le dábamos un pichintún de comida. Aparte de viejo, se estaba muriendo de hambre.

—Bueno, pues ese mismo destino nos espera pronto si tú sigues así de testarudo. No podemos vivir solo de arroz, y tengo la certeza de que Milena volverá, pero como la mala persona que siempre ha sido. Ya te lo dije, esa señorita es la representación del mal en persona.

Pues bien, si hubiera sido cualquier perro callejero, los viejitos lo hubieran dejado ahí para que alguno de los manifestantes se lo llevara quizás a dónde; pero no era así, era Globi, el perro valiente que les salvó la vida a los tres, así que Eduardo cogió un saco y, ayudado con una pala, evitando verlo para no derramar más lágrimas, lo metió cuidadosamente.

Luego sacó un par de palos de la tapia y, con su chomba favorita, hizo una camilla en la que depositó el saco con Globi adentro. Como las florerías estaban cerradas por las marchas, cortó un par de flores de las faldas del cerro Condell y las puso alrededor del saco.

Fue una mañana nublada. Los viejitos, uno en cada extremo, cargaron la camilla y comenzaron el cortejo fúnebre. Adelante iba Eduardo, tocando el violín que componía Quantovisión. Iba tocando una y otra vez la única canción que se sabía, *Tan cerca de ti, oh, Dios*, no porque fuera un fuerte creyente, sino porque era la canción que salía en la película *Titanic* en la escena de los músicos, cuando se estaba hundiendo el acorazado.

Su ritmo solemne, sumado a los efectos de Quantovisión, hizo que los manifestantes calmaran sus ánimos, guardaran silencio e hicieran un hueco por donde avanzaba Eduardo. Turbados y atontados por el sonido de Quantovisión, los protestantes parecían estar rindiéndole honores con sumo respeto.

A medida que avanzaban los viejitos y Eduardo, se fueron sumando al cortejo todos los perros callejeros de Curicó, que intuyeron que dentro del saco había un gran can. Así, se unieron al grupo conocidos perros callejeros de Curicó. Iban Dientelargo, Piñata, Bobby, Mono, Tetera, Comotú, Firulais, Charlybraun, Potorojo, Manco y Lipigas.

La marcha se detuvo en el patio de la casa de Eduardo, quien dirigió unas palabras a los viejitos y al perrerío.

—Por haberme salvado la vida —gritó, aguantando las lágrimas—, vales más que cualquier persona. Cada ladrido en esta mañana representa cuán valiente eras.

Con gran pesar, entre un aullido del rediablo, lo enterró a un lado de un naranjo y clavó a un lado de su tumba un cartel de cartón piedra con la leyenda:

Aquí yace Globito,
perro hinchado de valor.

Y Milena llegó a Santiago.

Y como se lo había dicho a los viejitos, comenzó a recordar.

Al bajarse en el terminal de buses de Santiago, recordó dónde vivía, en una casa muy grande y blanca, y al llegar al metro, recordó en qué estación bajarse y cómo llegar allí.

—Esta es la Casa de la Moneda —le dijo su asistente principal, asombrada de que no recordara nada y de su actitud pueril, alejada de toda obsesión—, y usted no es nada más ni nada menos que su excelencia, la presidenta de la República de Chile.

—¿Presidenta, yo?, ¿y de los chilenenses? ¡Uf! ¡Qué alivio! Eso significa que tengo dinero suficiente para viajar al espacio —dijo, luego siguió cantando—: ¡Luna, lunita, lunera, luna de la nochecita!

Al parecer, el hecho de volverse más buena —o menos mala, se puede decir— le dio algo de suerte a Milena. Justo Elon Musk, el excéntrico multimillonario que quería colonizar Marte, iba a lanzar, en dos semanas más, a pesar de la tensa situación bélica mundial y en asociación con Jeff Bezos, dueño de Amazon, un vuelo tripulado con civiles a la ionosfera. La nave, que se llamaba Blue Origins, realizaría uno de los primeros ensayos en su grandilocuente y obstinado plan de llevar civiles a Marte.

Y como Milena ya había entablado relaciones con Elon Musk, se las ingenió para quitarle el pasaje a otro civil, la cantante Shakira, quien quería olvidarse de su ex, Piqué, y pudo inscribirse en la lista de civiles ricachones que flotarían a 110 km de la superficie terrestre. La lista incluía a Bill Gates, Sebastián Piñera, Cristiano Ronaldo, Daddy Yankee, Mark Zuckerberg, Bernard Arnault y Mohamed Bin Salman, el jeque que invertía en el fútbol inglés, entre otros famosos. Para no vomitar durante el viaje, Milena hizo un par de dietas antes de que llegase el día del vuelo, ¡hasta «rica» se veía!

El espacio para la tripulación era reducido, muy similar al interior de un bus cualquiera. Aun así, Cristiano Ronaldo, quien no paraba nunca de entrenar y a pesar de lo estrecho del pasillo y la extrema fuerza g que realizaba la nave al ascender por la estratosfera, se las ingenió para correr piques desde el primer hasta el último asiento. Según él, sometiéndose a esas increíbles fuerzas alcanzaría la perfección de su fútbol.

Mientras el portugués corría de aquí para allá, el compañero de asiento de Milena movió sus hombros en un tic nervioso y luego entabló conversación con ella.

—Hola, ¿qué tal? Soy Sebastián, ¡y quiero darte un saludo cordial, amable y fraternal!

—Hola, mucho gusto. Soy Milena, presidenta de la república.

Milena estaba más concentrada en el físico del futbolista, quien hacía abdominales sin parar, que en el tal Piñera ese. Sin duda, iba a pedirle su WhatsApp al terminar el vuelo.

—¡Vamos, hombre! ¡Tú puedes! —le alentaba en inglés el jeque Bin Salman. El jeque miró a su compañero de asiento, Mark Zuckerberg, y también en inglés le dijo—: Ese hombre tiene que jugar sí o sí por mi Newcastle.

—Pero eso tiene solución —dijo en el mismo idioma el creador de Facebook—. Conozco todos sus gustos y tendencias, solo déjemelo a mí.

Ronaldo tropezó y cayó sobre Bernard Arnault, el famoso empresario francés dueño de la marca Louis Vuitton. El cappuccino que estaba tomando saltó lejos por los aires para caer encima de su traje.

—*Sacré bleu !* —dijo el francés, limpiando el café mezclado con el sudor de Ronaldo de su corbata y camisa—. *Tu saches mon Louis Vuitton !*[2]

—¿Por qué no descansas y te lo tomas con calma, mi hermano? —le dijo Daddy Yankee al jugador—. *Take it easy*, mi pana.

—Sé lo que pasa aquí —dijo el astro portugués—, me tienen envidia. Es comprensible, la gente siempre me tiene envidia. Es porque soy rico, soy guapo y soy *una gran jugadora*.

---

2 ¡Maldita sea! ¡Ensuciaste mi [traje] Luis Vuitton!

—¿Por qué no miras el paisaje, coño? ¡Ay, Dios mío! Pero mira qué vaina más linda, lo mejor de todos los tiempos.

Habían llegado a la ionosfera. Desde allí, pudieron contemplar en su inmensidad la Tierra. Parecía una obra divina. Milena dejó de mirar a Cristiano y observó el azul de los mares, el sol reflejándose en ellos, la majestuosidad de los continentes y la hermosura de las nubes.

De repente, hipnotizada con la belleza de la Tierra, vio un gran meteorito que se acercaba directo a ella.

—¡Oh, Dios mío! ¡Es el fin! —gritó.

Por fortuna, el meteorito solo rozó la atmósfera del planeta y siguió su curso. El susto que le provocó, además de casi generarle taquicardia, le dio una revelación.

Había recordado todo.

Sus ansias de poder, sus ambiciones, los viejitos… todo.

—¡Fui engañada! —dijo, mirando a la Tierra—. ¡Esperen esos ancianos que aterrice, nomás!

LA GUERRA MUNDIAL —que, en realidad, por la falta de ataques y la abundancia de declaraciones cruzadas, era más bien una guerra fría— se estaba quedando estancada.

Pero no por mucho.

Los más inteligentes y capacitados científicos rusos, asociados con sus pares de Corea del Norte, cocinaban una superarma biológica. Estudiando los efectos del sonar en los murciélagos para darle nuevas aplicaciones en sus submarinos eléctricos, notaron que una gran parte de los hombres de ciencia contrajeron una enfermedad muy parecida al resfriado.

Siguiendo estrictos protocolos, aislaron a los enfermos y la sustancia responsable de la enfermedad, que parecía ser contagiosa. Pues bien, aislaron el virus, una cepa que no era para nada mortal pero sí muy contagiosa, y probaron hacerlo dañino. Ocuparon, de su reservorio criogénico de enfermedades epidémicas, componentes de la peste bubónica, la viruela, la gripe española.

Así crearon el coronavirus, o COVID, un supervirus, un superorganismo mutante de difícil erradicación. Con su creación se impediría la apertura de las fronteras de Rusia y Corea a otros países, lo que facilitaría el comunismo en las naciones que lo crearon, así como en aquellas que pensaban contaminar. En la misma semana en que fue creada, la facción comunista ya poseía las vacunas contra la mortal plaga.

De ese modo, la facción comunista alcanzaría una gran ventaja sobre su contendor. El esparcimiento de la nueva pandemia produciría el cierre de muchas fronteras, lo que facilitaría que el comunismo se implementaría a nivel mundial. Con esa ventaja, a la facción comunista solo le quedaría adueñarse de la superficie lunar para dar por ganada la guerra mundial.

Se armó una gran ojiva de diez metros de largo repleta con el virus recién creado. Si bien algunos científicos rusos se contagiaron en su construcción, el frío estepario de la región impidió que el virus se propagase, pues moría en el gélido aire sin representar una pandemia.

El presidente Putin intentó ser lo más mediático posible al enviarle su ultimátum de ataque al presidente Biden, de Estados Unidos. Debía ser así, puesto que el arma biológica que estaba a punto de disparar no solo debía generar daños en cuanto a bajas de civiles, también debía generar pánico, paranoia, terror psicológico, desesperación en civiles y militares. Terrorismo.

—Señor Biden, hemos cargado un misil con nuestro supervirus —declaró en vivo Putin en un tosco inglés ante todos los medios de prensa mundiales—. Basta con apretar un botón para que viaje directo a Washington e infecte inmediatamente a su «vasta y fuerte» nación. Quiero recalcar que esta amenaza no son solo palabras al viento.

»Nuestra demanda es clara, retire sus tropas de nuestro país y alrededores y firme su rendición ante el bloque comunista. Así que deberá elegir entre dos opciones: permanecer con sus absurdos ideales capitalistas gobernando gente moribunda o salvar a su nación.

Los interminables cálculos de Edu indicaban que los mensajes de ayuda que había enviado a través de Quantovisión no habían sido recibidos por nadie. Todo indicaba que se trataría de otro de sus fracasos. Eduardo se frustró un poco y pensó que su racha de inventos sin resultados y de sequía creativa volvería. Anotó en su cuaderno: «Los mensajes enviados por Quantovisión solo funcionan en espacios cercanos; específicamente, en un radio de diez metros. Similares al alcance que tienen los aparatos Bluetooth».

Eduardo se desmotivó. Pensó en que tal vez debía aclarar sus ideas.

En su época de universitario, su vida estuvo un tanto disgregada, desenfocada. Los estudios y la música. La música y los conciertos. Su mente estaba ocupada en muchas cosas, muy dispersa. Entonces recordó que, durante ese tiempo, el sonido de su metrónomo análogo lo hipnotizaba y le ayudaba a calmarse un poco.

—¿Dónde cresta estará? —se quejaba mientras daba vueltas su clóset para encontrarlo. Una vez que dejó toda su pieza/laboratorio cubierta de ropa, lo encontró.

Su viejo metrónomo, una cajita de madera de veinte por diez centímetros que compró en la enseñanza media a solo dos cuadras de la imprenta de los viejitos.

Por suerte, aunque llevaba al menos diez años en desuso, el aparato funcionaba.

El péndulo corría de acá para allá marcando el ritmo, el tiempo, el cual se le iba, pues no llegaba ninguna idea a su mente, y Milena, sin lugar a dudas, volvería para vengarse.

—Desearía tener más tiempo —balbuceó—, o al menos…

Eduardo tuvo una idea. Si bien sabía que no tendría más tiempo, podía hacer que su tiempo fuese aprovechado de mejor manera que el de Milena. Desarmó su metrónomo y creó con él un mecanismo similar al usado en el Desharmonizador. Botones más, botones menos, creó «Tempo», un aparato capaz de ralentizar el funcionamiento de aparatos mecánicos. Lo probó en la lavadora de la casa y dio resultado: la lavadora estuvo cuatro horas dándole vueltas despacio a la ropa. La mamá de Eduardo llamó a un mecánico para que la viera, pero este no pudo saber qué falla tenía y no la pudo arreglar.

Edu sabía que Milena pronto dejaría de estar bajo el efecto de Quantovisión y que volvería a la normalidad. Ya no había más tiempo para pruebas, así que viajó a Santiago para hacer algunas artimañas con los aparatos de Milena, en especial con su auto.

Investigó todo lo necesario en Facebook acerca de las futuras visitas de Milena. La mandataria, luego de regresar de la ionósfera, tendría una agenda llena de compromisos atrasados. A través de su red social, Eduardo descubrió el lugar exacto donde guardaban el auto de Milena. Le bastaría con ubicarse bajo el patio de los naranjos en la Casa de la Moneda para ralentizar el auto en que Milena se transportaría a sus distintos asuntos presidenciales.

Un guardia alcanzó a verlo apoyado en un naranjo y lo reprendió:

—¡Hey! Aquí no se permite gente tocando instrumentos.

Eduardo probó su Tempo para ralentizar al guardia que iba a su caza, pero no le dio resultado, pues el gorila no aminoró su andar decidido. Cuando el guardia lo sacó de la Casa de la Moneda, Eduardo ya había conseguido ralentizar por completo el auto de Milena.

Ya sentado en el bus de camino a Curicó, piensa que te piensa, tras rumiar durante largo rato sobre el hecho de que por poco no lograba su cometido, tuvo una gran idea.

—¡No solo puedo ralentizar objetos! —gritó de repente, como loco, al resto de pasajeros, que lo miraron sorprendidos—. También puedo modificarlo para que ralentice... personas.

Orden de embargo

Estimados señores Pancracio del Carmen Flores Díaz y Concrecio Wenefrildo del Tránsito Correa Fuenzalida:

Lamentamos informarles que los préstamos obtenidos en el Banco de Chile a razón de la hipoteca de su local «Imprenta Alfa» no han sido pagados desde hace dos años.

Es por ello que, ante la morosidad señalada en el párrafo anterior, Banco Estado se reserva el derecho de adueñarse del local mencionado, amparándose en la Ley 5688, Art. 2, Título 3, sobre embargos de propiedades.

Estipulado todo ello, nuestra empresa se reserva el derecho de hacer uso del local mencionado dentro del mes que viene.

Atentamente,

Banco Estado,
el banco que todos queremos.

Al terminar de leer la nota, Concrecio miró con soberbia a Pancracio. Deseaba decirle: «Te lo dije», gritarle en su cara que debió haber aceptado el dinero de Milena y venderse ante el poder, ante «su» poder, el cual iba creciendo y creciendo.

—Deudas y más deudas, estamos llenos de deudas, Concrecio. Sé lo que piensas, que debí haber cedido ante Milena, pero te diré algo: no todo en la vida es dinero.

—Tienes razón. Hay otras cosas, como por ejemplo que te quiten el local que formó parte de tu vida por más de seis décadas.

—Ten esperanza.

Era lo que siempre le decía Pancracio, dos palabras que bien podrían resumir su personalidad.

Dos palabritas a las que Concrecio aprendió a dar significado. Concrecio empezaba a sentir la esperanza, a copiar esa fe que irradiaba Pancracio… hasta que se murió Pepito.

El viejo Pepito. El amigo de toda la vida de los dos. Era el tercer mosquetero en sus juegos de niños, el amigo sin el cual no podían jugar a las escondidas ni al pillo. Pepito, al igual que Globi, había muerto de viejo.

—Mira, Pancracio. La muerte ya está muy cerca, nos viene avisando con letras grandes que dicen: «Ya se acerca su turno». No sé para qué insistes tanto en luchar y luchar contra Milena, dele con que las gallinas mean, si terminaremos como Globi y como el compaire Pepito, que en paz descanse.

—No me importa si me queda un solo día. Seguiré luchando y también apoyándote, amigo.

Entonces Concrecio dejó de cultivar la esperanza y volvió a su estado permanente de amargura. Justo cuando quería confiar en un futuro mejor, creer que la vida algo les deparaba en sus, quizás, últimos años, el ángel de la muerte llegó para recordarles que estaban empezando a oler bien para ser devorados, que estaban bien pasaditos a gladiolo.

Todo era negro para Concrecio. Y esa misma cortina oscura fue la que no le permitió ver que algo positivo había detrás de toda esa situación. Pancracio siempre estuvo ahí para apoyar a Concrecio, siempre estuvo ahí, alentándolo con alguna frase, algún chiste.

—Recuerda a tu amor, Concrecio. Tal vez ese es tu vacío, tal vez eso es lo que te falta hacer.

—Ella se ha olvidado de mí. Su nieta nunca me dio una respuesta.

Las deudas los sofocaban, la vida parecía que les quitaba más y más cosas. Fue en esos momentos difíciles cuando la amistad entre los viejitos se volvió más y más fuerte.

El gobierno de estados unidos, nunca dando su mano a torcer ni mostrando debilidad, hizo oídos sordos al ultimátum del presidente Putin.

—Muy bien, señor presidente —dijo Putin ante los medios—. Si quiere hacerse el fuerte, entonces habrá que golpearlo un poco.

El mandatario ruso lanzaría el proyectil de proyectiles. Si bien podía darle la orden de lanzar el misil a su primer ministro de guerra, todo se trataba de una gran guerra mediática, y quien debía apretar el botón de lanzamiento tenía que ser el mismo Putin en persona, mientras lo grababan, en vivo, una docena de cámaras de televisión y de redes sociales. Momentos antes de apretar el botón para lanzar el misil cargado con el coronavirus, un extraño mensaje lleno de estática, que por estar en español no entendía ni pizca, pasó por su cabeza.

—La presidenta Milena Millones… pierdan su querida fuente de trabajo.

¿Qué acababa de escuchar? ¿Qué significarían esas palabras y por qué estaban llegando a su cabeza? Esas fueron las interrogantes que se hizo durante unos momentos y que lo detuvieron de apretar el botón de lanzamiento del misil. Parecería que esas palabras, enviadas desde muchos kilómetros al oeste por un científico desconocido para él, influenciarían en el comportamiento de Putin y cambiarían el curso de la guerra; pero ¿cómo habrían de hacerlo si estaban en español, un idioma que Putin, a pesar de tener cierto grado de inteligencia y conocimientos, no manejaba?

Y fue así que Putin volvió en sí. El borroso mensaje con estática no le produjo ningún efecto más que retrasarlo en su tarea de apretar el famoso botón de lanzamiento frente a los miles de millones de personas que lo veían, a lo largo de todo el mundo, a través de las más famosas cadenas televisivas, así como a través de YouTube, Facebook, Instagram y TikTok.

Putin solo esperó los minutos necesarios para que su transmisión por las redes sociales tuviera cuatro mil millones de usuarios en línea y unos tres mil millones de *likes* para apretar el famoso botón. Cuando su transmisión tuvo alrededor de dos mil millones de comentarios, apretó el botón que decía «lanzar» en ruso.

A pocos kilómetros de donde se ubicaba el mandatario se oyó una gran explosión, de la cual salió primero una nube kilométrica de polvo, para luego salir de ella el misil de diez metros que contenía la contagiosa enfermedad.

—Eso es todo, Estados Unidos —dijo Putin por sus redes—. Ahí va volando su castigo por tanta soberbia.

Volando rápido por el gélido y despejado cielo ruso, la ojiva con el coronavirus volaba sin complicaciones en dirección a Washington.

8

CONTRARIO A TODOS LOS PRONÓSTICOS, las manifestaciones iban en aumento. Ya no quedaban semáforos que botar ni estatuas que destruir. En las calles seguía habiendo lucha entre uniformados y civiles, así como gritos y desorden; pero en una pequeña pieza, en una pequeña casa de Curicó, Eduardo estaba en silencio, absorto en su mundo, concentradísimo, trabajando en su ralentizador.

—Los humanos, después de todo, somos máquinas biológicas —murmuraba una y otra vez.

Lo desarmó y volvió a armar, una y otra y otra vez. Investigó logaritmos secretos utilizados en redes sociales para alterar el comportamiento de las personas. Aumentó el efecto de esos logaritmos y los incorporó al ralentizador. Por fin logró su objetivo: modificar su metrónomo ralentizador para que afectara no solo a las máquinas corrientes, sino a las máquinas vivientes... a las personas.

Sin realizarle muchas pruebas a su «Tempo 2.0: ralentizador de persona (nombre pendiente)», investigó lo más que pudo en internet acerca del itinerario de la presidenta Milena. Después de desechar una docena de noticias falsas, como las que decían que aún estaba en la Luna, refugiándose de la crisis nacional, se enteró de que Milena llegaría a la mañana siguiente a la superficie terrestre y que tendría un pequeño discurso de bienvenida en Santiago antes de dirigirse a Curicó a inaugurar, en medio de las manifestaciones, su nuevo e inmenso hospital.

Eduardo ralentizó a una docena de guardaespaldas y así alcanzó a llegar justo cuando Milena estaba diciendo sus últimas palabras:

—Y ahora que estoy de vuelta, le daré solución a las manifestaciones...

Una ráfaga de viento interrumpió las palabras de Milena y le sacudió el peinado. La ráfaga no había sido nada más ni nada menos que Eduardo, quien, en un lugar seguro, a diez metros de ella, había lanzado su ataque con el ralentizador.

—Que… retrasan… nuestro… progreso… —dijo Milena en cámara lenta. Hizo una pausa de al menos un minuto y se escucharon algunos abucheos—. Muchas… gracias —agregó.

Milena, ante las miradas atónitas de los oyentes, cogió poco a poco los papeles que había leído para su discurso. Se separó lento del estrado, a la velocidad de un perezoso, y comenzó a bajar las escaleras una por una, también muy despacio, como una anciana. Pasados diez minutos, apenas las había bajado todas.

Viajando en el bus de camino a Curicó, Eduardo anotó en su cuaderno:

Tempo (versión 2.0):

Ralentiza personas con éxito.
Lo llamaré «Tempo 2».

Ya de vuelta en la imprenta, contó su hazaña a los viejitos.

—Bien difícil creerte, po cabrito. ¿Y cómo dices que funciona el aparato ese que creaste? —dijo Concrecio.

—¡Muy fácil! Simplemente acelera el resto del mundo, incluyéndome, a excepción del objeto apuntado. Todo es cosa de relatividad básica.

Los medios no tardaron en achacarle una enfermedad a Milena. «La presi envejeció ante tantas manifestaciones», decía el titular de Las Últimas Noticias. Ella, por su parte, en las declaraciones que daba a los medios, culpabilizaba de su lentitud a algún efecto adverso del coronavirus, virus del cual, según ella, se pudo haber contagiado por algún tripulante de la nave en la que recorrió la ionosfera. A su vez, explicaba que el hecho de siempre llegar atrasada a sus reuniones se debía a desperfectos en su auto.

«Solucionar las manifestaciones, liquidar a los viejitos, hacerme más rica». Su mente estaba tan ocupada en esos asuntos que en verdad no se daba cuenta de que andaba más lento que los demás.

Habiendo calmado un poco las aguas en la nación, Milena emprendió el rumbo hacia donde los viejitos; por fin se vengaría de ellos por haberle hecho quién sabe qué cosa. «Quién sabe qué menjunje me zambulleron para motivarme a viajar por el espacio».

Debido a que ocupó el auto ralentizado, fue tanto lo que se demoró en su viaje a Curicó que empezó a dudar si valía la pena gastar tanto tiempo en ello.

Cuando ya divisaba el cerro Condell a la entrada de Curicó, en la ralentizada radio habló lentamente un locutor:

—*Radio Lola FM informa: Grave ataque químico a USA. Como lo oyeron, señoras y señores. Lamentamos informar que, por la bomba química que llegó esta mañana, ha muerto el presidente Biden, así como, y escuchen bien, 33.999.000.000 personas y contando, lo que equivale a un décimo de la población de Estados Unidos. Las declaraciones del nuevo presidente interino, Barack Obama, apuntan a tomar venganza definitiva...*

—Nos estamos demorando mucho —dijo Milena en medio de la transmisión—. Mejor nos devolvemos a Santiago para ver cómo avanza ese ataque del virus. Los vejestorios deberán esperar. Si mis contactos tienen la información correcta, es probable que se propague hasta acá mismo. Estamos cagados.

TAL COMO MILENA ASEGURÓ, el coronavirus se esparció por América Latina. Comenzó con algunos reportes de casos aislados en Centroamérica. En Guatemala y Puerto Rico aparecieron los primeros. Luego, los casos fueron en aumento. Se presentó en países del cono sur, como Venezuela, Colombia, el norte de Brasil y Perú.

Debido a sus altas temperaturas, en Brasil se esparció de forma drástica y dejó a cien millones de personas, casi medio país, infectado. Entre ellos estuvo el presidente Jail Bolsonaro, quien, antes de enfermarse, negaba por todos los medios posibles la existencia del virus y la tildaba como una conspiración barata. A su vez, se enfermó toda la selección de fútbol brasileña, con su figura Neymar Junior postrado en cama en un hospital, por lo que la *canarinha* tuvo que suspender sus encuentros. En Perú, los casos iban en aumento, apoderándose lentamente de la zona que limitaba con Chile.

Por su parte, Milena, que aún se movía a la velocidad de un caracol, al igual que su par Jail, intentaba negar por todos los medios posibles la propagación del virus en los países vecinos. Mientras daba una y otra declaración desmintiendo la presencia del virus, Milena, para descubrir por qué andaba tan lento, se fue asesorando con los mejores científicos, incluyendo a los más destacados físicos chilenos y algunos conocidos en la comunidad internacional.

Primero la examinaron los doctores. Durante un buen tiempo, fue una especie de conejillo de indias para ellos. Envueltos todos sus músculos en electrodos, la instaban a trotar en una corredora, andar en bicicleta, nadar y hacer todo tipo de acrobacias en una piscina olímpica, correr un circuito de obstáculos como un perro de competición, resolver ejercicios matemáticos, puzles, sudokus y otros acertijos. Similar a lo ocurrido con su última enfermedad, le tomaban a diario muestras de todo cuanto podía secretar el cuerpo humano.

Aun así, los doctores no podían determinar la causa de su lentitud. Todos ellos le decían lo mismo: «Usted está impecable de salud, a excepción de algunos detallitos. Su corazón late muchas menos veces por minuto que el promedio y respira la mitad de veces por minuto comparado con la mayoría. Aparte de eso, no presenta ninguna otra anomalía».

Luego fue el turno de los físicos. Ellos reunieron todos los datos recopilados por los médicos y, mediante supercomputadoras cuánticas de última tecnología, intentaron pasar todo su historial a fórmulas, fórmulas que el superordenador calculaba y calculaba sin poder llegar a su solución. Los físicos la pusieron en un gran péndulo que andaba a su misma velocidad —de tortuga— para ver resultados. La sometieron a cambios de presión, a grandes imanes que despejaban sustancias magnéticas de la sangre y a caídas desde una gran altura para ver si con algo de gravedad se solucionaba el problemita.

Su última opción fue llevarla hasta la ubicación del supercolisionador de hadrones del CERN, en Suiza. Allí corría el rumor de que cosas inexplicables le pasaban a la gente. Por ejemplo, el caso del hombre que se volvió más rápido corriendo, el hombre que desapareció o la mujer que, como Milena, se ralentizó. En medio del gran circuito del colisionador, pusieron a Milena en el extremo de un gran brazo que, parecido al minutero de un reloj análogo, podía girar a grandes velocidades.

Entonces hicieron girar a Milena. Su rostro se deformó y su pelo se enruló. Cuando bajó del aparato, toda destartalada, dijo:

—He vuelto a mi velocidad normal. ¡Malditos viejos, esto ya se está poniendo personal! Les daré una muerte dolorosa. Y esta vez no me equivocaré, no se saldrán con la suya. Yo siempre gano. Yo soy victoria, yo soy éxito.

Al final, los neumáticos se extinguieron.

La turba dejó de gritar.

Los guanacos dejaron de lanzar agua y los pacos dejaron de dar lumazos a Pedro, Juan y Diego, y a cuanto weón salía a protestar.

Las tapias fueron sacadas de los locales de comercio; lo mismo pasó con los fierros y cuanta lesera usaron los dueños de los locales para evitar saqueos. Los viejitos por fin pudieron desclavar los palos que protegían la cortina de fierro.

Las calles se limpiaron de cenizas, escombros, basuras y palos.

De un modo u otro, los protestantes se habían enterado de la noticia de que un virus andaba dando vueltas por ahí, cerquita, en el país vecino. La cachá de redes sociales no hizo más que exagerar el rumor y acrecentar la verdadera mortalidad del virus, exponiendo ante millones de usuarios, día a día, un recuento de los muertos, sobre todo los de Brasil, con cifras estratosféricas debido al gran tamaño del país.

Los viejitos al fin pudieron entregar los pedidos de zapatos pendientes, ya con telarañas y apolillados, que habían arreglado hacía más de tres meses, antes de que iniciara todo el alboroto de las protestas.

Presa del pánico por el coronavirus, sumado al bombardeo mediático en las redes sociales, la gente ya no se atrevía a salir de sus casas. De cualquier forma, Milena temía que el miedo durase poco y se reiniciaran las manifestaciones.

Por ello, impuso un toque de queda para que, al menos desde las siete de la tarde, nadie saliera de sus casas.

Podría haber sido una medida justa y necesaria para repeler el supuesto virus que pululaba en los países vecinos, medida que Milena camufló y justificó atribuyéndola a una solución a la abrupta subida de los niveles de delincuencia. Desde ese punto de vista, era una medida hasta sensata y que todos hubieran comprendido. Pero no lo fue.

Así sucedió en la primera semana de toque de queda. A eso de las siete y cuarto, las calles desiertas hasta daban, en cierto modo rebuscado, una especie de paz. Caminar por las abandonadas calles, otrora llenas de gente, se transformó, por increíble que pareciese, en una experiencia placentera y mágica.

Las carro-patrullas volvieron, pero esta vez no en una equiparada y hasta desventajosa guerra carabineros-manifestantes, sino en una provechosa situación en la que eran la autoridad intocable y con el derecho de llevar presos a todo el que incumpliera el toque. A diferencia de cuando había manifestaciones, en las que, estresados y cansados, eran blanco de piedras, bombas molotov, bombas fétidas y cuanta lesera agarrasen en la vía las enormes masas que manifestaban, ahora podían pasearse tranquilamente de día y en especial de noche.

En la avenida Camilo Henríquez, compartían papas fritas y cervezas al ritmo de las cumbias y rancheras que salían de sus patrullas estacionadas. Como nadie circulaba a esas horas de la noche, eran pocos los que podían quejarse por eso, si acaso encontraban a alguien que osara rebelarse contra la institución de Carabineros y la milicia, que almacenaron rencor a bolsillos llenos en el período de manifestaciones y que gozaban de todo el poder para descargarlo.

Pues bien, todo hubiera tenido sentido si Milena no hubiese desarrollado ese rencor enfermizo por los viejitos.

No conforme con el toque de queda impuesto, a la semana de que la gente no pudiera salir, dictó una norma ridícula.

—Cualquier persona mayor de sesenta años debe ir a prisión si se encuentra transitando al aire libre en el horario de toque de queda —dijo en un comunicado de prensa que salió en todas las redes sociales y canales de prensa.

Más tarde, murmuró para ella:

—Esta vez no se escaparán. Esta vez sentirán mi rencor, ancianos hediondos a pipí.

Desde hacía rato, Edu estaba preocupado.

Luego de enterarse, a duras penas, de la prohibición especial para los viejitos hecha por Milena, se puso como loco a inventar el aparato definitivo que alejara a los viejitos de Milena. Sabía que Milena iría en cualquier momento a Curicó y descubriría dónde se escondían los viejitos. Iba a contrarreloj.

Por ello, una vez más, se encerró a resolver un montón de ecuaciones, partiendo por las que había en su libro *El universo elegante*, el mismo que fue el puente para conocer a los viejitos.

Se metió con las dimensiones del espacio.

Pequeños espacios entre las partículas más pequeñas de la materia, entre las cuerdas vibrantes de los átomos, indicaban que, aparte de este universo en el que vivimos, existe otro que solo se puede comprobar a nivel cuántico, uno que se puede deformar.

Investigó sobre otros espacios dentro del espacio que detectamos con nuestros sentidos. Para ello se abasteció de cuanto documento existiese en el reservorio online de la Universidad de Chile o en cualquier repositorio de las universidades más prestigiosas a nivel mundial, como Princeton o Harvard.

Así, pudo dar con la solución de una ecuación específica que salía en el libro guillotinado. Esa particular ecuación permitía, a grandes rasgos, visitar otras dimensiones.

Mediante una pila de cálculos matemáticos, los cuales incluían datos del espacio en cuestión, temperatura ambiente, temperatura corporal, cantidad de agua en el cuerpo, porcentaje de moscas volando, concentración de vibratones en el aire, porcentaje de pelos erizados en la piel, humedad de la respiración, tendencia a bostezos y suspiros, cantidad de pestañeos por minuto, limpieza de la piel, cantidad de dientes cepillados, número de pelos en barba, cantidad de horas de sueño, porcentaje de hambre y otros, quería determinar la fiabilidad de la creación de otro espacio dentro del espacio que estamos acostumbrados a circular. De ser así, si creaba un nuevo espacio que ningún instrumento pudiese detectar, podría, por más pequeño que fuese, esconder a los viejitos de manera definitiva de Milena.

Se aisló por completo del mundo y se encerró en su pieza, dedicándose en exclusivo a perfeccionar sus resultados y fórmulas. Con suerte salía para comer.

Estuvo investigando sin descanso por al menos un mes, durante el cual no llegaba a comer por muchos días.

Parecía que lo lograba, que daba con los números necesarios para la creación de un nuevo espacio, pero siempre los últimos datos fallaban. Debido a eso, decidió hacer una llamadita a una vieja amiga, su exnovia.

—Mira, Eduardo —le dijo Sara a través del celular—, si quieres seguir con tus investigaciones sin futuro, bien por ti. Lo que es yo, no fomentaré tus cosas locatellis. Si necesitas mi computador, te lo arriendo a cinco mil pesos el día, y si me entero de que descubriste algo, lo cual dudo, quiero el diez por ciento de las ganancias que obtengas.

—No tengo tanto dinero, por favor no me pidas tanto.

Tras rogarle, por fin su novia le rebajó la tarifa de arriendo y se lo prestó.

Con el potente computador, pudo avanzar en los cálculos que requerían más que su viejo y cacharroso *notebook*.

Ahora bien, en dicho ordenador desarrolló un súper programa, el Calculizador (patente pendiente), *software* necesario para obtener los números que requería. Ingresó en el Calculizador todos los datos necesarios para determinar la creación de ese nuevo espacio: la forma que debían tener las cuerdas; la constante de acoplamiento, de desacoplamiento y de acoplación; la desviación logarítmica limitante exponencial del limitador; el valor del dólar actualizado; la vibración exacta para que el espacio no colapsase; la cantidad de energía necesaria para crear el espacio; las constantes califragilísticas de la teoría M de cuerdas, y algunos otros datos más que, por muy ilógicos que parecieran, eran trascendentales para obtener el resultado esperado. ¡Cada detalle contaba para lograr la gran hazaña jamás antes intentada por científico alguno!

Ingresó todos y cada uno de esos datos en el Calculizador para ver si su plan de crear el nuevo espacio era viable y si resultaba. El *notebook* echó humo, eran demasiados datos.

Luego de enfriarlo y arreglarlo, y procurando simplificar al máximo posible sus fórmulas, lo intentó una vez más.

Dejó que el procesador calculara, lento como un perezoso, los datos. Así estuvo el ordenador, día y noche, arrojando y arrojando números.

Hasta que por fin arrojó el resultado final.

Eduardo quedó asombrado.

Muchos niños se despertaron ansiosos por ir al colegio, deseando que sus padres les hicieran el desayuno, pero no obtuvieron respuesta alguna.

En los asilos, las enfermeras no podían creer la soledad que, de un momento a otro, llegó.

Hete aquí que las plazas y calles de las principales ciudades lucieron vacías, inertes, desiertas.

Millones de personas faltaron a sus trabajos.

Los perros de muchos hogares aullaban tristes por no saber de sus acompañantes humanos.

Familias enteras desaparecieron de la faz de la tierra.

Amigos, padres, abuelos, hijos, vecinos… todo chileno sufrió la muerte de alguien cercano. Por ello, las personas que sobrevivieron al ataque de coronavirus no se podían llamar afortunadas.

El coronavirus llegó como un huracán, como un ataque kamikaze, de la nada, como la visita inesperada de ese pariente que no soportamos.

Esa mañana todos aparecieron lánguidos, sin vida, sobre sus camas. Ante tantas pérdidas, un gélido viento bajó desde la cordillera de los Andes para meterse en las desoladas ciudades, aún con restos de neumáticos quemados de las ya lejanas protestas.

Muchos niños quedaron huérfanos y sin parientes cercanos que los consolaran. Solos, desamparados, desahuciados, huachos.

Ese día nadie llegó a las salas de clase, nadie cruzó las calles de las principales ciudades chilenas, nadie tocó la bocina en Camilo Henríquez, en Curicó, ni en ninguna otra avenida. Nadie salió a andar en bicicleta ni a trotar en las alamedas.

Las bombas de bencina lucían abandonadas, como si fueran instalaciones sin utilidad. No hubo colas en bancos ni notarías.

En una mañana se pasó del miedo no infundado a la desolación total.

Y es que solo había silencio, un silencio mortal que casi hacía doler los oídos, el silencio del dolor.

Y es que no solo era eso. El virus llegaba para quedarse.

Tal como llegó, deprisa, se fue esparciendo, contagiando, matando, ennegreciendo la esperanza.

Las pocas personas que quedaron con vida empezaron a tener síntomas de la mortal enfermedad. Estos síntomas se presentaron cada vez en más personas.

Cada día, desde la llegada del COVID, era un día más de infectados.

Cada día eran más los muertos.

Por desgracia, o por fortuna, los viejitos y Eduardo sobrevivieron.

Se salvaron para sufrir un poco más en un país que perdió la mitad de su población.

Poco a poco, el coronavirus fue infectando a más y más personas. Y los viejitos no se salvarían.

Por su parte, y al parecer por alguna razón, tal vez por las ondas que empleó para desarrollar sus aparatos o por otra cosa, Eduardo y sus padres no sufrieron ningún síntoma de coronavirus.

Por culpa del virus, los viejitos fueron perdiendo, uno por uno, a todos sus familiares. El resto de sus vidas desearían haber sido ellos los que se hubieran muerto.

—¿De qué sirve mi vida ahora? Se fueron mis tíos, mis sobrinos, mis primos, Pancracio. Creo que ya no se puede ser optimista.

—Y a mí se me fueron, además de mi familia, mis vecinos, mis amigos, Concrecio. Pero estoy yo. Por algo estoy yo y por algo estái tú. No pierdas la fe.

—Tal vez Segismunda se fue también. ¡Por la chucha! ¿Por qué ahora llegó esta pandemia, justo ahora que me decidí a ir por ella? ¡Ay, mi Segismunda Transida! ¡Si ya te fuiste al cielo, espérame ahí tranquilita, por favor!

—Tranquilo, ten esperanza de que no se ha ido, solo quédate tranquilo.

—Deberíamos haber muerto, deberíamos haber muerto.

A pesar del desastre, de las pérdidas, de la desolación, del silencio, de la evidente devastación, Milena mintió en las siguientes declaraciones sobre el ataque químico, sobre el coronavirus, sobre las muertes, sobre los focos de infección, sobre todo. Según sus asesores, le convenía a sus planes financieros que la población chilena no se enterara del virus.

Si los chilenos lo sabían, la gente saldría menos y tendría menos ventas en sus tiendas, puesto que sus servicios, como restaurantes y heladerías en Multicuricó, requerían la presencia física de personas más que compras online. Asesorada hasta las cachas por sus peones, inventó toda una nueva teoría que explicaría en parte las evidentes bajas, teorías que azucaró al máximo posible para que la población estuviera tranquila. El placebo era necesario para sus fines.

—Toda esta enfermedad es una vieja conocida —dijo en una declaración ante un grupito de veinte personas que apenas rellenaban el amplio espacio del Parque Forestal.

Todos los medios de prensa estaban presentes y Milena debía sonar lo más creíble posible con semejantes patrañas que decía. Por ello, habló sin titubeos:

—Trajimos a los mejores científicos del mundo, gente de Harvard, Massachusetts, Stanford, California y Oxford. Todos llegaron a la misma conclusión, todo este contagio no es nada más ni nada menos que una nueva cepa de influenza, la H9N8. Dicha cepa es la responsable de la enfermedad que se ha registrado en el último tiempo.

Para sus fines egoístas, y por si fuera poco ocultar información a la nación, Milena instaló un *all* en Curicó. Un *all* es como un *mall*, pero tiene más cosas, casi de todo: banco, registro civil, piscinas, hospedaje, distribuidora de gas, discoteca, panadería, cafetería, juzgado, *pub*, *cabaret*, autos, viveros, conservador de bienes raíces, diversas multicanchas, salto en paracaídas, aeropuerto, casas prefabricadas, *scorts*, masajes, pista de *karting*, pista de hielo, pista de patinaje. También tiene clases de todo tipo, de baile, de ingeniería, de odontología. Todo lo que el dinero puede comprar. Y Milena, a modo de venganza ante lo sucedido con los viejitos, se preocupó de que su nuevo *all* tuviera el estacionamiento más grande de todos.

Milena tenía todo un plan metódico para sofocar la suerte de derrota que había obtenido en sus encuentros con los viejitos. Haría que la poca gente que quedaba después de la pandemia se dedicara a comprar y comprar, y para ello pensaba destinar un buen turro de dinero a regalar bonos monetarios a todos y cada uno de los pocos chilenos sobrevivientes.

De ese modo, la gente se volvería consumista y compraría más y más *smartphones* que podrían reemplazar a los libros. De paso, con la compra de los aparatos digitales, los compradores desarrollarían problemas de vista, lo que los obligaría a comprar lentes en su óptica y pagar cirugías en sus clínicas. Todo se basaba en que la gente olvidara el dolor, olvidara alguna vez que hubo algo parecido a una pandemia o que hubo, cuando en realidad había, un patógeno circulando por allí, y comprara y comprara.

Los viejitos tenían suerte de no estar infectados, pero no sería por mucho tiempo más. En las personas sobrevivientes, el virus se propagó y propagó por todos lados, afectando a todas las edades y clases sociales. En cierto modo, tuvo cierto poder unificador sobre los chilenos, pues ya no había diferencias de ningún tipo, ni sociales ni económicas ni políticas, ante un enemigo común que atacaba a todos por igual.

«Ponte tu mascarilla, Concrecio», «No seas contreras, Concrecio», «Abrígate más, porfiado de Talca», eran las frases que Pancracio le decía una y otra vez, ya que le tenía harto respeto al bicharraco ese que andaba en el aire y del que, por una razón que los viejitos no entendían, no se hablaba en la radio. Por su parte, Concrecio siempre le respondía más o menos con la misma frase: «Deja de webearme y déjame vivir mis últimos días tranquilo. ¡Tanto que hinchas y tanto te preocupa la muerte, si ya ni muchos días nos quedan!».

Desobedeciendo los consejos de Pancracio, Concrecio se paseaba tranquilamente por la ciudad y saludaba con un buen apretón de hombros y un buen beso en la mejilla, acto prohibido por las autoridades sanitarias, en cuanta situación lo requiriera. Concrecio actuaba según una mezcla de desinterés por la vida y algo de desinformación.

Y un día, Concrecio se puso a estornudar sin parar y a presentar fiebre. Por porfiado, el coronavirus lo afectó de seriamente. En Pancracio, la infección, así como los síntomas correspondientes, no fueron tan agresivos y no tuvo que ir a internarse en el hospital recién inaugurado.

Sutiles en un inicio, los síntomas cada vez se fueron haciendo más notorios en los viejitos. Concrecio estornudaba a cada rato, a duras penas orinaba y constantemente se le subía la temperatura corporal, por lo que fue llevado de urgencia al hospital. Pancracio, que también estaba enfermo, pero en menor medida, luego de llevarlo en un colectivo, lo acompañó, tomándolo de los hombros, hasta la misma sala de espera del hospital. Con sus hermosas lozas sin usar y ventanas de marcos relucientes, el nuevo hospital parecía un hermoso cuadro de arte.

Sin embargo, tanta hermosura no servía de nada si no cumplía una utilidad. Como no había doctores, secretarias ni enfermeras que lo atendieran, Concrecio tuvo que dormir, delirando, en los pasillos del hospital durante dos días, hasta que, al fin, un médico lo pudo intubar y así salvar la vida que tanto odiaba.

—Por fin ya falta poco para mi fin, Pancracio —dijo Concrecio con una sonda saliendo de su faringe y respirando a través de otro tubo—. Tal vez estar lleno de tubos no era el final que esperaba, pero no puedo ser regodión después de todas esas almas víctimas del virus que sufrieron más que yo.

9

Milena usaría la cabeza esta vez; no iría a ciegas de nuevo a la reparadora para que quién sabe qué desgracia le pasara.

Con esto en mente, usó la técnica que tanto poder les da a los políticos: la cobertura mediática. Bombardearía la opinión pública con artículos amarillistas a su conveniencia. Reunió a su grupo de canales de televisión, a los principales diarios de Chile, que ella misma había comprado, y a todas las plataformas de *streaming* en vivo para realizar un discurso que verían todos los chilenos, pero que iba dirigido en particular a la ciudad donde nació.

—Queridos chilenenses, esta pandemia ha dejado estragos, pero juntos estamos saliendo adelante. En ese marco, quisiera hacer una pequeña acotación sobre lo que pasa en mi querido pueblo natal. Numerosos estudios indican que la Reparadora Beta, en la ciudad de Curicó, es un mortal foco de contagio de la enfermedad que deja docenas de muertos día tras día —anunció ante los millones de oyentes—. Nuestro grupo de investigadores, provenientes de las más prestigiosas universidades, ha determinado que en la zona aledaña a dicho local hay grandes cantidades de H9N8, la cepa de influenza que nos está enfermando.

»A su vez, se registra un estudio que indica que todos los perros callejeros, los gatos y las palomas en los sectores aledaños a la reparadora han muerto, hecho que sugiere que se han enfermado por estar cerca de la reparadora. De paso, rogamos a la población que no coma las empanadas y anticuchos callejeros que se venden cerca de ahí, pues circula el rumor de que los hacen con la carne de los animales enfermos. Sugerimos a la población no acercarse a dicho foco.

»Les prometo hacer lo posible por clausurar dicha reparadora, la cual está contaminando a todo Curicó, nos está enfermando de más H9N8 e impide que la hermosa ciudad de las tortas pueda sanarse del todo. Y es por eso que se debe hacer algo, la clausura de la reparadora es de vital importancia para el desarrollo de la ciudad.

Con esas palabras, Milena pretendía sellar el destino de la reparadora de los viejitos. Quería poner a todo Curicó, a todo Chile en contra de ellos, que cayeran de la manera más vergonzosa y humillante posible, que fueran derribados por las propias manos de sus vecinos y conocidos, los mismos que, en tiempos de gloria, les pedían encargos en la imprenta: «Don Concrecio, hágame la paletiá de imprimirme estas boletitas pal lunes», «Don Pancracio, le pago el mes que viene, por favor».

El discurso fue escuchado por la exnovia de Eduardo, y ella sintió que lo que decía la presidenta tenía sentido. Desde ese momento, ella y muchas otras personas comenzaron a tenerle recelo a la reparadora, considerándola un mal para la ciudad. Ese grupo se convirtió en un sector de la población preocupado sobre todo por el cierre de la reparadora que tantos problemas causaba.

A partir de ahí, Milena se dedicó a hablar con Pedro, Juan y Diego para clausurar la reparadora. Conversó con Juan Sanoalegre, ministro de Salud; con Pedro Corazónfeliz, secretario regional ministerial, y con Zoila Quesentencia, abogada de la Suprema Corte, para dictar una orden que clausurara, de una vez por todas y para siempre, ese local «insalubre».

El destino actúa de formas misteriosas. El resultado que vio Eduardo, para su sorpresa, no demostraba la posibilidad de crear un nuevo espacio, pero sí una propiedad que alteraba el espacio habitualmente lo conocemos. El resultado indicaba que el espacio, en efecto, se podía deformar al antojo de uno. Eduardo ya había conseguido logros importantes en el mundo de la Física, había logrado cosas que otros jamás hubiesen logrado, como crear ondas que alteraran el comportamiento de una persona.

Esos resultados le abrían un nuevo marco de increíbles y utópicas posibilidades, pero para Edu, todo eso no era suficiente para salvar a los viejitos. Cuando se enteró de la clausura de su local, determinó que aún faltaba una vía de escape para evitar, o al menos prolongar, el asedio de Milena hacia los viejitos.

Por ello, seguía y seguía estudiando nuevas formas de llevar a la práctica toda la teoría que consumía día y noche, descansando apenas unas cuatro horas para dormir. Buscó y analizó, al revés, al derecho y otra vez al revés, más y más *papers* para encontrar un resultado distinto. Hasta que lo encontró, y de una forma poco habitual.

Piensa que te piensa, daba vueltas en su silla para obtener nuevas ideas. Había oído por algún lado que el hecho de dar vueltas en la silla hacía que la sangre fluyera en mayor cantidad al cerebro, lo cual, de un modo u otro, influía en la creatividad. Daba una vuelta y nada. Su mente estaba bloqueada. Daba otra vuelta y seguían sin llegar a él nuevas ideas. Daba otra vuelta… «¡Otra vuelta más! Parece que pierdo mi tiempo», pensó. Al parecer, el bosque no le dejaba ver los árboles.

—¡Las vueltas! —gritó a modo de eureka—. ¿Cómo no se me ocurrió antes jugar con la fuerza centrífuga?

De ese modo, comenzó a realizar pruebas haciendo girar su silla a gran velocidad. Conectó Tempo 2 a la silla y la puso a girar sin parar a toda velocidad. Un par de litros más vomitando por los mareos, llegó a una conclusión que lo dejó atónito.

—¡Agujeros de gusano! —gritó a viva voz antes de caerse de la silla que giraba a gran velocidad.

Realizaría un agujero de gusano, un túnel que conectara dos puntos lejanos y los dejara uno al lado del otro. Para ello, ocupó el parlante de un equipo de audio que había en su casa y lo conectó a Tempo 2. Y todo eso lo conectaría a la silla que giraba. Usando partes de la motosierra de su papá, construyó un rústico motor con el que haría girar la silla a grandes velocidades, y lo instaló en el eje de la silla.

No sabía adónde iría, así que pescó su Quantovisión a modo de arma y lo amarró a su cintura. Se sentó en la silla y apoyó su cabeza en el respaldo. Ató todas sus extremidades, excepto su mano derecha, con la que manipulaba las correas de cuero reforzado, y su cabeza, para que no saliera eyectado en las potentes revoluciones. Se puso unos tapones de oído y movió la perilla que hacía que se acoplase su parlante. Con casi todo su cuerpo atado, echó a andar el motor de la motosierra jalando su correa.

La silla giraba tan rápido que Eduardo sentía que su cuerpo se deformaba, y ¡paf!, se creó un túnel acústico, túnel por el cual atravesaría el espacio para llegar a quién sabe dónde. Concrecio quedó estupefacto al ver que Eduardo desaparecía frente a sus propios ojos.

El mundo a su alrededor se desvaneció y el violín de Quantovisión se le desamarró, por lo que lo sujetó firmemente con su mano libre.

—¡Que Einstein me ayude! —gritó mientras atravesaba el túnel.

Los latidos de su corazón se iban deteniendo y comenzó a desmayarse mientras veía que los brazos, las piernas y su propia cabeza se le desprendían del tronco. Su cuerpo estaba hecho pedazos. Su mano derecha, todavía agarrando el violín, se alejaba dando vueltas y vueltas.

Cuando sintió que sus miembros estaban unidos al cuerpo otra vez, apoyaba su cabeza contra un frío piso. En la oscuridad, notó con la piel de sus mejillas lo fino y acabado del piso, era mármol. Era una amplia cámara, silenciosa y con olor a humedad. Con una mano tocó las paredes. También eran de un mármol de finísima terminación. Un pequeño hilito de luz le permitió ver una chapita en la muralla que decía:

Cámara 304. All Bank.

Estaba nada más y nada menos que en la bóveda del banco del recién inaugurado *all* de Milena Millones. Por el tamaño de la sala, se podría decir que le pertenecía a alguien importantísimo y que ese condenado guardaba mucho dinero. Siguió la pared con la mano hasta que tropezó con una muralla brillante. Cayó en la cuenta de que estaba formada por montones y montones de lingotes de oro. Se guardó tres en los bolsillos de sus pantalones y polerón, y otros tres entre sus piernas y axilas. Apenas podía caminar.

Antes de que llegara un guardia, jaló de la cadena del motor de su silla viajera. Sus miembros volvieron a separarse de su cuerpo y quedaron envueltos en el oro, que se volvió líquido, junto a un violín dorado que alguna vez fue Quantovisión.

Cayó de bruces y los seis lingotes de oro sólido le cayeron en la espalda.

—Lo llamaré Tempo 3 —dijo entre risas, tocando los lingotes.

Al día siguiente le vendió los lingotes al Tila, quien los revendió vaya a saber a qué pelagato, por una recachá de billetes de veinte mil pesos que llevó en una carretilla. Con toda esa plata, Edu pudo renovar su arsenal de instrumentos por completo. Lo que sobró, una pequeña fortuna, lo donó al Fondo de la Investigación Física de Chile.

—Ahí está el financiamiento que les habían quitado, colegas —dijo al depositar los millones.

Eduardo estaba tan emocionado con el viaje gusanal que al otro día sentó a Concrecio en sus piernas y, otra vez armado con Quantovisión, lo mandó a viajar por un nuevo agujero.

Esta vez salieron en una refinada oficina con un sillón Luis XV en un costado. En la mesa se leía un cartelito con la leyenda:

Su excelentísima presidenta de la República de Chile, Milena Millones Plata.

—¡Nos metiste en la misma oficina de la presidenta, jovencito!

—No hay tiempo de recriminaciones, se acercan dos personas.

Eduardo se escondió detrás de la puerta y vio la espalda de sus ternos y sus pelos canos. «Sin lugar a duda, son políticos de peso», pensó. Para cuando los dos políticos amagaban con gritarle a Concrecio, quien estaba paralizado del susto, parado frente a sus propias narices, Eduardo ya había empezado a tocar el violín Quantovisión, que los aturdió.

La sala estaba llena hasta las cachas de cámaras de video de vigilancia, pero, como la presidenta andaba viendo otros asuntos mediáticos para esparcir la noticia del foco infeccioso de la Reparadora Beta, ningún guardia prestó atención a que, embarazosamente, las cámaras mostraban a un anciano junto a un joven que les sacaba la chaqueta a dos reconocidísimos políticos.

—¿Le robarás el traje a estos hombres, chicoco? —preguntó Concrecio.

—Pero obviamente que sí. Es poco comparado con las treinta y siete veces que nos roban cada semana.

Se pusieron los finos trajes y, pasando como cualquier otro político que merodeaba por la oficina de la presidenta, pudieron salir de la Casa de la Moneda caminando como Pedro por su casa.

Justo cuando pancracio y eduardo, vestidos de terno, dejaban atrás la Casa de la Moneda, un grupo de veinte personas, entre los que se incluía gente con delantales y con trajes químicos, llegaba a la Reparadora Beta para dar el aviso de clausura. De pasada, harían un par de pruebas, por lo que se encontraban en el grupo reconocidos doctores expertos en virus, así como los representantes de los entes de salud: la nueva ministra de Salud, doña Jeringa Puntuda, en reemplazo de Juan Sanoalegre, quien, agobiado por la pandemia, había renunciado; así como el secretario regional ministerial, don Corazón Feliz.

Milena, según su costumbre, había preparado todo un *show* mediático para cubrir el suceso. Dos hombres de metro ochenta, bien enfocados por las cámaras y usando mascarillas químicas de las grandes, golpearon la cortina de fierro de la reparadora.

—¡Abran, en nombre de la ley! —gritaron—. ¡Si no abren, derribaremos esta cortina!

Como nadie contestó, entrarían a la fuerza. El grupo de veinte personas procedió a ponerse trajes químicos de un verde fosforescente que cubrían todo el cuerpo y que tenían un gran logo triangular de radioactividad en la espalda. Sobre las mascarillas químicas usaban una especie de escafandra cilíndrica que contaba con un rectángulo para que pudieran ver. Dicha escafandra iba conectada a un sistema de respiración que terminaba en un cilindro de oxígeno colgado a su espalda.

Entre tres sostuvieron un pesado galletero de dos metros de largo e hicieron, en menos de un minuto, un agujero de un metro cuadrado en la cortina. Entraron a la reparadora y fueron escaneando todo el local con aparatos que podían registrar sustancias a niveles cuánticos. Desmantelaron cada estante y, tabla por tabla, los fueron guardando en camiones blindados, todos con el logo de radioactividad. El mismo procedimiento hicieron con los zapatos.

En bolsas Ziploc™ herméticamente selladas y separadas entre sí, y como si fuese la escena de un crimen, fueron guardando cordones, suelas, capellada y forros para luego dejarlos bajo siete llaves en un camión sellado, por si acaso, hasta con once cortinas sanitarias. Tomaron muestras de todos los lados: de las esquinas, del techo, de las arañas, de sus telas, del polvo del piso, de las grietas de la muralla, de las moscas muertas, del aire, de las pisadas de zapatos, de los carteles pegados en la muralla, del reloj.

Si bien ya no eran solo dos hombres seudoastronautas, sino una docena de pelagatos dejando patas arriba estantes, zapatos y hasta el mismo cielo del local, con sus detectores de alta tecnología no pudieron detectar ni wea del coronavirus.

—No tenemos nada, señora presidenta —informó la ministra Puntuda—. No hay ningún rastro del coronavirus en este local. Tal parece que adquirió una extraña inmunidad al virus patógeno que se puede encontrar en cualquier rincón del planeta, menos aquí.

Milena sonrió ante las cámaras y cogió a un lado a la ministra para alejarla de las cámaras.

—¡Pues hagan que aparezca la wea! —gritó la presidenta—. Recuerden que veinte millones de personas los están viendo por las redes sociales y no quiero quedar en ridículo frente a semejante manga de weones. Si no detectan el virus, yo misma se los implantaré a ustedes por la raja y para los medios serán otras víctimas más en la lista de infectados por el «H8N no sé cuánto».

Entonces la ministra le hizo una señal a los seudoastronautas y ellos hicieron sonar adrede una alarma en sus instrumentos, seguida de una luz roja que brillaba intermitentemente como cartel de casa de putas.

—Hemos detectado algo —gritó uno vestido de blanco directo a la cámara.

—Como pueden ver, queridos espectadores —dijo la ministra—, hemos comprobado *in situ* que este local es foco de contagio. Miren esto, miren esta luz que parpadea aquí. No es un engaño, aquí mismito está la prueba.

Con instrumentos nuevos y con más tecnología, Edu trabajó en la creación de otro agujero de gusano. Como notó que las autoridades iban en búsqueda de Pancracio, Edu se comprometió a darle asilo en su pieza y darle una ración de las cazuelas, porotos y humitas que hacía su mamá de vez en cuando.

Ahora el objetivo de Edu era tener completo control del lugar donde se creaba el otro extremo del agujero. Agregó un geolocalizador de última generación a su silla viajera Tempo 3 y fijó el rumbo de salida en las bóvedas principales del banco de Milena Millones en Santiago. Giró y giró en la silla. Comenzó su viaje y, de nuevo, sus miembros empezaron a separarse de su tronco.

Su cabeza, que flotaba en el aire, sentía que algo no estaba bien. El mundo alrededor se sacudía, causándole un gran dolor. Un remolino de colores desfilaba frente a sus ojos y a veces podía ver los muebles de su pieza. ¿Estaría volviendo a su pieza? Además, hacía calor, muchísimo calor, tanto que le dolía. Sentía su piel achurrascarse y oler a pollo asado.

Cuando su cuerpo se unió, iba, todavía sentado en la silla, cayendo y cayendo en un túnel cuyo final era brillante y rojo. Era una especie de ¿lava?

—¡Es lava! —gritó—. ¡Voy a morir!

Al parecer, había salido en algún sector bajo la tierra. Miró arriba por el agujero que había llegado y, para su total asombro, este se cerró frente a sus ojos. Caía y caía. Pensando que moriría hecho un *nugget*, improvisó un padrenuestro.

—Padre nuestro que nos das nuestro pan librame del cielo, no me dejes caer en tu reino a si en la tierra como en tu voluntad.

No se le ocurrió nada más que echar a andar de nuevo la silla. Jaló una vez el arranque del motor y la máquina tosió, pero seguía cayendo y cayendo. Ya veía nítido la lava fluyendo en ríos burbujeantes llenos de fumarolas aquí y acullá. Cuando se le quemaron sus cabellos y casi desmayaba a causa del calor sofocante, la silla se activó.

Estaba perdiendo la consciencia. El mundo empezó a darle vueltas y vueltas y vueltas mientras el calor se iba. Alcanzó a notar, a duras penas, debido a su inconsciencia, que su cuerpo chamuscado chocó con el piso de su pieza como un saco de papas. No se levantó hasta el día siguiente; la piel le dolía y, a pesar de que momentos antes tenía el pelo corto, luego de la chamuscada… ¡había quedado pelado coya!

Eduardo analizó todo lo ocurrido y anotó en su cuaderno:

Prototipo: Tempo 3.
Nro. de experimento: 1, 2 y 3.
Resultado: fallido.

La silla que crea agujeros de gusano, prototipo Tempo 3, funcionó muy bien la primera vez, demostrando que es posible establecer dos extremos que atraviesan enormes distancias espaciales, puntos confiables y que no colapsan en el tiempo, lo que permite el tránsito humano entre ellos sin mayores complicaciones. No obstante, al usarla por segunda vez, se registraron comportamientos inestables, impredecibles y menos controlables. En un tercer uso, aun contando con geolocalizador, se presentan efectos nocivos para la salud humana, pues el espacio se vuelve aún más impredecible. Todo sugiere, extrapolando datos, que puede cumplirse la teoría del colapso de Hawking, que afirma que la creación repetida de estos agujeros puede provocar un colapso irremediable en el tejido espaciotemporal.

Opciones de nombre de prototipo con geolocalizador

- *Tempo 4.*
- *Gusanizador.*
- *Colapsador Espaciotemporal.*

A pesar de sus temores, Edu se arriesgó y decidió crear un último agujero. No sería cualquiera, tendría una entrada y salida muy conveniente para él y para los viejitos, sobre todo la salida, pues estaba en un lugar más que conocido para los tres. Comprobó sus cálculos veinte, treinta, ¡cincuenta veces! Nada podía malir sal. Echó a andar su silla.

—¡Alabado sea Einstein!

Una vez más, vio sus miembros alejarse, todo marchaba bien. Cuando sus partes se unieron de nuevo, se tocó todo el cuerpo en búsqueda de algún bulto, anomalía o algo. No encontró nada. Había llegado al otro lado, y el otro lado era la minimprenta en la Reparadora Beta. Pasada una hora, el agujero parecía no cerrarse. Volvió a echar a andar la silla y regresó a su pieza sano y salvo.

Viajó junto al viejito a la minimprenta y, hasta el momento, todo marchaba a la perfección. Lo había logrado, había creado un túnel entre su pieza y la imprenta. Pancracio, de ahí en más, usaría una docena de veces ese túnel para escapar de las autoridades que irían día por medio a informarle de la clausura de la reparadora.

Físico loco tiene de rehén a anciano dueño de reparadora Curicó.

La semana pasada se llevó a cabo, en la ciudad de Curicó, una pesquisa a fondo a la infame reparadora de calzados Beta, motivada por las crecientes denuncias realizadas contra el local, las cuales exponían que era una fuente de contagio del virus de la influenza H8N9. Durante la pesquisa, se detectó que el dueño del local, Pancracio Flores, no apareció por ningún lado, mientras que su compañero, Concrecio Correa, estaba grave en el hospital, víctima del mencionado virus.

La razón por la que no se ha dado con el paradero de Pancracio es que existe un tercer actor que, mediante ingeniosos artilugios inventados por él mismo, mantiene al señor Pancracio alejado de las notificaciones y avisos de clausura del local emitidos por las autoridades y, al mismo tiempo, inmunizado frente a los intentos por clausurar el local de reparación de zapatos. No cabe duda de que tal cómplice obtiene beneficios con la evasión de la clausura o, según mucha prensa especula, está a favor de la proliferación del virus y, por ende, de la facción comunista responsable de la pandemia.

La Policía de Investigaciones (PDI) incautó más de cien pares de zapatos remendados hace poco, así como utensilios de arreglo de zapatos que serán llevados al Centro Provincial de Cremación de Patógenos Peligrosos en Talca. El hecho de que oculte al señor Pancracio de las notificaciones nos hace suponer que esa persona está a favor de que el local en cuestión siga funcionando a pesar de los niveles de virus que presenta, hecho que sitúa a esa persona como «terrorista químico» por fomentar el funcionamiento de un local infectado.

Queremos hacer hincapié en que dicho terrorista químico cuenta con muchos artilugios para escapar de la ley, incluso de los grupos más especializados de búsqueda;

La Clienta, Chiloé, una vez que leyó el artículo que salía en el diario La Prensa y que dejaba a Edu, el «tercer cómplice», como chaleco de mono, cambió su opinión acerca de los viejitos de Eduardo. Empezó a creer que los viejitos eran, más que unos inadaptados a los nuevos tiempos, unos rebeldes a los que les gustaba ir en contra de las leyes, incluso cuando estas leyes defendían un tema tan delicado como el bienestar sanitario. Después de leer dichas columnas, ya no apoyaría jamás a los viejitos; por el contrario, convencería a medio mundo para que clausurasen de una vez la reparadora.

Eduardo ni leyó los comunicados amarillistas publicados en su contra. Solo alcanzó a leer, de lejos y como quien no quiere la cosa, el titular del diario La Prensa en un quiosco, pero le dio lo mismo que le dijeran «físico loco». Ya había construido el primer agujero de gusano y sus tentaciones de crear nuevos artefactos relacionados no hacían más que subir y subir. Había podido alterar el mero tejido espacial, ¡el mismísimo espacio! Se sentía en las nubes, ya nada lo podía detener.

Recordó su intento fallido de crear un espacio dentro de otro espacio. Edu recordó que Einstein usaba mucho su imaginación, por lo que comenzó a empaparse de historias fantásticas. Como había comprobado con sus propios ojos lo que siempre había sido una especie de mito en la Física, decidió investigar todo cuanto fuera posible de la mitología chilena, en especial la sureña, la mitología mapuche con la que estaba familiarizado, como todo chileno que desde niño asiste a la educación pública. Le interesó sobremanera un libro de mitos del sur, uno que hablaba de la Pincoya, el Camahueto, el Caleuche y el Trauco.

Como todos los lunes de penqueadas, ese lunes su madre llegó gritando al otro lado de la puerta:

—¡Deja la vagancia! Toma, ahí tienes el diario para que busques alguna pega decente.

A pesar de que su madre lo había interrumpido en su investigación, recibir ese ejemplar del diario Las Últimas Noticias cambió el curso de sus investigaciones.

Misteriosas desapariciones en Castro
Castro.

En la última semana, se han documentado misteriosas desapariciones de jóvenes mujeres vírgenes en los sectores periféricos de Castro. Zoyla Queculea y Bailarina Huenmeneo engrosan la gran lista de víctimas. Además de los sucesos de esta última semana, han desaparecido en lo que va del año un centenar de mujeres de características similares, todas rondando los veinte años, de belleza indiscutible y extraviadas en las cercanías de bosques oscuros y alejados de la ciudad.

Se postula que todas han sido víctimas de un mismo delincuente al que nadie le ha visto el rostro de cerca. Sin embargo, hay numerosos testigos que declararon haberlo visto en lontananza, escondiéndose en los bosques en cuestión, así como entre los últimos palafitos que quedan en la ciudad de Castro, navegando en un pequeño bote. Los testimonios coinciden en que se trata de alguien de bajísima estatura, de no más de metro y medio, de tez negruzca y que porta un sombrero de paja. Los pueblerinos lo han empezado a llamar «el Trauco».

«Se teme que el Trauco esté esperando entre los palafitos para acechar, así que se ruega a la población tener la precaución de no asomarse por ahí sin compañía por la noche», afirmó don Tugurio Pichintún Cachapoal, alcalde de Castro.

Eduardo quedó asombrado y, a la vez, asustado por la noticia, puesto que el Trauco, personaje violador de doncellas, negro y de apariencia horrenda, perteneciente nada más que a la mitología chilota, le provocó terror desde muy niño cuando oyó su leyenda por primera vez. De niño se había pasado el rollo de que, por ser flaco y pequeño, lo podían confundir a él con una mujer y que podía ser atacado por el pequeñito y repulsivo monstruo.

Pues bien, Edu siguió informándose de la mitología chilota y otras leyendas chilenas. Leyó una pila de historias de duendes en los bosques, de embarcaciones en los ríos de Chiloé, pueblos fantasmas en las salitreras del norte, soldados que aún gritaban en las zonas donde la infantería chilena peleó contra la Confederación Perú-Boliviana, y los casos del Chupacabras. Leyó sobre hadas aparecidas en bosques chilenos que al parecer viajaban desde otra dimensión a través de portales mágicos. Leyó sobre el Cuero, un animal que flotaba sobre el agua igual que un cuero inerte y que sacaba sus garras en el momento oportuno para llevar a la presa a lo profundo de lagos y ríos.

Leyó sobre la novia de Azapa, un ser despechado que aterrorizaba a viajeros solitarios. Su gran imaginación no tenía límites y Edu empezó a pensar en unicornios, minotauros, hipogrifos, ogros, orcos, *trolls*, *ents*, elfos, enanos y todos esos seres que habitaban en un mundo de fantasía y magia, lugar anexo a este mismo mundo, visible en ciertas ocasiones y solo para algunos. Estos hechos llevaron a que germinara en su mente la casi imposible idea de «construir», o «crear», un espacio fuera de esta dimensión, justo al lado de ella.

Razonó si era una locura… solo una fracción de segundo. Ello porque recordó que Einstein, en sus intentos por descubrir la naturaleza de la luz, se imaginó a sí mismo montado en un rayo de luz, imagen que motivó a Edu a seguir.

Y siguió hasta conseguirlo. Luego de un mes de cálculos, por fin resolvió las ecuaciones que le harían descubrir la forma de visitar la quinta dimensión.

Dibujó un complejo diagrama en la pared de su habitación e hizo mover veinte péndulos imantados con fuerza. Realizó una curiosa ceremonia y, por casualidad, una vieja impresora de sus tiempos universitarios que estaba cerca de los péndulos emitió una luz incandescente de su interior.

Como atraído por gravedad, Edu fue succionado hacia el interior de la impresora, atravesando el estrechísimo portal recién creado y sin poder ejercer resistencia alguna.

Había ingresado al espacio entre los espacios, un lugar oscuro donde no podía oír su respiración ni ver su cuerpo, la quinta dimensión.

Allí tuvo una extraña aparición: frente a él, reflejada en una alta muralla a lo lejos, no sabía si a uno o veinte kilómetros, vio a su difunta abuela. Nunca supo si fue una ilusión o si fue real.

De súbito, todo empezó a cambiar. La muralla que contenía a su abuela se acercó. El espacio, así como la lejana muralla frente a él, se compactó hasta convertirse en un espacio de tres por dos metros.

Así se creó la minioficina.

Postrado en cama desde hacía un mes, Concrecio comenzó a perder el conocimiento de manera lenta y progresiva. Sin parientes que lo visitaran, excepto Pancracio, y sin saber si Segismunda siquiera leyó la carta que le entregó a su nieta Chiloé, Concrecio cayó en un profundo coma debido al estado en que lo dejó la infección por COVID, la misma que Milena maquillaba como un mero nuevo tipo de influenza.

Pasó una semana sin saber nada del mundo. Luego, un día soleado, seudodespertó. Aún con los ojos cerrados, movió un poco los labios, balbuceando de muy silenciosamente.

Los enfermeros llamaron a Pancracio de inmediato. Pancracio acercó su oído a la boca de Concrecio, que parecía delirar.

—Este es mi fin, viejito —murmuró Concrecio—. Este es mi testamento.

Concrecio le acercó un pequeño papel doblado que llevaba guardado desde hacía muchos años en su bolsillo. El
papelito decía:

Te dejo la imprenta. Cuídala con tu vida.

10

A DOS SALAS MÁS ALLÁ DE CONCRECIO, se encontraba Segismunda, y junto a ella, la exclienta de los viejitos, Chiloé. Segismunda también agonizaba por COVID y, al parecer, moriría sin saber que Concrecio la buscaba, puesto que Chiloé no le entregó el papelito. No era que tuviera mala voluntad, sino que dudaba que su abuela recordara a aquel hombre que no había visto por tanto tiempo y temía que ese recuerdo le trajera pesar.

Chiloé intentó de muchas maneras que su abuela escuchara al menos la carta. La leyó un sinnúmero de veces a su abuela agonizante, pero nada. Su abuela estaba, al igual que Concrecio, en un coma profundo.

Chiloé estaba atribulada por el estado de su abuela. Salió a comprar una sopa preparada en las máquinas expendedoras a la salida del cuarto de Segismunda, en el pasillo del hospital, y comenzó a patear la máquina que no le daba la sopa.

La pateaba con rabia, su abuela moría y ella no podía hacer nada. Hiciera lo que hiciera, la sopa no salía, al igual que como pasaba con su abuela, pues hiciera lo que hiciera, ella moriría. Se lastimó el pie y lloró efusivamente de dolor e impotencia. No supo cómo llegó a la puerta de la otra sala, solo vio su imagen nítida, como llamándola. Concrecio estaba allí, postrado, frágil, agonizando. Ella era joven y estaba en el inicio de su vida, él un viejo con los días, o quizá segundos, contados.

Entonces dejó de sufrir impotencia y sintió lástima por ese hombre que andaba a la siga de su abuela, y que tal vez luchaba por verla, aunque fuese un segundo, una última vez. Tal vez por eso mismo se resignaba a morirse.

La lucha de ese hombre la conmovió y la inspiró. Decidió leerle una vez más a su abuela la carta, pero ahora desde el corazón, como si ella fuese el mismo viejo huesudo que la había escrito.

Chiloé tomó un gran respiro, se visualizó como si fuera Concrecio, se imaginó a sí misma vieja, vulnerable, dolida y preocupada por el fin de sus días. Le tomó la mano a su abuela y leyó en voz alta la carta:

Querida Segismunda:

Son muchas las lunas desde que no te veo, muchas las noches en que te he soñado, muchos los encuentros que me he imaginado hablándote, muchos futuros posibles en los que tú sabrías que te amo y que yo sentiría que eres el amor de mi vida. Me vuelve loco pensar que ya me hayas olvidado. Me gustaría saber si al verte sentiría lo mismo que sentí hace muchos años, cuando vi mis ojos reflejados en los tuyos.

No le pido nada más a Dios que ver otra vez tus ojos y sentir que hay algo más. Ya a mi edad no puedo dar nada por hecho, he visto muchas cosas en esta fría vida, muchas de ellas increíbles, por lo que creo que ninguna verdad es absoluta, todo es relativo, menos una verdad.

Esa verdad eres tú.

Tu Concrecio

Y Segismunda apretó de levemente la mano de Chiloé.

Había despertado del coma.

—¡Estás despierta, mamá Munda! ¡Qué alegría!

Segismunda entreabrió los ojos. Si bien su estado no le permitió abrirlos por completo, con lo poco que lo hizo alcanzó a ver, de forma borrosa, algo en la mesita al lado de la cama que señaló con el dedo.

—¿Qué quieres, mamá Munda? —preguntó Chiloé—. ¿Un vaso de agua?

Segismunda negó con la cabeza.

—¿Este libro?

Segismunda volvió a negar.

—Aquí solo hay un lápiz.

Segismunda asintió con suavidad.

Chiloé le acercó el lápiz y un cuaderno. Segismunda, con los ojos cerrados, un pulso tembloroso y juntando todas sus fuerzas, comenzó a escribir despacio:

«Lo siento, me gustaría recordarte».

Chiloé sintió lástima por el pobre y huesudo Concrecio, así que tomó el lápiz y agregó dos frases a la oración, intentando copiar la caligrafía de su abuela.

Concrecio recibió la carta y solo leer la primera línea lo devastó. Se sentía en el olvido, era un recuerdo que había desaparecido, ya para Segismunda no era nadie y por eso consideraba que no valía nada. Sentía que cada vez caía más y más en el vacío.

—Primero mis familiares y ahora el amor de mi vida. Ya ha comenzado a desaparecer mi sombra en esta tierra. Ya mi mera existencia no tiene sentido.

Antes de tirar la carta a la basura, alcanzó a leer, al fondo del papel, la solitaria línea que Chiloé había escrito:

Pero ven a verme. Calle Carmen, 384, Curicó.

Como había solo un presidente interino en Estados Unidos y había muerto una décima parte de la población a causa del ataque del COVID, la invasión ruso-coreana fue un simple paseo por la playa. Millares de paracaídas con una gran estrella roja descendieron tranquilos y relajados en Manhattan (Nueva York).

Ya gran parte de la ciudad, así como el resto de las ciudades gringas, estaba destruida, la Estatua de la Libertad sin su flama, el Chrysler Building hecho polvo, la Casa Blanca vuelta un cerro de escombros, el obelisco reposando horizontal, los casinos de Las Vegas convertidos en dunas de concreto. Todo era destrucción y desorden debido a que la facción comunista no quería verse asociada, de ninguna manera, al tipo de gobierno anterior. Por ese motivo, el World Trade One, así como la mitad de edificios de Nueva York, fue reducido a polvo por bombarderos coreanos.

Enormes tanques surcaban las principales arterias de cada ciudad apuntando sus cañones a cualquier persona, fuese civil o soldado, que se interpusiese en sus caminos. En cada ciudad, por altoparlantes se escuchaba un himno de la victoria cantado en ruso.

Los sistemas de defensa aérea y marítima eran fáciles de hackear, así que los militares rusos desembarcaron y aterrizaron en USA sin contratiempos ni respuesta defensiva alguna. Los militares se habían demorado tan solo una semana en desembarcar en las costas de Miami; luego, la milicia rusa comenzó a tomar todo, adueñándose de los cultivos y secuestrando a sus máximos exponentes políticos.

Desde hacía muchas décadas nadie entraba a los guetos a poner disciplina. Por ello, siguiendo órdenes superiores, cuando los tanques entraron a los barrios marginales, dispararon a muerte a toda persona que asomara la cabeza. Los residentes, de sangre guerrera por naturaleza, salieron con sus pistolas, escopetas recortadas y revólveres semiautomáticos para defender lo que tanto esfuerzo les había costado conseguir.

 Sin embargo, poco y nada pudieron hacer ante tanto armamento, tanto tanque, tanta infantería, tantos aviones, tantos misiles, tanto de todo. Daba igual qué tan armados estuvieran, eran simples civiles y solo sucumbieron ante el poderío oriental.

En cuanto a los uniformados gringos, la gran rapidez de la ofensiva sumada al reciente ataque de coronavirus que dejaba al país en su peor momento, provocó que no se alcanzara a reclutar una cifra decente de militares para detener a los rusos. Además, la mayoría de los pocos reclutados sufría depresión por haber perdido a algún familiar, o de plano a su familia entera, debido al coronavirus.

De tal modo, los uniformados rusos, como una diligencia más, tomaron de rehenes a los milicos gringos. Siguiendo con los actos simbólicos de destruir toda huella capitalista, los fueron encerrando en cada McDonald's y KFC que tapizaba Estados Unidos de costa a costa. Cuenta la leyenda que hubo quemas masivas de cuerpos de militares con aceite caliente de las hamburguesas. De ahí obtuvieron una pasta para freír que, más tarde, el nuevo gobierno comunista entregaría al pueblo por elevados precios.

En Hollywood (Los Ángeles), quemaron todas las casas productoras cinematográficas y la mayoría de las lujosas mansiones donde vivían las estrellas de cine.

Los rusos se adueñaron de todas las tierras gringas, realizando la ocupación más rápida en la historia de las guerras. Destruyeron todas y cada una de las estatuas de los grandes héroes de las guerras civiles, así como todos los bustos de los presidentes del país desde que fue forjado. En unos pocos días, los edificios de Manhattan fueron reemplazados por banderas rusas y los casinos en Las Vegas por carpas militares coreanas. Igual que un fantasma del pasado, solo viviendo en la mente de los ciudadanos, viviría el recuerdo del país consumista sediento de iPhones y autos del año.

El país que se jactaba de haber sido atacado solo una vez, en el 9/11, ahora tenía la férrea vigilancia de poderosos y avanzados tanques militares que podían detectar el calor de una rata a veinte kilómetros a la redonda y en completa oscuridad, los cuales daban vueltas día y noche por las abandonadas carreteras y silentes calles centrales.

MILENA YA ESTABA PERDIENDO LOS ESTRIBOS, no podía hacer caer a los viejitos, a uno, mejor dicho. No podía, ni por si acaso, hacer que se cerrara la reparadora. Por ello, ordenó a sus matones que vigilaban la reparadora redoblar su guardia.

Con telescopios de alta precisión capaces de ver hasta una moneda en la cordillera, los matones se ubicaron en la mismísima azotea de Multicuricó. Pasaban las veinticuatro horas allí, espiando, quedándose a dormir en una carpa sacada del mismo Multicuricó.

Algunos días se disfrazaron de maniquíes y adoptaron poses de modelaje cerca de la vidriera que se encontraba justo al lado de la reparadora. Allí pasaban unas diez horas al día, quietos, vestidos de esmoquin, *jeans* ajustadísimos, lentes oscuros, poleras a la moda, enormes relojes, bufandas a rayas, calzado llamativo y otros ridículos accesorios de moda, aprovechando los momentos de poca concurrencia de gente en las calles para moverse un pelito y así echar una miradita a la reparadora.

Un día en que Pancracio fue a visitar a Concrecio al hospital, aprovecharon para poner micrófonos en todos lados, en la taza del baño, en la ropa colgada, bajo las tazas de té, en los cordones de los zapatos, entre las telarañas, en las flores, en algunos insectos…

Era poco lo que podían escuchar, pues Pancracio pasaba casi todo el día en completo silencio. El único ruido que hacía en el día era martillar una y mil veces, coser y coser, y pegar con neoprén zapatos de dama y varón, de mujer y niño, de payaso y empresario, de obrero y campesino. Además del trajín en sus zapatos, se escuchaban por los micrófonos las miniconversaciones de los pocos clientes que llegaban a retirar sus zapatos. «Quedaron rebonitos», «Quedaron firmes», «Sí parecen nuevecitos», solían decir sus clientes.

Escucha que te escucha sin parar las llamadas de Pancracio a algunos amigos hablando de «resmas» y de «impresiones», los matones suponían que la reparadora era solo una fachada para ocultar otro negocio. Con sus telescopios de calor pudieron ver, en efecto, que, ubicado dentro del mismo local, Pancracio trabajaba siempre en un extremo de la reparadora, no martillando ni cosiendo, sino sentado, encorvado, como leyendo un libro.

Luego de observar su mancha de calor trabajar sin parar, encubiertos, lo iban a visitar a la reparadora y se llevaban la sorpresa de que nadie había en el local. Luego volvían a observarlo por sus telescopios térmicos y, *voilà*, como por arte de magia, aparecía de nuevo en la pantalla digital de los aparatos. Hecho similar pasaba cuando lo observaban disfrazados de maniquíes de camisas floreadas, pues había días en que los matones no veían movimiento alguno en la reparadora, pero en el telescopio se mostraba con nitidez su figura calorificada. «No sabemos qué mierda hace Pancracio», decían. Pero lo que sí sabían era que lo hacía siempre en el mismo lugar.

—En efecto, señora presidenta —dijo uno al teléfono—, tenemos serias sospechas de que la reparadora es solo una fachada. Algo esconden en un extremo de ella, en un rinconcito. Algo raro pasa, algo que no se puede ver a simple vista, que no cuadra. Nuestras conjeturas indican que hay un sector que oculta algo.

—Lo que suponía —dijo Milena—. Ya sabía yo que los vejetes no iban a dejar el rubro impresor así nomás. Entren a la reparadora y descubran la manera de examinar ese punto ciego que se escapa a un examen visual rutinario.

»Descubran lo que esos tontos estudiosos de la salud no pudieron encontrar. Si tienen que llegar a ese sector a gritos y patadas, háganlo. Si tienen que dar vuelta a estantes y zapatos, háganlo. Ya se me ocurrirá la forma de que ustedes salgan impunes. Recuerden que trabajan para mí, la persona más poderosa de Chile, y que, mientras lo hagan, nada les puede pasar, así que tienen licencia para todo: peinen, arrasen y, lo que más me importa, liquiden.

Eduardo ya sabía, más o menos, que los matones iban a confiscar la minimprenta de los viejitos escondida detrás del cholguán. Siempre andaba por ahí, afuera del local, armado con Quantovisión, vigilando que nadie estuviera viendo el trabajo de Pancracio imprimiendo libros en la minioficina oculta.

Aun así, él y Pancracio se asustaron cuando, de repente, golpearon la puerta con violencia. Eduardo había visto muy a menudo que peculiares hombres, altos y con lentes negros, estaban ¿vigilando la reparadora? Por eso, había decidido acompañar al viejujo.

—¡Caza de imprentas! ¡Abran la puerta!

Eduardo sabía lo que tenía que hacer, no por nada llegó a acompañar a Pancracio sin las manos vacías. Lo agarró del brazo y, en la minimprenta al fondo del local, le mostró algo que a simple vista parecía una impresora más.

—Creo que a mi edad ya me está fallando la memoria —dijo Pancracio—, porque no recuerdo esa impresora.

Edu había mezclado dos impresoras, la del portal a la quinta dimensión con la siempre vieja y grande impresora de fierro. El físico introdujo los dedos de su mano poco a poco por donde se pone el papel y, sin dejar de hacerlo, miró a Pancracio.

—¡Rápido, Pancracio! Los COPI están encima de nosotros, ¡introduzca su mano por acá, igual a como lo hago yo!

Pancracio, incrédulo, introdujo su mano en la impresora. Con los dedos de Pancracio y los suyos dentro de la impresora, Eduardo apretó el botón que decía «Start». Pancracio, asustadísimo, cerró los ojos, se tapó la cara con la mano libre y apretó las mandíbulas como esperando un choque inevitable.

Pero no pasaba nada.

Pancracio hizo el amague de retirar su mano; Eduardo la retuvo y le dijo:

—Sea paciente.

Un par de minutos después, cuando Pancracio, con la mano atorada a la máquina, comenzaba a sentirse ridículo, se escuchó una pieza recorrer de aquí para allá lo largo de la impresora, haciéndole cosquillas a Pancracio. De repente, sonó como si retomara una impresión pendiente. Pancracio sintió que unas pinzas agarraban sus dedos y la impresora lo succionó despacio, igual que a una hoja ordinaria.

Mientras sus dedos y luego su mano entera iban entrando, segmento por segmento, en el hueco por donde se ponía el papel, una fuerza inexplicable iba reduciendo el volumen de las partes de su cuerpo que ingresaban, hasta que quedó del grosor de una hoja de papel.

Entonces, el cuerpo aplanado de Pancracio fue entrando por el hueco de la impresora. Pancracio no sintió dolor ni placer, es más, no sintió nada, pues la magnitud de la fuerza era tal que detuvo los pensamientos por un rato, impidiéndole esbozar quejido alguno.

Luego, las partes aplanadas de Pancracio fueron saliendo por el otro lado. Lo hicieron en el mismo orden en que entraron a la impresora: partiendo por los dedos y terminando con sus pies. A medida que salían, retomaban su volumen inicial.

Justo cuando los últimos trozos de Pancracio entraban en el portal con forma de impresora, los matones de Milena entraron a la reparadora.

Para su alivio, su cuerpo se volvió a inflar a su tamaño normal sin efectos secundarios. Eso sí, salió en un lugar distinto de la minimprenta Alfa

Era un espacio de tres metros de ancho por dos metros de largo.

Ahora estaba en el espacio entre los espacios.

Había salido en la minioficina.

Eduardo había perfeccionado el curioso portal hacia la minioficina, y ¿qué mejor que tuviera la forma y el funcionamiento de una impresora?

Si bien alcanzaron a escuchar levemente el sonido de la impresora «imprimiendo» a Pancracio, no pudieron encontrarla en la reparadora. Miraron a todos lados y, como lo habían supuesto desde un principio, no había nada allí. La impresora debía estar en algún escondite secreto. No lo podían saber, pero de algo estaban seguros: habían escuchado sí o sí el ruido de una impresora. Su existencia calzaba con los paquetes de hojas que habían visto portar a algunos clientes que entraban a la reparadora. De lo último estaban más que conscientes, los viejitos escondían un lugar dentro de la reparadora.

Sin más preámbulos, comenzaron a destruir muebles, repisas, lozas y murallas. El hermoso piso con diseño de tablero de ajedrez se transformó en trozos de concreto bruto.

Descubrieron un par de zapatos recién arreglados y una muñeca que vaya a saber uno qué antiguo dueño guardó en el emplazamiento. Pero justo antes de que destruyeran la delgada y frágil muralla de cholguán que separaba, y escondía a la vez, la minimprenta de la reparadora, un sonido agudo llegó del otro lado del cholguán.

Los matones quedaron turbados y se preguntaron dónde estaban y qué demonios hacían allí.

Del otro lado del cholguán estaba Eduardo, rascando las cuerdas de Quantovisión, su violín alterador de pensamientos.

Los matones cogieron su teléfono para pedir ayuda.

—¿Cómo se usa esta cosa? —dijo uno.

—Apriétale la pantalla, hace cosas raras —dijo el otro.

—Ahí dice: «Llamando a Milena», ¿qué es «llamando»? ¿Quién es Milena?

—Estoy ocupada, así que sean concisos —ordenó Milena al teléfono—. ¿Cómo les fue? ¿Descubrieron el espacio oculto?

—¡El aparato habla, tiene vida! —dijo sorprendido un matón—. ¿Cómo le hará para moverse?

—¿Qué estupideces dicen? Les repito: ¿acaso encontraron el espacio que tanto buscaban en la reparadora?

—No sabemos qué es una reparadora, aparatito.

—De seguro están turbados. ¿Dónde diablos están? ¿Qué hay alrededor suyo?

—Zapatos, muebles rotos, un feo piso, más zapatos.

—Están en la reparadora, entonces. ¿Hay algo además de zapatos ahí? ¿Hay alguna impresora por ahí? ¿Hay alguien a su alrededor?

—Tantas preguntas me vuelven loco —dijo uno.

—Aquí hay solo zapatos y más zapatos —respondió el otro—. No personas, solo zapatos. Polvo, concreto y zapatos.

—Entonces, ¿dónde mierda está Pancracio? —dijo Milena—. Parece que sin Concrecio, el viejujo igual se puede esconder de mí.

—Concrecio no, dije «con-cre-to» —dijo uno.

—Ya se pusieron tontitos. Les preguntaré lentito, entonces, como si yo fuera una tía del jardín y ustedes niñitos. ¿Han visto algo que no pasa todos los días, niñitos?

—¡No, tía!

Milena no podía creer lo que escuchaba. No le entraba por las orejas que la reparadora fuera solo eso y que no ocultara algo más.

—Miren, niñitos, la tía Milena está en un lugar muy, muy lejano y no puede ayudarlos altiro, así que la tía va a tomar un bus, que es como un auto grande que hace run-run, y viajará hasta allá. No se muevan de ahí y no se pongan a llorar. Si quieren, pueden jugar a la escondida mientras tanto. Ustedes quédense tranquilitos ahí, ¿está bien?

—¡Sí, tía! —gritaron los matones.

Mientras Milena viajaba a Curicó, a los matones se les pasaron un tanto los efectos de Quantovisión.

Cuando Milena llegó, los matones estaban más o menos lúcidos. Aún quedaba una muralla por destruir.

—Derriben esa muralla de cholguán —gritó Milena.

Pero cuando los matones se dirigían a destruirla, salió por un costado Eduardo, portando a Quantovisión. Le había puesto el máximo de potencia. Y lanzó el sonido directo a los matones y, con más suavidad, a Milena, que estaba detrás de ellos.

—¡Maldito! —gritó Milena—. Me las paga…

Ya era muy tarde para decir nada, Eduardo ya había rascado el arco en las cuerdas del violín y, con ello, lanzado las ondas de Quantovisión a su máxima potencia.

Milena cayó al suelo como un saco de papas.

—¿Qué me pasó? —dijo Milena al despertar al otro día.

Aún estaba en la reparadora, con las losas destruidas pero un poco más ordenada. Los muebles estaban en su lugar y cada zapato en su rincón. Frente a ella, un alto señor lucía un elegantísimo terno y un reluciente peinado.

—¿Quién es usted? —preguntó Milena.

—¡Qué descortés de mi parte! Soy Wenceslao Wenefracio Chapulín, notario público, representante de la notaría Chapulín. Me contrató don Pancracio Flores. Vengo a firmar un convenio entre usted y don Pancracio por la compra de esta reparadora por parte de usted. Lea este contrato.

Milena le echó un vistazo fugaz al papel:

Convenio de compraventa

En Curicó, el día 15 de abril de 2021 (…) convienen las dos partes, llámese Milena Dineral Millones Miles, de ahora en adelante «la compradora», y don Pancracio del Carmen Flores Díaz, de ahora en adelante «el vendedor», en la compra del local ubicado en Calle Pratt 321 (…) por la suma de 30 000 000 USD (treinta millones de pesos).

Firman las dos partes.

—Entonces, ¿finalmente me venderán el local?

Milena levantó la vista y vio que Pancracio estaba en la entrada de la reparadora. Se sorprendió de no haber notado su presencia antes. Ante la pregunta, Pancracio no emitió palabra alguna, solo asintió apesadumbrado.

—¿Significa que gané? —Milena no cabía en sí de la alegría—. ¿Significa que yo nunca pierdo, que soy perfecta, que soy la mejor?

Milena esperó a que Pancracio le respondiese y le diera en el gusto, pero él no reaccionaba ante sus afirmaciones.

—Si no me respondes, Pancracio, no firmaré nada.

—Ha ganado —dijo Pancracio—. Usted nunca pierde, es perfecta, es la mejor.

Milena lanzó una carcajada estruendosa.

—Así me gusta, ¡ja, ja, ja! Soy invencible, imparable, irrompible. Soy como la mala hierba, nunca muero, crezco fuerte en los terrenos más áridos y me abro paso en las situaciones más adversas. Nadie, absolutamente nadie, puede contra mí, ¡muaja, ja, ja, ja!

Milena cogió el lápiz. Revisó por última vez los sellos notariales. En efecto, era el sello original de la notaría Chapulín, y frente a ella estaba el verdadero representante de la famosa notaría curicana, don Wenceslao Chapulín, conocido por sellar acuerdos entre grandes ricachones de la ciudad.

Aún sin poder creerlo, Milena firmó el convenio de compra y venta. Luego dijo:

—Ahora es su turno, don Wenceslao.

El notario procedió a dibujar su firma.

—Entonces, eso es todo —dijo Milena—. He ganado. Aunque debo admitir que me surge la interrogante de por qué se rindió, señor Pancracio.

—Porque el coronavirus se está llevando a Concrecio, y no quiero que esta pelea, muy ridícula, me prive de los últimos días de mi gran amigo.

En cuanto el notario le entregó a Milena el papel de la compraventa con los derechos del local, Eduardo salió detrás del notario, atravesándolo, y disparó una onda de Quantovisión a la mandamás, aturdiéndola de nuevo.

En realidad, nunca estuvieron en la reparadora Beta ni mucho menos había asistido don Wenceslao Chapulín, quien en esos momentos andaba bañándose en zunga en Cancún. Todo había sucedido en la minioficina, una dimensión creada y moldeada por Eduardo.

Eduardo lo había planeado todo.

Había descubierto no solo una nueva forma de entrar a la quinta dimensión, siendo «impreso», sino que además había aprendido a moldear a su antojo el espacio creado en ella.

Eduardo había leído mucho acerca de las imágenes especulares que deformaban las formas aturdíneas de Calabi-Yau. Con ese pensamiento, ideó los muebles, la loza, los paisajes que se veían a través de la ventana de la reparadora, e incluso la mismísima imagen del reconocidísimo notario curicano. Hacer que esa imagen hablase había sido casi imposible, por lo que se preocupó por aprender a hablar como un notario. Fue su voz la que parecía salir de los labios de Wenceslao, labios diseñados por Eduardo para dar la impresión de que se movían mientras en realidad Eduardo hablaba detrás de él. De tal manera, en la minioficina, los únicos seres de esta dimensión eran Pancracio y Eduardo, y este último había permanecido escondido hasta el último minuto.

Milena despertó en su cama recordando, con alegría y en imágenes borrosas debido al efecto persistente de Quantovisión, que había firmado la venta de la reparadora. Sin embargo, había olvidado por completo qué hizo y adónde había ido después de ello.

Luego de la victoria, con la autoestima por las nubes, decidió proseguir con sus quehaceres diarios. Ya les había demostrado a los chilenos que había ganado con los viejitos, ahora era el turno de que el resto del mundo se diera cuenta de su grandeza.

Así que decidió tomar más partido en la guerra mundial que se estaba desarrollando entre las principales potencias económicas. Viajó a Estados Unidos para tener una reunión con el presidente interino gringo en Alaska, único estado libre de la invasión ruso-coreana, en su búnker a prueba de misiles intercontinentales.

En medio de la reunión con Obama, Milena recibió una llamada que le revolvió las tripas.

—¿Cómo que la venta no figura en ningún lugar? —gritó delante de Obama con el celular en la mano—. ¿Acaso firmé en otro mundo?

—Pues me temo que el contrato no figura en los registros de la notaría Chapulín —dijo su contador—. ¿Está usted segura de que se trata de esa y no de otra notaría?

—¿Que si estoy segura? ¿Qué te has creído, maldito insubordinado de mierda? ¿Acaso yo me puedo equivocar? Yo vi con mis propios ojos al mismísimo Wenceslao Chapulín frente a mí, no creo haberme vuelto loca.

—Disculpe si la ofendimos, pero hemos buscado en todas, pero todas las notarías curicanas, hasta las más rústicas y desconfiables, y no hay nada, ni papel de la compraventa ni firma ni nada. Por otra parte, hemos dado con el paradero de don Wenceslao Chapulín y el hombre acaba de viajar de Cancún a Playa del Carmen, por lo que me temo que usted cayó en una especie de timo muy bien elaborado.

«¿Un timo? —se preguntó Milena—. No me pueden engañar a mí, no puede ser».

Todo era tan real, la oficina, don Wenceslao, Pancracio, el papel que firmó. Milena no podía entender cómo había sido engañada una vez más, y esta vez por un solo viejito, en vez de dos.

«Otra vez, por la rechucha, una vez más por la cresta».

Rumiando una y mil veces el porqué del engaño, Milena acrecentó su odio por los viejitos, en especial el que sentía por Pancracio, pues le había hecho creer en la venta de la reparadora.

Cuando recuperó su lucidez luego del disparo con Quantovisión, engañada y humillada por un viejito y «alguien» muy inteligente, Milena decidió que se enfocaría exclusivamente en erradicar la reparadora y lo que fuese que escondían dentro de ella.

Partió por reforzar su campaña antiviejos. Eliminó del plan de gobierno cualquier apoyo económico que se le diera a la tercera edad, eliminando así el sueldo que a todo chileno mayor de sesenta y cinco le correspondía recibir, hubiera sido un limosnero o un trabajador sin descanso. Por lo mismo, suspendió la ayuda de comida a la que también todo chileno de la tercera edad tenía derecho.

A su vez, canceló cualquier tipo de ayuda gubernamental a los hogares de ancianos, quedando su financiamiento limitado netamente a las empresas privadas que los sostenían. Por culpa de su odio irracional, se empeñaría en eliminar a todos los «viejitos» de Chile.

11

Chiloé entró a la habitación de Concrecio. No se esmeró en ir a saludar ni a preguntarle nada a Pancracio, que justo estaba visitándolo, sino que se limitó a ponerle un pequeño papelito en su mano. En cuanto Concrecio recibió la nota, salió de su letargo y la apretó un poco. Luego de eso, Chiloé salió deprisa de la habitación llorando.

Concrecio apretó más fuerte el papel, tanto que a Pancracio le costó trabajo arrebatárselo de las manos. Cuando al final se lo pudo sacar y lo desdobló, le leyó en voz alta el mensaje que contenía, con la esperanza de que Concrecio, en una de esas, pudiera escucharlo, despertar de su coma y dejar esa cama y ese hospital para no volver más.

> *Don Concrecio:*
>
> *Mi abuela Segismunda entró en un coma profundo del que los médicos dicen que es casi imposible salvarse. Un doctor dijo que le quedaba un mes de vida. Espero que usted se recupere para que pueda ir a verla en sus últimos días.*
>
> *Atentamente,*
> *Chiloé*

Concrecio abrió los ojos. No quería sufrir más, esa era su única motivación. Ya no quería soportar otro maldito día más, mucho menos sin ella. Toda su vida pensó que vivir no era más que una suma de sufrimientos de distinta índole. Por todo se sufría, por ganar dinero, por amar hasta que dolía, por intentar resaltar entre los demás, por intentar no ser triturado por tiempos nuevos y mejores, en los que la tecnología es un monstruo devorador de antigüedades.

Lamentó el hecho de no haber podido ver a Segismunda siquiera una última vez. En ese momento, se arrepintió más de no haberle dicho esas cuatro palabras en el momento indicado a su nieta: «¿Cómo está tu abuela?». En un limbo entre el sueño y la vigilia, Concrecio pensaba una y otra vez en las consecuencias de la indecisión y cobardías que le impidieron ir en la búsqueda de Segismunda. Con la certeza de que ella iba a morir pronto y sabiendo que podría haber hecho algo más por encontrarse con Segismunda, entró en una profunda depresión.

No podía hacer nada, ni mover pies ni manos, solo podía pestañear. A causa de los daños que le ocasionó el coronavirus, respiraba solo a través de un respirador artificial. Por ello, el único signo aparente de su depresión eran las lágrimas que caían por su mejilla día y noche. Miraba y miraba, a través de su ventana, las hojas caer desde los árboles de la Alameda de Curicó.

Recordó que, hacía muchas décadas, había paseado allí junto a Segismunda, cuando los dos eran jóvenes, el mundo era suyo y parecía que eran invencibles. Deseó morir con ese recuerdo, irse a dormir para siempre y así soñar con que paseaba de la mano con Segismunda. Si solo en sueños estaba con ella, le daba lo mismo. Su única realidad era estar con Segismunda. Y esa realidad de sus sueños valía mucho más que aquella creada por sus ojos, en la que él estaba postrado en un hospital y ella agonizando.

Concrecio le pestañeó a la enfermera.

—¿Quiere una pizarra, señor Concrecio? —dijo ella.

Concrecio pestañó una vez. Eso significaba un sí.

A duras penas, fue explicando letra por letra un mensaje a la enfermera. Al cabo de una hora de pestañeos, el mensaje estaba listo: «Quiero morir. Desconéctenme, por favor, y terminen mi sufrimiento de una vez».

Era su voluntad y nadie podía hacer nada contra eso. No obedecerle sería como tenerlo de esclavo en este mundo, como un rehén.

AVANCE RETRÓGRADO DEL TIEMPO. Estudio de la viabilidad de la deformación inversa del plano espacio-temporal asociado a la gravedad.

El título parecía tentador, demasiado, muy tentador. Tanto que tiraba para tongo. Eduardo clicó el botón de descarga. Una ventana se abrió en su *notebook*.

Usted no cuenta con los permisos para descargar este archivo. Ingrese con su usuario y clave de acceso de alumno de la Universidad de Chile.

Eduardo sonrió.

—Me tratan como a un principiante.

Cuando descargó el archivo de quinientas páginas, tomó una gran bocanada de aire y rogó a Dios que fuera un estudio serio. Leyó el cuerpo lentamente. El marco teórico no tenía ninguna falla, el diseño experimental en monos parecía servir en humanos. Tuvo que leer una vez más la conclusión para convencerse de lo que leía:

Conclusión

El estudio realizado en monos neurotípicos de edad madura, libres de toda enfermedad, es concluyente. En la localidad de Suiza, ayudado por el gran colisionador de hadrones, en el laboratorio del CERN, se ha demostrado que el espacio-tiempo se puede deformar hasta el punto de hacerlo avanzar hacia atrás para alterar el espacio-tiempo actual.

Sin embargo, no es un viaje temporal como los retratados en la ficción. No se puede ir y venir a voluntad. Solo es un viaje de ida. Además, a diferencia de ficciones como Volver al futuro, no es que alguien vaya hacia atrás y a voluntad modifique parámetros a su conveniencia. Ello porque quien viaja hacia atrás no se estaría dando cuenta de que lo hace, sus recuerdos y memoria se reiniciarían al momento justo en el que llegue en el pasado. El tiempo y la materia forman un solo entretejido, por lo que los viajes en que una persona del futuro viaja al pasado con los conocimientos del futuro no se pueden llevar a cabo.

En el colisionador de hadrones se ha podido retroceder el tiempo en 0,001 milisegundos, hecho que ha provocado que un haz de luz se disipe hacia el cielo. Se deja para investigaciones ulteriores la viabilidad de poder aumentar ese rango de tiempo.

Con esa conclusión, a Edu le asaltó una gran duda: «¿Cómo saber si ya se utilizó el reseteo del tiempo y este tiempo, la realidad que ahora estoy experimentando, es solo el resultado más conveniente que manipuló una persona o grupo? —pensó—. ¿Cómo saber si alguien, por ejemplo, cayó en la cuenta de que la presencia humana estaba a punto de extinguirse y por ello decidió resetear el tiempo para que los humanos no cometieran *tal* error en el pasado?».

El estudio le dejó la gran duda de que, debido a viajes en el tiempo, los humanos hemos superado guerras y evitado, por ejemplo, choques de meteoritos y hasta una propia extinción. ¿Acaso somos el mejor futuro que alguien planeó?

Entonces escribió en su cuaderno:

Tal vez todo lo que está pasando ahora no es más que la conveniencia de un grupo dominante, una simple serie de eventos menos desastrosos que otros que ya pasaron en otra línea temporal que ya se borró. Tal vez la guerra mundial y los muertos por el COVID fueron aún peores en otra línea temporal que nunca sucedió.

Investigar:

- *Extinciones masivas en la historia.*
- *Escenarios peores que el actual.*
- *Líderes mundiales y sus ideologías.*

—Buenas tardes, señorita Milena, le habla Melipeuco Huenculeo, presidente de la Biblioteca e Informaciones Digitales de la Universidad de Chile.

—Ando ocupada, sea conciso.

—Sí, perdón. Es acerca del proyecto Viaje.

Milena abrió los ojos, ya le habían mencionado algo acerca de ese proyecto ultrasecreto que ella misma, con su propio dinero y antes de empecinarse con vencer a los viejitos, se encargó de financiar. Sabía que, de arrojar resultados provechosos, sería el arma más peligrosa creada por humanos.

—El motivo de mi llamada es informarle acerca de ilegalidades, filtraciones que han pasado en su ciudad natal Curicó, y como pensé que le pueden afectar a usted de algún modo, quería hacérselas saber.

—Al grano.

—Hay alguien que ha estado hackeando información confidencial de nuestro departamento de Física, información que solo los miembros del proyecto deberían saber. Esa data ha sido clasificada de forma deliberada para que ninguna persona ajena al proyecto, ni siquiera los mismos estudiantes de la universidad, supiesen.

»Nuestras pericias no dicen mucho del responsable, solo sitúan al hacker en la ciudad de Curicó y que usa el alias de Kalabiojuan, tal vez en honor a los famosos físicos, Kalabio y Yau. Si bien no sabemos más de él, hemos notado que solo está interesado en investigaciones del área de la Física, por lo que intuimos que se trata o de un estudiante o de un profesor… o de un científico ligado al área.

»Ha robado archivos a los que no cualquier individuo, a excepción de los que se manejan en el tema, puede encontrarle utilidad en la vida diaria. Además, por el momento, no se han registrado ataques a cuentas bancarias o similares. Si bien Kalabiojuan es un hombre de ciencia y amante de la investigación, no por ello es menos peligroso al tener en sus manos información de tal índole.

»Como ve, con esos someros datos, el perpetrador puede tratarse de cualquier curicano con cierto nivel de inteligencia. Aunque no viven muchas personas en Curicó, sería difícil dar con su paradero.

—Algo me dice que sé dónde puede estar.

Algo hizo clic en la mente de Milena.

Increíblemente, en tan solo unos meses le habían pasado cosas rarísimas, cosas que jamás en toda su vida le habían pasado, y justo después de haber sido rechazada por los viejitos en su primer intento por comprarles la imprenta. «Muy sospechoso», pensó. Eran cosas que apenas recordaba por imágenes, como pequeñas fotografías de sucesos que parecían haberle pasado a otra persona, recuerdos que no sabía si eran sueños, sueños que no sabía si eran recuerdos.

Esa rara desconfiguración de sus aparatos electrónicos; esa extraña enfermedad de la lentitud que ningún médico pudo determinar y de la que solo los físicos dieron con una cura; esa extraña cena con los viejitos; ese deseo de querer ir a la ionosfera; el hecho de que nunca podía encarar a los viejitos, ¡nunca, po!; de que siempre que viajaba a Curicó algo se interponía en sus planes.

Las coincidencias eran demasiadas. Algo sospechoso había, algo que escapaba a lo que unos «decrépitos viejos» de tercera edad podían hacer con sus mejores y más astutos planes. Debían estar recibiendo ayuda de algún lado. Los viejitos no eran super-héroes, debía haber un tercero involucrado.

Y ese tercero debía estar rondando la reparadora. Ese tercero debía ser Kalabiojuan.

Desbloqueó un recuerdo en su memoria: la borrosa imagen de un extraño ofreciéndole Coca-Cola a ella y a sus hombres.

—Curicó es pequeño y te voy a acorralar —dijo, mirando el archivo hackeado en su ordenador—. ¡Te voy a cazar y descubriré quién rechucha eres, Kalabiojuan!

EDUARDO CREYÓ en la investigación que leyó.

> *«Creer» era la palabra. Salía de todos los marcos científi-cos y de todo cuanto se podía comprobar; pero siguió su in-tuición. «En un tiempo las ideas que tuvo Einstein podían sonar descabelladas y nadie las podía creer —pensó—. Ahora esas ideas son un dogma. Debe suceder lo mismo con esta investigación».*

A pesar de lo pragmático que era Eduardo, creyó. Debía creer que el reseteo del tiempo era posible. Tuvo fe. De ahí en adelan-te, cada mañana se levantó alimentando esa fe, esas creencias. Y las escribió, las expresó en fórmulas, en diagramas, dibujos, es-quemas, tablas, listas y gráficos, en cantidades. Creó aparatos que registraran y manipularan esas cifras, que las amainaran… que las aumentaran. Por primera vez para Edu, la ciencia parecía ser una cosa incierta, una mentira, una especie de religión que no se podía comprobar.

Siguiendo esa suerte de religión, bajó otros archivos de la mis-ma línea, que avalaran el viaje en el tiempo. Tuvo más actividad que nunca en el repositorio de la Universidad de Chile, y su ban-deja de entrada se llenó de mails de amenazas que decían más o menos lo mismo:

Algunos estudios registraban anomalías en el tiempo en lugares cercanos al Gran Colisionador de Hadrones del CERN. Otros «estudios» ligaban raros sucesos cuando pasaban meteoritos cerca de la corteza terrestre, como si la fuerza con la que se acercaban a la Tierra influyera en el tiempo.

Eduardo empezó a encontrar con mayor frecuencia archivos alejados del método científico y más cercanos a mitos, leyendas, historias, rumores, cuentos traspasados de padre a hijo y de generación en generación, declaraciones de gente que tal vez habían perdido un tornillo. Eran casos alejados de la lógica, como testimonios de gente que había participado en un terremoto: los testigos de los movimientos telúricos, quienes ocultaron su identidad al declarar, afirmaban que en los días posteriores al remezón sus relojes, cada cierto tiempo, parecían detenerse al unísono para luego volver a andar con normalidad.

Sin embargo, de entre todas las declaraciones de sospechosas y dudosas fuentes, algo le llamó la atención. En todas ellas, sin excepción, cada vez que el tiempo se había reseteado, se registraban avistamientos de una luz volando en el cielo, brillando, aunque fuera de día, volando a través de trayectorias rectas en el cielo, dibujando, en forma de bucle, un triángulo, un cuadrado o cualquier otra forma geométrica, y haciéndolo a velocidades ridículas y sin emitir sonido alguno, como si estuviera espiando con sigilo desde lo alto lo que ocurriese en el planeta.

Mientras investigaba, a Eduardo le llegó un mensaje de amenaza distinto de los demás:

Finalmente he rastreado el lugar de donde viene tu señal. Al final, mis informáticos pudieron resolver la encriptación de tu ubicación. Les tomó algo de tiempo, no lo niego, pero por fin pudieron dar con tu paradero, maldita, harapienta y sucia mierda de gato. En este mismo momento enviaré matones a tu domicilio, el cual, sospechosamente, está ubicado a pocas cuadras de la «Reparadora» Beta. Tus días de ayudar a los viejitos están contados, maricón vendepatria. Estás atrapado. Descubriré tu identidad y luego te pisaré como el cochino guaren que eres.

Atentamente,

Milena Millones

MEDIANTE LOS MATONES que vigilaban a Concrecio, postrado y sin poder hablar, Milena se enteró del lazo que Chiloé, la exclienta, tenía con el viejito y, por ende, con Pancracio. Por ello, supuso que Chiloé debía saber la ubicación de la rumoreada imprenta clandestina.

Milena intentaría convencer a la exclienta de que le diera la información necesaria para dar con el paradero de la imprenta.

—Una isla en Juan Fernández será tuya si me das la información, ¡toda una isla! Imagínate viviendo en un paraíso donde nadie que tú no quieras podrá molestarte. Imagínate paseando en tu propio yate con nadie en kilómetros a la redonda, solo el mar a tus anchas, sintiendo que el mundo es tuyo.

»Imagínate piloteando tu propio hidroplano, rompiendo las tempestuosas olas para luego elevarte por entre bravas mareas y planear con los motores apagados. Si eso no te gusta, podemos zanjarlo de otro modo. Te ofrezco un billón, dos billones, lo que querái. Todo a cambio de que me des la información de dónde esconden las impresoras los viejitos. Suena tentador, ¿no? Es porque lo es, tú solo dime lo que quiero y puedes tener el mundo entero a tus pies.

Chiloé no sabía qué decir. Se echó a llorar y, entre lágrimas, echó al agua a los viejitos.

—¡Uta, la carne es débil! —dijo sollozando. La vergüenza no le dejaba levantar la mirada a la altura de los ojos de Milena. Sin embargo, a duras penas alzó la vista y tocó las palmas en señal de oración hacia el techo—. Perdóname, Diosito, tú sabes que lo hago por mi abuela, todo sea pa que se mejore la viejita que fue tan rebuena conmigo toda la vida.

Chiloé calmó su llanto y, mirando a Milena, prosiguió:

—Los viejitos no pueden haber dejado de imprimir, es casi imposible, se lo juro por mi esposo y mis hijos. Dicen por ahí las malas lenguas que Pancracio no ha dejado de imprimir y que sus impresiones, ya sea en perfecto e inmaculado estado de coleccionista recién salidas del horno o con manchas de café y arrugadas, como si ya estuvieran listas para tirarse al tacho de la basura, se han producido sin parar desde hace mucho tiempo.

Milena decidió retomar su campaña antiviejos, ofreciendo el bono Vendepatria, que consistía en darle un millón de pesos en efectivo a la persona que le diera pruebas de la existencia de impresoras en la reparadora de los viejitos.

Una vez que Milena anunció el bono Vendepatria, a lo largo de todo Chile se crearon dos grupos en torno a la postura de Milena. Por un lado, estaba el grupo que defendía a la millonaria, compuesto en su mayoría por *millennials* y por jóvenes asiduos a la tecnología. Por otra parte, estaba el grupo que opinaba que Milena era una tirana, los rebeldes, formados en su mayoría por gente de edad avanzada. Como era de suponer, Chiloé se unió al grupo que apoyaba a Milena. Una isla para ella sola no era algo que se tuviera todos los días, ni siquiera ganando la lotería se podría conseguir algo así.

CONCRECIO NO DEJABA DE SOÑAR. Se estaba empezando a preguntar por qué era tan largo el sueño. Le resultaba muy sospechoso estar viviendo cosas tan lindas. Luego, Concrecio recordó algo que escuchó por ahí: «Las personas, segundos antes de su muerte, recuerdan toda su vida». Y entonces lo comprendió.

Recordó su antiguo trabajo, ese que le permitió dejar de machacar tierra a todo sol, ese que prometía una estabilidad laboral que le tomó un tiempo alcanzar. Ese trabajo suponía un gran cambio en su vida, pasar de ensuciarse las manos y hacerse tira la espalda a lucir un reluciente delantal blanco. Eso significaba para él su trabajo, al menos en un inicio. Con el paso de los años, controlar fruta ya se le hacía algo rutinario y, a veces, hasta aburrido.

Sueña que te sueña, revivió los carretes con esos amigos del trabajo, amigos que cada vez fueron disminuyendo y transformándose en simples y genéricos compañeros de pega. Esos carretes le hicieron llevar una vida alegre, tal vez mucho más de la que hubiera llevado si, en vez de haber estudiado Agronomía, hubiera terminado su carrera de Odontología, que más de una pena le sacó. Revivió su viaje por Sudamérica, financiado por ese mismo trabajo, revisando cerezas y manzanas. Saludó a las señoras que le vendían fruta en las ferias colombianas, miró otra vez las costas de Río de Janeiro a los pies del Cristo Redentor, nadó de nuevo con las tortugas en Galápagos.

Ahora que la soñaba, parecía otra vida, la vida de un extraño, la vida de alguien feliz y pleno, una vida sin amargura ni pesar ni achaques, una vida en otro planeta, una vida en un universo paralelo.

Y soñó con ella.

Fina como la brisa de la mañana, con el aroma de las flores rodeándola y sonriendo como si abrazara al mundo con sus labios. Primero ella era adulta y él solo un niño que pataleaba en el río mientras ella le enseñaba a nadar. Luego, por arte de magia, los papeles se cambiaban, y otra vez estaba ella, ahora de más edad, tomándolo del brazo en las costas de la playa Iloca, paseando por la arena, viviendo solo ese momento sin que importara nada más. Con el sonido de las gaviotas de fondo, miró a su madre, pequeña y frágil por el paso del tiempo, y se dio cuenta de que era él quien la protegía a ella, y que, al estar los dos unidos, el inmenso océano parecía una pequeñez inofensiva cuyos rugidos eran silenciados por el amor madre-hijo.

De pronto, vio asombrado que le salían unas alas de la espalda, y cayó en la cuenta de que su madre también las tenía.

Ya era tiempo de partir y no tenía temor alguno, pues su madre le tomaba su brazo en esas costas ilocanas, partiendo hacia un inmenso y desconocido océano del que nadie ha vuelto.

—¿Qué le habrá pasado? —se preguntaba Pancracio en voz alta, solo, esperando a Eduardo en la reparadora.

Hacía mucho tiempo que el joven no aparecía por esos lares ni daba señales de vida. Todo eso le hacía suponer a Pancracio que al final Edu se había dado por vencido y dejaría de pelear contra la corriente. Después de todo, estaba luchando contra la presidenta de la república, la máxima autoridad chilena, y ellos dos eran solo un viejo decrépito y un científico loco con ideas de poca utilidad. Por muy noble que fuera la motivación de Eduardo para ayudarlo a él, un viejo en sus últimas, Pancracio sentía que ya era tiempo de afrontar la realidad y caer en la cuenta de que el poder y el dinero, en la vida real, terminan ganando y corrompiendo a todo y a todos.

En este mundo el dinero mueve montañas, y era difícil que no pudiera mover a dos frágiles viejitos de su pequeña tienda.

A pesar de todo ello, Pancracio estaba conforme. Había peleado con dignidad. Había demostrado entereza y coraje. Había desafiado nada más ni nada menos que a la mujer más poderosa de Chile.

Los viejitos ya no podían pelear más, uno cansado y el otro agonizando con un pie en el ataúd. Muchas veces en la vida, pareciera que las cosas no tienen un final feliz, como si fuera una novela mal escrita con un final amargo. Este es el caso. A pesar de que era el fin de los viejitos, pelearon con todas las de la ley, pudieron engañar un par de veces al poderoso destino reflejado en Milena. Los viejitos, una vez muertos, serían recordados como valientes guerreros. Lucharon y lucharon, cayeron y se levantaron hasta el cansancio, hasta el final.

Peleando con todo lo que estuvo a su alcance, Pancracio sintió que era el momento justo de perder en la guerra contra Milena. Ya no había nada más que entregar, ningún as bajo la manga, ningún golpe que dar, ya solo esperaría el *knockout* o el último *round* tranquilo, sin oponer resistencia. Vendería su imprenta y viviría sus pocos días en este mundo forrado en dinero. Realizaría hasta sus sueños más increíbles, esos con los que flirteaba desde muy niño.

Comprarse un yate, tal vez un aeroplano, un auto Fórmula 1 y la retroexcavadora más grande del país. Caballos de fina sangre, flamencos, pavorreales, jirafas y hasta un elefante para así tener su propio zoológico en su patio, y llamarlo «Hacienda Pancracio». Verdes y hermosos jardines, sin nada que envidiar a los jardines parisinos. Una casa en la playa y en ella ver relajado todos los días la puesta de sol echado en una hamaca, fumando una pipa y leyendo un buen libro. Se levantaría todos los días tarde, escuchando el relajante sonido de las olas, como premio por tantos años de esfuerzo, unas más que merecidas vacaciones después de largos cincuenta años imprimiendo sin parar.

Esperaría con conformidad el final de sus días. Lo haría con paciencia y con el corazón lleno, al igual que sus bolsillos.

Milena viajó a Curicó hasta el punto en el mapa del que provenía la señal de Kalabiojuan. Afortunadamente, Eduardo supo desviar la ubicación de su *notebook* más o menos un kilómetro. Milena quedó boquiabierta al llegar al lugar que indicaban las coordenadas satelitales. El local se llamaba Rincón de Marco y, al entrar, luego de ver que unas mujeres de edad y con kilitos de más se meneaban sin vergüenza ante hombres borrachos, una señora de edad le preguntó con impronta:

—No estamos recibiendo putas.

—Puta tu abuela —contestó Milena, hirviendo—, y para tu información, rota de mierda, soy más hermosa que cualquiera de estas maracas y puedo comprarlas a todas ustedes, con ropa y todo, rotas de mierda, incluyendo tu ordinaria imitación de collar de oro, ¿dónde lo compraste?, ¿en los chinos?

Milena, sin haber encontrado a Eduardo, con la cólera a mil e intuyendo que Eduardo estaba lejos de la reparadora, razonó que al menos podía aprovechar la incómoda situación para ir a buscar a Pancracio. Se llevó una sorpresa al notar que tampoco Pancracio estaba en su lugar de trabajo. No había señal alguna de él. De tal modo, Milena volvió con las manos vacías, pero con una decisión tomada.

En Radio Lola, Milena hizo una controvertida declaración pública:

—Chilenos todos: nadie pondrá siquiera un pie fuera de sus casas. Nadie podrá salir a tomarse un café ni ver la nueva película de Spider-Man ni la de Matrix Resurrections, ni salir, aunque sea por un día a la playa, ni a tomarse una chelita o ir a dar vergüenza cantando canciones de despecho en los karaokes. Todo quedará paralizado hasta dar con el paradero del tal Kalabiojuan y ver cerrada la Reparadora Beta. Solo podrán salir una vez por semana para comprar el pan y los porotos. Es así, chilenos.

»Desde hoy, decreto cuarentena total hasta que se cumpla lo que exijo. Y al que se oponga, debo decir que se ganará una cita con mis amigos los militares, quienes harán al pie de la letra lo que yo les ordene. Este que ven en mis manos es un panfleto con los rostros de los involucrados, dos viejitos por completo reconocibles, y este es el rostro de Kalabio, que en realidad es un retrato con base en lo que mis guardias y yo creemos quién puede ser, pues nos hemos topado con el implicado un par de veces.

De ahí en más, la ciudad de Curicó y el resto de Chile fueron tapizados con el famoso panfleto con los tres rostros y con dos frases arriba y debajo de ellos que decían: «¿Quiere salir de cuarentena? Tráigame a estos sujetos, vivos o muertos. Son sospechosos de traicionar a la gran República de Chile. Recompensa generosa incluida».

Otros panfletos, a su vez, decían: «Enemigos», en la parte superior con letra grande, seguido de: «Si desea que Chile prospere, búsquelos, encuéntrelos y apréselos. Chile se lo agradecerá, y yo también, de forma monetaria».

Con esa publicidad, la primera que fue a buscar a Concrecio al hospital fue Chiloé. Al llegar a su habitación, solo se encontró con una cama recién hecha y un velador aseado y libre de objetos personales.

Era tal el descontento en todo Chile que un domingo en Curicó, toda la gente, incluida Chiloé, se reunió en la Plaza de Curicó para crear una turba cuyo fin sería destruir la reparadora y ver qué pinche secreto escondía.

Cuando se acumularon alrededor de doscientas personas, todas gritaron al unísono:

—¡Han llegado lejos, muerte a los viejos!

—¡Nos atan de manos, muerte a los ancianos!

12

El bosquejo era prometedor.

«Para ser un prototipo de una máquina temporal, es bastante bueno», pensó Eduardo. En realidad, no era más que el dibujo de su viejo órgano Casio VTK-3000 con una caja metálica agregada en la que pondría una fuente auxiliar de energía y el cuantizador de *spin*.

Eduardo siempre creyó que la música ejercía cierto poder sobre las personas, brindándoles una especie de energía. La música podía hacerlas volar hacia otros tiempos, revivir ese primer beso, ese primer viaje, esos momentos plenos de la infancia cuando la vida se mostraba entera y el mundo era un inmenso océano por descubrir. Por ello, no encontró mejor forma de representar ese poder que creando una máquina temporal a partir de su querido y primer teclado.

Desempolvó el viejo aparato que, después de una década, aún conservaba la pegatina roja de *Los Thundercats*, una serie de dibujos animados que, si bien era ochentera, en Chile se emitió entrados los noventa. En aquel entonces, Eduardo era un mocoso con la cara sucia que jugaba a las bolitas y trepaba árboles. En ese viejo teclado digital aprendió sus primeras canciones tutoriales de música clásica, ensayando sagradamente una hora y media todos los días.

El tiempo no había pasado en vano y se había encargado de estropear un poco el instrumento: una tecla no sonaba y el cable del transformador provocaba un cortocircuito que hacía que el teclado se apagara de vez en cuando. En otros tiempos, durante su época universitaria, solo lo habría mandado a reparar con un técnico. Por aquel entonces, tocaba entre los períodos de exámenes. Al terminar la carrera, lo utilizó durante al menos un año para pasar el rato y no volverse loco en sus días sin trabajo, mientras esperaba que le llegara una oferta laboral de cualquier tipo.

Sin embargo, a sus treinta y tantos, ya no era un estudiante; era un profesional y sus habilidades tecnológicas habían mejorado de forma sustancial. Por eso, el cortocircuito fue lo primero que arregló. Modificó el órgano añadiendo un compartimiento de gran tamaño donde se suponía que iría la fuente de poder, es decir, la energía que haría funcionar al instrumento que dejaría de ser solo un instrumento.

Tocó el órgano, la-do-re-do-la-la. Eduardo desconocía el alcance total de su máquina. Como estaba convencido de que la música tenía el poder de hacer viajar en el tiempo, desarmó su teclado Casio. Tras sacarle tres arañas de rincón, un tigre y casi un kilo de óxido, lo configuró para que, al tocar las notas en el orden de la melodía principal de *Bohemian Rhapsody* —a saber, re-fa-sib-re-sol-fa—, comenzara a funcionar.

Eduardo admiraba a Queen, en especial a Brian May, quien también era físico, y a Roger Taylor, que estudió biología. Con esa «contraseña» musical, se aseguraría de que su máquina temporal no fuese usada por las manos equivocadas o cualquiera que no fuese él mismo. Su lógica era que, si alguien por casualidad daba con las notas y las tocaba con el ritmo perfecto, al menos tendría buen gusto musical; sería un villano con algo de sensibilidad y buen oído, no alguien desquiciado y con ansias irrefrenables de poder. Después de todo, jugar con el tiempo era algo serio que no cualquier mortal podía hacer sin la correcta actitud y conocimiento.

La gran duda que tenía Edu sobre su prototipo era conocer cuál y cuánta energía necesitaría para hacerlo funcionar. Lo único que sabía era que requeriría muchísima, cantidades estratosféricas que ningún humano podría replicar a voluntad en un laboratorio. Dicha fuente de energía debía tener el poder suficiente para deformar el tejido espacio-temporal. Fue así que se dispuso a estudiar cómo encontrar la energía necesaria para que su máquina funcionase.

Eduardo anotó en su libreta:

Energías naturales de gran magnitud:

- *Terremoto: poco ocasional, impredecible.*
- *Eclipse: una vez a las quinientas.*
- *Cometa: ninguno cerca de tierra.*
- *Radioactiva: riesgosos efectos a largo plazo.*

Siguió investigando y, por desgracia para sus ánimos, calculó que no había en el mundo la suficiente energía para hacer funcionar su prototipo alterador del tiempo.

EDUARDO ESCUCHABA A LO LEJOS, en la radio que sus padres tenían a todo volumen al otro lado de la muralla de su pieza, una voz decidida de mujer. La que hablaba era Chiloé, la antigua clienta de los viejitos. Si bien se había dejado comprar por Milena, nunca tuvo algo personal contra ellos. No le habían hecho nada, por lo que no tenía razón alguna para odiarlos.

Eso hasta que fue desarrollándose la cuarentena, que tanto en ella como en muchos otros chilenos dejó estragos, en particular psicológicos. Ello provocó que la gente comenzase a perder la paciencia con los viejitos. Fue en esa desesperación, la de no poder salir de su hogar a distraerse ni hacer deportes al aire libre, que Chiloé decidió unirse al movimiento en contra de los viejitos y a participar de la turba cuyo fin era erradicar la imprenta escondida y así acabar con todas las chancherías que Milena decía que cometían los viejitos.

Eduardo calculaba y calculaba, por lo que no prestó mucha atención a lo que decía Chiloé. Por el tono de voz, se dio cuenta de que ella tenía el don de la palabra y un gran carisma para convencer a sus oyentes, por lo que bastaron un par de palabras dichas a toda voz en Radio Lola FM para que se convirtiera en la lideresa de la turba.

—Nosotros no somos esclavos ni presidiarios —decía Chiloé a través de la radio—. ¡Los viejitos deben ser los encarcelados! ¡Ellos deben estar encerrados, aislados, hacinados tras las rejas hasta morirse!

Eduardo intentó ignorar la radio y continuar investigando la fuente de energía necesaria para su prototipo de máquina temporal.

—¡Debemos cuidar nuestros trabajos y nuestra vida!

Eduardo se colocó sus audífonos campana para no escuchar más las palabras de la otrora clienta. Eduardo no podía resolver el problema de la energía. Las matemáticas lo habían defraudado. Y eso era una pésima señal: las matemáticas eran su fuerte, y si ellas lo decepcionaban, ya no podría confiar en nada ni nadie nunca más. Si los cálculos le fallaban, sería su fin. Si no podía encontrar una fuente, su invento sería un fracaso.

Todo ese camino recorrido ayudando a los viejitos, todos esos sacrificios, esos cientos de horas investigando cómo ayudar a los pobres viejos, esas artimañas que usó con Milena que le permitieron ganar tiempo… nada de eso valdría si al final el destino actuaba así, encarcelando a los viejitos y hasta, tal vez, dándoles la pena capital. Todo se iría al tacho de la basura si los viejitos terminaban su vida de esa forma tan deshonrosa e inmerecida, considerando su naturaleza bonachona.

Eduardo, descorazonado, ingresó un enorme mar de datos en su computador para que arrojase un único cálculo esperanzador. El resultado de esa fórmula sería decisivo. Y el computador no dejó de calcular.

Pancracio esperaría el fin. Pero en sus propios términos y en calidad de «local». Lo que nadie de la turba liderada por Chiloé sospecharía jamás era que Pancracio y Concrecio se encontraban en frente de sus narices, o, literalmente hablando, «en» sus narices.

Justo antes de que la turba antiviejos se formase y de que Chiloé delatara a Concrecio en el hospital, Pancracio había hecho algo que jamás pensó hacer.

Como todos los días, fue a visitar a Concrecio al hospital, pero esta vez no salió de su habitación con las manos vacías. Lo vistió con una camisa, una chaqueta con parches, pantalones beige, una boina estilo Pablo Neruda, una bufanda a rayas y zapatos recién lustrados sacados de la Reparadora Beta. Lo colocó en una silla de ruedas y lo secuestró fuera del hospital.

El gesto de un viejito llevando a otro viejito era tan tierno que a las enfermeras ni se les ocurrió interrogar a Pancracio al pasearse por los pasillos del hospital de Curicó. En el momento en que la turba antiviejos pasó gritando por fuera del hospital, Pancracio aprovechó el pánico y la distracción para salir por la puerta principal del edificio.

Luego se dirigió a la reparadora. Los guardias de Milena los vieron entrar y solo esperaron que lo hicieran para pillarlos con las manos en la masa y resolver de una vez por todas qué carajos hacían allí dentro, qué artilugios escondían allí. Después de todo, habían podido engañar a Milena con esos trucos y los guardias debían saber cuáles eran esas armas secretas.

Fue así como, vigilado hasta por si acaso, Pancracio entró con Concrecio en silla de ruedas. Pancracio apretó los botones de la impresora que Eduardo había dejado. Si el joven había hecho algo mágico con ella, Pancracio sentía en lo profundo de su ser que, de algún modo que no entendía, podría hacerla funcionar. Pancracio, por el reflejo del local de enfrente, alcanzó a divisar que los guardias se acercaban. Ya había pasado una hora apretando botones cuando el milagro ocurrió.

Una fuerza, ridículamente enorme, los impulsó hacia la impresora, los aplanó como hojas y los sacó, inflándolos poco a poco, en la minioficina. Sería ahí donde Pancracio esperaría el fin. Era un espacio rodeado de blanco por todos lados. Allí no había nada. Pero estaba su amigo Concrecio y eso, para él al menos, era lo que importaba en el final.

En ese lugar, indetectable para la turba antiviejos o cualquier otra persona, podían escuchar a los guardias registrándolo todo, lanzando uno y mil disparates en contra de ellos. También desde allí podían escuchar la radio que los guardias habían dejado encendida. En Radio Lola FM, un hombre seguro de sí mismo llevaba casi media hora hablando.

> —*Es así como declaro que este próximo mes cumpliré mi sueño de toda la vida. Finalmente, la idea de colonizar Marte está tomando forma, ¿y qué mejor manera de concretarlo que lanzando el primer vuelo con civiles a Marte?*
>
> *»Lo han escuchado bien, queridos oyentes de Radio Lola. Elon Musk, el científico multimillonario, un hombre más que obstinado con sus ideales, desestimando la actual guerra entre facciones, lanzará por fin su vuelo tripulado a la superficie marciana. Recordemos que el financiamiento del proyecto lo ha obtenido convenciendo a otros «ricos», quienes tienen sus propios bunkers, por lo que no están preocupados por la guerra.*

La misma declaración estaba siendo oída por los papás de Eduardo a través de la televisión. Eduardo dejó de lado el computador, que seguía arrojando datos, para ir al baño. De pronto, oyó sin querer el comentario a carcajadas de su papá.

—Hay un loco que nos quiere llevar a Marte.

Al escucharlo, surgió un rayo de esperanza para Eduardo, que se detuvo un poco para ver qué más decían en la tele. Ahora estaba Milena Millones dando declaraciones al respecto.

—¿Viajará a Marte, señora presidenta?

—Debo resolver un asunto personal. Así que no iré ni a Marte, a Iloca ni a la esquina a comprar el pan hasta dar con los viejitos, comprar la reparadora y tener por fin el espacio que yo quiero para mi estacionamiento.

La noticia del lanzamiento del cohete de Milena a Marte fue la chispa que avivó a Eduardo. Era una enorme nave que recorrería un largo camino, por lo que supuso que la fuente de energía que usarían en el lanzamiento debía servirle para echar a andar su prototipo temporal. Para almacenarla, debía viajar hasta Estados Unidos, lugar donde sería el lanzamiento, y para ello necesitaba plata, muchísima plata.

Entonces decidió juntar dinero de todas las formas habidas y por haber, incluso aquellas más inusuales e ineficaces. Ofreció masajes por hora y vendió queques. Por las mañanas, a cambio de monedas y billetes de luca, tocaba el teclado Casio en las calles. Si bien, debido a la falta de energía, aún no podía servir como transporte temporal, evitó tocar los acordes que lo activaban, pues tenía miedo de que funcionara de repente.

Por las noches, realizaba *shows* en despedidas de soltera, las cuales, a pesar de que seguía el toque de queda impuesto por Milena, abundaban. Había carretes de todas las índoles, algunas eran alocadas, con jóvenes pasadas en adrenalina, hormonas y alcohol; otras más sobrias de mujeres maduras en las que, si bien no había tanta algarabía y descontrol, recibía muchas insistentes y repetitivas propuestas sexuales de solteronas experimentadas, oxidadas máquinas amatorias necesitadas de aceite, dispuestas a todo con tal de probar su carne tierna.

—Necesito hacerte el amor —le dijo una—. No debo, pero necesito hacerte el amor. Dejaré este fajo de trescientas lucas en la mesa, por si te interesa.

Sin embargo, ofrecer su cuerpo en tratos sexuales era el límite de Eduardo. «Soy gay», «Estoy casado», «Tengo la gonorrea», «Tengo novia», «Mis hijos se avergonzarían de mí», «Las veces anteriores he tenido problemas haciéndolo», «Espera al finalizar el espectáculo en tal parte», «Déjame tu número, yo te llamo»,

«Estoy recién operado de vasectomía», fueron las mil y una chivas que usó para decir que no.

Realizó una rifa a beneficio para un club ficticio que llamó Tutuquén Unido. Para venderla, ideó un disfraz por completo distinto a la imagen que circulaba en los panfletos que tapizaban la ciudad, en los cuales era un forajido. Se puso un bigote, un lunar en la mejilla derecha y se tiñó el pelo de rubio. Así consiguió infiltrarse en Copefrut, su antiguo trabajo, donde vendió los mil números de la rifa.

En última instancia, realizó una porotada bailable clandestina a la que invitó al grupo La Sombra de Curicó y a Marcianeke, hipnotizándolo con Quantovisión por un par de minutos. «Se viene la pulenta porotada bailable, pa que seái el rey de los peos con challa», decían sus anuncios. A pesar de la presencia del famosísimo cantante talquino, en ese momento conocido hasta en los países vecinos, la rifa, para desgracia de Eduardo, fue un fracaso.

Ello por el bombardeo de información amarillista en los medios de prensa comprados por Milena, que publicaron que Marcianeke tenía coronavirus y que el evento sería resguardado por militares con órdenes de abrir fuego ante cualquier persona que asistiera. Además, ya nadie quería dejar sus hogares, pues los militares andaban de aquí para allá impartiendo leyes arbitrarias, y podían dispararle a alguien por el solo hecho de salir al patio de su casa a regar las plantitas.

Contó el dinero acumulado, no le alcanzaba ni para ir a una playa boliviana.

Eduardo recordó que podía usar la silla que abría un agujero de gusano en otro lugar del mundo. Si bien, por estar muy lejos, no podría abrir una salida en Estados Unidos, al menos intentaría, como la primera vez que usó la silla, infiltrarse en la bóveda de oro de Milena. Sabía los riesgos de su uso, por lo que sería la última vez que podría usarla.

Giró y giró y abrió el agujero de gusano para, exitosa e increíblemente, llegar a la bóveda de Milena. Sin embargo, el salón, otrora lleno de lingotes, ahora estaba vacío. Sin lugar a dudas, el banco se había enterado del robo y había cambiado el dinero de la millonaria.

Para su sorpresa y fortuna, sus colegas físicos, a quienes había ayudado en el sentido monetario, realizaron un fondo común y le dieron algo, mas no la totalidad, del dinero que necesitaba.

Eduardo no podía realizar otro agujero de gusano para entrar a otra bóveda, porque sus cálculos indicaban que era probable ocasionar un colapso espaciotemporal. Comprobó que estaba en lo correcto, porque, minutos después de haber usado el agujero de gusano, Eduardo presenció atónito que una pequeña grieta negra se abrió en el cielo.

Anotó en su cuaderno:

El colapso espaciotemporal debido al uso de agujeros de gusano se manifiesta como grietas negras en el cielo.

A pesar de que aún no cuento con el dinero suficiente para viajar hasta el lugar del lanzamiento de la nave de Elon Musk a Marte, he creado un aparato capaz de almacenar toda la energía del lanzamiento para así poder usarla en tiempos posteriores y bajo condiciones experimentales favorables.

Con dicha máquina, la energía del lanzamiento del cohete a Marte debe reservarse de algún u otro modo, sin pérdida alguna, para que así el prototipo de máquina temporal pueda funcionar sin problemas, a su máxima capacidad y sin provocar quiebres en el espacio-tiempo que amenacen todo cuanto el ser humano es capaz de presenciar a través de los cinco sentidos.

- *Nombre: Acumulador de Energía.*
- *Fecha de término (calcular bien): antes del lanzamiento del cohete (cuando haya juntado el dinero).*

Eduardo construyó el acumulador usando el viejo microondas de sus padres, quienes se quedaron sin poder hacer pan con queso durante un mes. Lo diseñó de modo que albergara energía química, en específico, la de la explosión del cohete, rica en combustible fósil. Más allá de eso, le adhirió receptores de energía solar y eólica, así como una gran batería, construida con intrincados principios cuánticos, capaz de recibir cualquier tipo de energía.

Edu desconocía qué tipos de energía, además de la química, podría albergar, pero de que la batería albergaría energía, la albergaría, y mucha. Por esto último, la fabricó del tamaño más grande posible y le agregó una suerte de transistores cuánticos que evitarían un cortocircuito.

El hecho de no tener la certeza de lo que sucedería si se almacenaba demasiada energía o si se generaría una explosión en el mejor de los casos, era un pequeño riesgo que tomó, pues cada granito de energía serviría para echar a andar su prototipo temporal y determinaría el éxito de la misión.

En el acumulador, que aún conservaba el aspecto y la funcionalidad de un microondas, Eduardo, en sus tiempos de pensar y pensar maneras de financiarse el viaje a Estados Unidos y en nuevas fuentes de energía, ponía a calentar a menudo pan con queso, tomate y un poco de orégano. Debido al delicioso sabor, tocar el queso caliente con la base de la lengua le hacía crispar las piernas y le permitía retomar la atención en su estudio. Era la mejor cura contra el cansancio, la fatiga y la falta de atención. A esos minisándwiches milagrosos, Eduardo los llamaba «Edupizzas».

Aún le quedaba mucho dinero por juntar. Desenredando con su lengua el queso derretido, pensó en conceptos como «queso», «delicioso», «comer», «comida», «pagar por comida» y «restaurante». Así, le vino a la mente la idea de ir a tocar de nuevo el teclado Casio en los restaurantes con mayor concurrencia de Curicó. Soplando el queso caliente, se le ocurrió otra cosa, un tanto más radical, para juntar plata: subastar su riñón derecho en Amazon.

—¿Acaso se los tragó la tierra? —le dijo Milena a su asistente. La mandataria no podía dar con el paradero de los ancianos, y tampoco lo haría.

Milena, viendo que la cuarentena total no le había permitido dar con los viejitos, se dirigió al estado en su típico estilo grandilocuente, el mismo que usó al tomar la presidencia: con una ceremonia en el parque O'Higgins. Debido al desastre del coronavirus y a que, a algunas personas, lisa y llanamente, les había entrado un pavor por salir debido a la presencia de la milicia por aquí y por acullá, fue poca la gente que concurrió a su discurso.

A pesar de ello, el efecto mediático resultó eficaz, pues la grabación de su discurso llegó a todas las plataformas digitales y tuvo muchos me gusta y comentarios de la gente que estaba encerrada y cuya diversión no era más que pasar con la frente pegada a la pantalla del celular las veinticuatro horas del día y los siete días de la semana.

—¡Les cancelaré las cuentas bancarias a esos canallas vendepatria! —gritó frente a veinte pelagatos que asistieron al parque O'Higgins—. ¡Quedarán acorralados como las sucias ratas que son! Porque sí, ciudadanos, son unas ratas que han estado jugando con tecnologías de avanzada para complotar contra mi persona, la mismísima presidenta de nuestro país, la representación de nuestra poderosa república. Y atacarme a mí es como atacar a mi amada tierra, a mi querido Chile lindo. ¡Chile, Chile lindo, cómo te querré!

»Por eso declaro, desde este momento, que esos viejos, al igual que la misteriosa persona que los ayuda, no son nada más y nada menos que enemigos del Estado. Es así, y lo repito: ¡enemigos del Estado! Son unos terroristas cuyas armas de avanzada tecnología no harán más que sembrar el pánico, desafiando la tranquila calma del Estado chileno. Y si por A, B o C motivos les da la lesera de irse del país, yo misma me encargaré de informar desde Australia hasta Inglaterra que los viejitos son un peligro para el mundo entero.

Milena podía ser una persona egoísta y ambiciosa, pero era de esas que, a como diera lugar, cumplía sus promesas. Entonces, llamó al presidente interino de Estados Unidos, Barack Obama, y le hizo saber su postura ante los viejitos.

—Señor Obama, le habla nada más y nada menos que Milena Millones, presidenta de la gloriosa y soberana República de Chile. El motivo de mi llamada es comentarle que en Chile hay un peligroso terrorista cuya presencia constituye no solo un peligro a la paz estatal, sino también a la paz de toda América y el mundo. Le recuerdo que dicho ser es un científico con amplios conocimientos de Física, posee la información necesaria para iniciar una tercera guerra mundial y el carisma para infiltrarse en los bandos más rudos y dividirlos desde adentro.

»Dicho ser atenta contra todo tipo de paz, cuenta con todo tipo de armas y me atrevería a decir que hasta tiene algo mucho más poderoso que una bomba, cuyo efecto altera la mente de sus víctimas. Debo agregar también que tal vendepatria se hace acompañar por dos viejitos que, a la vista, parecen simples e inofensivas personas bonachonas de edad avanzada; sin embargo, luego de conocerlos un poco más, se pueden reconocer motivaciones maquiavélicas en ellos.

Luego de una pila de comentarios negativos hacia los tres pelagatos, al gringo moreno no le quedó otra opción que decirle a Milena:

—Ante todo lo que me dice usted, no tengo más remedio que declarar a esas tres personas como prófugos de la ley internacional.

Concrecio, echado en un pequeño colchón, parecía un pequeño perrito flacuchento. Desde la muñeca le colgaba una sonda que le administraba un par de gotas diarias de suero desde una bolsa ya casi vacía. A su lado estaba Pancracio, casi pensando veinte kilos y midiendo apenas metro y medio. Era difícil determinar cuál de los dos se asemejaba más a un esqueleto humano. Si no fuera porque Concrecio lanzaba un respiro de alivio de vez en cuando, podría pasar como una momia olvidada de algún museo.

«Sobrevivencia» era la palabra.

Cada respiro que daban era una batalla ganada más.

Pancracio sentía que cualquier instante sería su hora final; que de repente, en ese espacio blanquecino de dos por tres donde no pasaba nada, llegaría el ángel de la Muerte a buscarlos.

Pero antes tenía un asuntito que resolver con alguien, pues tenía ya varios días sin verle un pelo a Eduardo.

—Ese sinvergüenza del Eduardo nos traicionó —balbuceó apenas Pancracio al oído de Concrecio—; pero tranquilo, yo no te abandonaré. De seguro ya se vendió a Milena. Muy buena persona será y todo, pero el dinero mueve montañas. Ya me lo imagino con juguetes nuevos, con un nuevo laboratorio, tal vez creando la nueva cura contra el cáncer o la inmunización definitiva contra el coronavirus. Y todo con el sucio dinero de Milena.

»Yo no soy así, compaire Concrecio, y si el final que nos toca es morir en este espacio en blanco, entonces le punimos juntos, nomás. ¿Qué mejor final que uno junto a ti, amigo mío?

Sobrevivencia. Sortear otro día más.

En días no comían nada. Luego de mucho apretar botones en la impresora, Pancracio aprendió a viajar de vuelta a la minimprenta. En una de esas ocasiones, se encontró con que el local estaba todo vandalizado y lleno de huevos y tomates que los ciudadanos de la turba antiviejos le habían tirado. Revisó bien entre los tomates y notó que algunos estaban solo podridos por un lado. El hambre era demasiada, así que mordisqueó unos pocos.

Los trozos de tomates que comió estaban frescos, así que no halló nada mejor que hacer que agarrar esos tomates y llevarlos a la minioficina. Con ellos, Pancracio hizo una papilla que le dio en la boca a Concrecio, quien, tragando a duras penas y aún con los ojos cerrados, la hizo pasar por su seco esófago.

Pancracio escuchó la radio que sonaba del otro lado, en la reparadora, la voz de una traductora:

—A continuación, radioescuchas de Lola, el presidente Obama se dirigirá a los periodistas.

—Queridos compatriotas, Estados Unidos es la tierra de las oportunidades, de los sueños, de la libertad —dijo Obama—. Por eso, no toleraremos que haya actos de terrorismo en un país vecino americano. Solucionaré el problema que hay en Chile. Estados Unidos es un país libre, América es un continente libre. Cualquier irrupción a esa libertad por la que tantos han peleado derramando su sangre y muerto no será tolerada. He ordenado que un avión F16 se dirija a Curicó y ataque al foco de terrorismo que tantos problemas les da a los chilenos.

Concrecio abrió los ojos.

Miró a su alrededor y, al ver el espacio de dos por tres metros cubierto de blanco, tuvo como primera impresión que ya estaba en el cielo o que seguía soñando.

—Despertaste por fin, compaire.

Concrecio movió los labios, pero no pudo esbozar palabra alguna.

—Tranquilo, compaire. Han sido muchos días dormido.

Después de un par de intentos fallidos, finalmente Concrecio consiguió esbozar unas palabras.

—¿Estamos en el cielo?

—No, amigo. Estamos en otro lugar. Por lo blanco, creo que se puede parecer al cielo. No puedo decirte si permanecemos en la tierra, pero sé que aún estamos vivos.

—Segismunda.

Concrecio cerró los ojos con una sonrisa dibujada en el rostro. Aún podría verla en vida.

Pancracio vio la sonrisa en la cara de Concrecio y cayó en la cuenta de que el viejo aún quería ver al amor de su vida. Una pequeña chispa de esperanza se encendió en él

—Ya no doy más del hambre, amigo. Pero este no es el fin, no moriremos como ratas, saldremos a encarar a ese traidor del Eduardo y tal vez así moriremos como héroes.

Pancracio esperó el momento justo para salir de la minioficina. Como eran enemigos del Estado, la reparadora estaba bajo constante vigilancia. Sin embargo, encontró su oportunidad en la madrugada, mientras todos dormían, para tomar a Concrecio, quien seguía somnoliento, y aventurarse a salir de la reparadora.

Pancracio sacó de los escombros el viejo celular con el que recibía sus pedidos de impresiones. Estaba lleno de polvo, pero debía funcionar. Abrió la pantalla, pues era un celular tipo almeja. Al encender el botón y ver el logo de Samsung, esbozó una sonrisa.

—Esos nuevos celulares con internet y la pantalla grande no sirven para nada —balbuceó—. Yo te prefiero a ti, mi almejita. Nada te puede destruir.

Su viejo celular no se había cargado desde hacía largo tiempo, pero tenía la batería suficiente para realizar una única llamada.

—Asistencia pública del Hospital de Curicó, buenos días. ¿Cuál es su emergencia?

—Es mi amigo, creo que tiene un paro cardiaco. Vengan pronto, por favor. Se está muriendo.

—Deme su ubicación.

—Calle Pratt, 321.

Se escucharon las sirenas llegando a la reparadora hasta callarse del todo. El sonido alertó a un par de personas borrachas que venían de una fiesta y se asomaron a ver. En la ambulancia solo iba un chofer de unos cincuenta años y una joven paramédica.

—Es él, está inconsciente —gritó Pancracio—. Se apretó el pecho así y luego cayó desmayado como saco de papas. Llévenlo rápido, por favorcito.

La paramédica armó una camilla y lo metió a la ambulancia. Mientras tanto, el chofer no se bajó, solo se quedó sentado al volante revisando su WhatsApp.

—Señorita, es alérgico a muchos medicamentos. Todos ellos están escritos en una hoja allá dentro —dijo nervioso Pancracio y apuntó a la reparadora.

—No se altere, señor. Yo la iré a buscar —le dijo la paramédica.

Mientras la paramédica se adentraba en la reparadora, Pancracio se acercó hasta la puerta del chofer de la ambulancia. Enfrente de la ventanilla, asegurándose de estar en el campo de visión del chofer, Pancracio simuló desmayarse. El chofer se bajó de inmediato del vehículo para auxiliarlo.

No se dio ni cuenta cuando, al momento en que pasaba su mano por la nuca de Pancracio, ¡sácate!, un fierrazo le llegó en la cabeza para caer inconsciente al lado del cuerpo de Pancracio. El viejito, a pesar de estar cagado de hambre, acostado y usando solo una mano, pudo asestarle un golpe certero con un trozo de metal que había sacado de la vieja impresora.

Deprisa, antes de que la paramédica volviera, se sentó en el asiento del chofer.

El grupo de borrachos que habían ido a copuchar, además de los guardias de Milena que recién habían despertado, se acercaron aún más.

—Son los enemigos del Estado —gritaron los borrachos.

—¡Alto ahí! —grito un guardia de Milena, quien se puso en frente de la ambulancia apuntándoles con un arma.

Ya era demasiado tarde para detenerlos. Pancracio dio el contacto, aceleró, chocó al guardia y secuestró la ambulancia.

Activó la sirena de la ambulancia para que nadie se entrometiera en su camino. A su vez, los guardias de Milena que le seguían los pasos en su auto activaron su baliza.

Cuando Pancracio notó que los guardias se acercaban, apagó la sirena, dio un par de vueltas por las, en esas horas de la madrugada, vacías calles de Curicó y consiguió perderlos.

Pancracio se puso un delantal blanco, una cofia y unos lentes que había en la ambulancia para pasar desapercibido, y emprendió rumbo a la casa de Eduardo. Sentía que, a pesar de que los había abandonado, él era su única ayuda en este mundo y quería comprobar con sus propios ojos si cambiaba de opinión.

Llegaron a su casa, pero no lo encontraron. Su pieza/laboratorio estaba vacía y sus papás no tenían ni la más mínima idea de dónde estaba. Pancracio sacó un par de botellas de químicos de la pieza de Eduardo al azar para ver si las podía utilizar en un futuro.

Le devolvieron vueltas de rueda al camino, y en ese lapso, Concrecio acumuló fuerzas y gritó:

—¡Segismunda, calle Carmen 384!

—¿Con que quieres ver a tu amor, Concrecio? Estamos siendo perseguidos por todo Chile, pero lo más importante es el amor.

Así, Pancracio, al llegar a la enorme y majestuosa Iglesia del Carmen, dobló por la calle del mismo nombre para llegar a la casa de Segismunda.

Para su sorpresa, las luces estaban prendidas, había un grupo de gente afuera de la casa y Chiloé los recibió:

—Lo siento mucho, don Pancracio. Segismunda acaba de morir por COVID.

Chiloé estaba tan dolida que se había olvidado de la recompensa por encontrar a los viejitos. Concrecio aún dormía y Pancracio no tuvo tiempo de despertarlo.

Luego, los viejitos se las ingeniaron para volver a la reparadora sin ser alcanzados por los guardias de Milena.

Ya en la tranquilidad blanca de la minioficina, Pancracio le dio la noticia a Concrecio.

—¡Cómo me gustaría tener una máquina del tiempo y haber sido más valiente por ella! —dijo Concrecio.

Fueron sus últimas palabras antes de quedar en shock, sin hablar nada de nada y sin hacer gesto alguno.

Esa misma madrugada, Concrecio, mientras Pancracio dormía, a duras penas se levantó de su cama. Cogió una botella que decía «cianuro», vertió el contenido en un vaso y puso el vaso debajo de su camilla para poder tomarlo en cualquier momento.

13

No era suficiente dinero.

Eduardo volvió a contar todo el dinero que había juntado.

Los *shows* de *stripper*, las rifas, las tocatas en la calle, los bingos, los cumpleaños disfrazado de payaso… sumó todos los ingresos de cada actividad que había realizado para viajar a Estados Unidos hasta el lugar de lanzamiento del cohete a Marte.

—¡Dile a tus locos amigos que dejen de hacer escándalo por ti! —le gritó su mamá del otro lado de la puerta—. Ayer uno de ellos, un viejo loco, llegó a las tres de la mañana buscándote. ¡Qué desconsideración más grande venir a interrumpir el sueño a esa hora, Dios mío de mi alma!

Eduardo estaba tan bajoneado que no se puso a pensar en quién había ido a verlo. La noche anterior había asistido a una despedida de soltera de una joven de veinte años vestido de Spiderman y tuvo que bailar dos veces más de lo normal ante las eufóricas y enérgicas chiquillas. Había quedado exhausto por tan exigente performance.

—¡Y todas esas vergüenzas por nada! —balbuceó cabreado—. Arriesgar mi reputación por nada, hacer el ridículo por nada, mostrar mis nalgas por nada, menear el paquete por nada.

Eduardo miró la fecha del lanzamiento que tenía marcada con plumón rojo en un calendario. Por desgracia, solo le quedaban unos días, estaba a contrarreloj. Calculó el dinero exacto que le faltaba, seguía siendo mucho, tomando en cuenta los días que restaban al lanzamiento del cohete. Le faltaba bastante dinero, y para su infortunio, el viaje sería dentro de unos días.

Anotó en su cuaderno:

Es imposible juntar el dinero en tan pocos días.

- *Viaje a Estados Unidos: CANCELADO.*

Así, otra vez más desesperanzado y sin ánimos, esperó que el día del viaje a Marte llegara.

«Al menos las personas que viajarán hasta allá serán felices», pensó.

El viaje a Marte era el rayo de luz que lo motivaba a seguir con su proyecto de la máquina del tiempo. La máquina necesitaba mucha energía para funcionar o para comprobar si podía siquiera echarla a andar. Por ello, perdió la esperanza de probarla. Solo un evento inesperado podría darle tal vez la energía requerida, pero era muy improbable que sucediese.

- *Terremoto: han pasado «solo» once años desde el último terremoto, por lo que es improbable que haya otro.*
- *Tormentas eléctricas: Chile, por poseer la cordillera de los Andes, carece de ellas.*

Razonó si en realidad tenía la culpa de no idear nuevas fuentes de energía. A su alrededor no había tales fuentes artificiales; después de todo, Chile no se caracterizaba por ser un país líder en tecnología. De hecho, no se caracterizaba por tener reactores nucleares ni, mucho menos, colisionadores de hadrones. Era solo un país más en el extremo de América, una olvidada y delgada franja de tierra al otro lado de la cordillera de los Andes, tan delgada que parecería que bastaría con un tsunami para que desapareciera. Esa lejanía con el resto del mundo tal vez la convertía en tierra de poetas, pero no tierra de científicos.

Los guardias de milena estaban frente a la casa de Eduardo.

La noche anterior, le habían seguido los pasos a la ambulancia que manejaba Pancracio. Había dejado una huella de autos estacionados chocados y raspados, señaléticas rotas y llantazos marcados en la calle.

Todas las huellas los llevaron hasta la casa de Eduardo, a solo unas cuadras de la falsa ubicación que Eduardo había hackeado, la casa de putas que habían registrado unos días atrás.

Estaban casi seguros de que en esa casa encontrarían a Kalabiojuan.

Golpearon y redujeron a los papás de Edu, quienes, increíblemente, ejercieron algo de resistencia por unos minutos a la detención y a lo que más le harían a su hijo menor.

Abrieron la puerta, y ahí estaba la figura de Eduardo sentada, dándoles la espalda, vestido con un delantal blanco, una cofia del mismo color y con las manos en lo que parecían ser unos tubos.

—¡Manos arriba, mierda!

Eduardo no se movió.

—¡Te daremos tres segundos pa que deji lo que estái haciendo, si no, abriremos fuego, culiao!

Los guardias estaban nerviosos.

—Uno…

Sentían el verdadero miedo ante Eduardo.

—Dos…

Habían sido tantas las veces en que Eduardo engañó a Milena que ya no sabían con qué as bajo la manga saldría ahora.

Los guardias, muertos de miedo, apretaron sus gatillos. El temblor de sus manos provocó que los tiros se desviaran, pero solo un poco.

Diez balas atravesaron el delantal blanco, y una de ellas rozó la cofia, lanzándola por los aires.

Al caer la cofia, reveló que lo que había bajo ella no era una cabeza con una herida de bala ni nada parecido. Allí había un viejo balón Adidas de estrellas rojas. Luego cayó el maniquí, todo hueco por las balas, junto a unos restos del algodón con los que Eduardo lo había rellenado para darle peso.

—¿Dónde cresta está? —interrogaron a los padres de Eduardo a punta de cañón—, ¿dónde chucha lo escondieron?

Los padres de Eduardo no sabían nada. Los guardias los ataron de pies y manos y los arrastraron hacia la pieza/laboratorio. Por eso recibieron más golpes en la cara, patadas en el abdomen y machacazos en los dedos.

Con la cara sangrienta, temiendo por su vida y antes de caer desmayado, el papá de Eduardo les dijo:

—Si lo encuentran, díganle que lo amamos.

En ese momento, el teclado Casio en la pieza de Eduardo se encendió y se apagó, reproduciendo uno o dos segundos de una canción. El ruido que generó no alcanzó a distraer a los guardias.

—¡Resistan un poco! —gritó Edu desde «lo lejos».

La mamá de Eduardo, la señora Laura, soportó los golpes un rato más que su papá, y justo cuando la amenazaron con cortarle un dedo de la mano, balbuceó con la boca llena de sangre:

—¡Eduardo Witten, se llama Eduardo Witten! ¡Ya no me golpeen más, no puedo decirles nada más! ¡Deténganse, por favor! ¡No sé nada más!

El teclado se volvió a encender y apagar, sonó la melodía cortada antes de que la mamá de Eduardo se desmayase también.

—¡Resiste, mamá!

Los guardias ya no tenían nada que hacer allí.

Angustiado e impotente, Edu había escuchado todo el interrogatorio de los guardias. Estaba escondido en algún lugar de la quinta dimensión y lo único que podía hacer desde allí para desviar la atención de los guardias era encender el teclado y apagarlo, apuntando Quantovisión hacia él.

Había logrado crear una segunda puerta para entrar a la quinta dimensión y llegar a otro diminuto espacio en blanco de dos por tres que, de algún modo, parecía estar conectado con la minioficina. Si bien no veía a los viejitos, podía escuchar a lo lejos a Pancracio sollozando.

A eduardo se le remecía el mundo.

El vaivén en su pesadilla, como si alguien lo hubiese agarrado por los hombros y zarandeado con violencia, lo había hecho pararse en dos tiempos de su cama. Ahora se encontraba abriendo, en una profunda oscuridad, desesperada y torpemente, la cerradura de la puerta de su pieza/laboratorio. Desnudo por completo, salió a la calle para ver si allí el movimiento del extraño sueño cesaba. Los postes de la luz se movían, los árboles se movían, el cielo se movía, ¿el cielo se movía?

Al principio no sintió miedo, pues no había reglas en el mundo de los sueños. El pánico llegó al darse cuenta de que no era un sueño y al temer haber perdido la cordura.

La tierra sonaba. «¿Qué rayos está pasando? —se preguntó—. Que termine luego esta pesadilla o lo que quiera que sea».

—¡Eduardo, sal de tu pieza! —gritó su papá dentro de la casa.

—¡Ya estoy afuera, vengan hasta acá!

Eduardo escuchaba desde afuera que sus instrumentos se destruían en el interior de su pieza.

Cuando se reunieron afuera, el terremoto ya había pasado. Eran las tres de la mañana y toda la gente estaba afuera de sus casas, asustada.

La luz se había ido. Un vecino prendió la radio para ver qué había pasado, pero solo había estática.

Eduardo entró en los escombros de su habitación. El sismo, si bien no había derrumbado las paredes de la casa, hizo que el viejo techo de tejas colapsara sobre sí mismo y cayera al nivel del suelo, así que el sismo había destruido todos los instrumentos de Eduardo cuando fueron impactados por las tejas. Todo estaba hecho pedazos en medio de trozos de tejas, madera y tierra.

El amperímetro, la esfera de Gravesande, los hemisferios de Magdeburgo, la máquina de Wimshurst, el aparato de multiversos, el difuminador cuántico, el tangananilizador de partículas, Quantovisión, Tempo 3… todo estaba mezclado con tierra y escombros. Contó las botellas de productos químicos llenas de tierra, faltaba la de cianuro. «Debe estar entre de la tierra», pensó.

La suerte le sonrió a Eduardo. Encontró curioso que las vigas del techo dejaran un hueco gracias al cual el prototipo de la máquina temporal y el acumulador de energía, aunque algo abollados, pudieron salvarse.

Sin más que hacer allí, se dirigió a la reparadora. El local estaba todo destruido. Entró a la minimprenta y, para su sorpresa, la enorme imprenta de fierro estaba imprimiendo algo.

Razonó que la imprenta, en su calidad de ser el portal que enviaba a la quinta dimensión, a la minioficina donde estaban escondidos los viejitos, y por ubicarse en el límite entre los dos mundos, había soportado el terremoto. Sin embargo, no pudo deducir por qué estaba imprimiendo esas hojas.

—Tal vez tú seas el último de los libros —les dijo a las hojas.

Recién a las seis de la mañana, reunido con unos vecinos alrededor de una fogata afuera de la reparadora, llegó la señal de radio:

—*Radio Lola informa: A las tres de la mañana ocurrió un terremoto de magnitud 8,9 con epicentro en Curicó. Se registró un tsunami en la costa de Iloca. Rogamos a la población que tenga paciencia mientras se renuevan los suministros eléctricos y de agua potable.*

Eduardo observó las caras tristes de los vecinos reunidos alrededor de la fogata, algunos de ellos habían perdido a familiares en el terremoto. Sentía el peso de la tragedia en el ambiente. Con gran pesar, miró el Acumulador de Energía. Junto al prototipo de viaje temporal, era lo único que le quedaba de su laboratorio.

A la luz de la fogata, los demás notaron el aparato que Eduardo sostenía. De repente, unas luces verdes del Acumulador se encendieron, brillando con intensidad.

—¡Está cargado! —gritó Eduardo con una mezcla de sorpresa y alegría, sintiendo que, a pesar de todo, había una chispa de esperanza en medio de la desolación.

1 % De carga.

Eduardo jamás pensó que un porcentaje tan bajo lo haría tan feliz. Más allá de que ese porcentaje le sirviera de algo, estaba impresionado con la idea de que la máquina sí se podía cargar.

Revisó todos los engranajes de la máquina.

Debía funcionar.

Tenía que funcionar.

Y la haría funcionar. Por eso, fue al único lugar, aunque ahora fueran solo escombros, donde se sentía seguro y resguardado con sus aparatos: su pieza/laboratorio.

Sorteó algunas ruinas para llegar a su pieza. Eran las siete de la mañana y sus padres estaban sacando escombros a carretilla y barriendo la tierra para descubrir el piso. En Curicó reinaba el silencio, en parte por la tristeza de la tragedia y en parte porque no había electricidad ni nadie que pusiera música a todo volumen.

Eduardo escuchó a lo lejos la radio del auto del vecino:

—Radio Lola FM informa: Toda la zona centro sur está afectada, siendo la costa ilocana la que ha sido borrada del mapa y la que más ayuda necesita. A continuación, tenemos el testimonio de un niño de diez años llamado Víctor Díaz:

—Estábamos ahí y el mar no paró, pasó de largo nomás. La rueda grande de los juegos se salió y daba vueltas y vueltas. A mí me falta hablamiento, pero nos faltan zafradas, sacos de dormir y cosas así.

A Eduardo le daba lo mismo que medio Chile hubiese desaparecido; tenía 1 % de energía en su teclado temporal y con eso bastaba. Había esperado tanto ese momento que incluso podía determinar si había viajado en el tiempo tan solo un segundo, con un par de dados cuánticos. Si pensaba en un número y ese salía, significaba que había habido un viaje temporal.

Entonces, tocó la melodía que la encendía:

Re-fa-sib-re-sol-fa.

Sintió un mareo, pero no funcionaba.

Re-fa-sib-re-sol-fa.

El mundo pareció detenerse, pero nada…

Tal vez debía hacerlo con emoción y con el ritmo preciso. Después de todo, el teclado contaba con una especie de sensibilidad al tacto, la misma de un piano de verdad al emitir distintos sonidos dependiendo de si se acaricia una tecla o si se golpea con fuerza.

Cerró los ojos.

Recordó la nostalgia de haber pololeado hacía poco. Recordó los sentimientos que le provocó la canción de la melodía *Bohemian Rhapsody* la primera vez que la oyó. Frustración por darlo todo, el precio que se tiene que pagar por la fama, el precio que se tiene que pagar por todo en la vida.

Cerró los ojos, una lágrima rodó por su mejilla y comenzó a tocar acentuando cada nota con la emoción correspondiente…

Re-fa-sib-re…

Sol…

Fa.

Eduardo tenía sus manos sobre el teclado, los ojos cerrados y una lágrima caía sobre su mejilla. Hacía unos instantes había recordado los sentimientos que le generó la canción *Bohemian Rhapsody* cuando la escuchó por primera vez. La sensación de dejarlo todo por un ideal. «Mama, I killed a man», la sensación de fallarle al ser más querido, a su mamá, y el genuino arrepentimiento correspondiente. «Easy come, easy go», su primer amor y su ex que, si bien no «llegaron fácil», fácil se fueron.

Debía presionar las teclas, pero un estremecimiento le hizo abrir los ojos.

A través de la ventana de su pieza vio un destello de luz que avanzó rápidamente en sentido horizontal hasta desaparecer. Le recordó los videos de ovnis que había visto en YouTube similares a ese.

«¿Será posible que haya viajado ya?», fueron las palabras que se le vinieron a la mente en una rara e ilógica sensación.

«Tal vez sea un ovni —pensó, usando su razón—. ¿O será posible que…?».

Lanzó deprisa sus dados, pensando en su número favorito, el 4, que fue el que salió. Otro destello apareció en el cielo. Entre ambos destellos habían pasado tres segundos.

«No hay pruebas suficientes más que este dado —razonó—. Mejor me enfoco en tocar las notas bien, ojalá pueda hacer retroceder el tiempo… una vez más».

Las últimas tres palabras, salidas espontáneamente de quién sabe dónde, le causaron extrañeza.

«¡¿Una vez más?!», se repitió, experimentando de nuevo esa sensación.

Sin embargo, las notas que había tocado no daban resultado.

Puso sus manos en el teclado y un sentimiento de *déjà vu* lo invadió.

«¿Es esta la primera o la segunda vez que lo intento?», se preguntó.

Dejando de lado si se trataba de la primera o de la segunda vez que lo intentaba, al momento de tocar las teclas no salió ningún ruido de ellas, el teclado estaba muerto.

Y el destello de luz, el «ovni», había desaparecido.

«¿Lo habré logrado? No tengo pruebas para confirmarlo más allá de un dado que arrojó mi número de la suerte», pensó.

Revisó el Acumulador: no tenía nada de energía, ya había perdido el 1 % y no recordaba haberlo usado.

«¿Será posible?», seguía cuestionándose.

En teoría, lo había conseguido, sin conocerlo del todo. Había retrocedido el tiempo, aunque un intervalo muy reducido. Había borrado tres segundos de una historia ya pasada. Como si fuese una película, había retrocedido tres segundos para cambiar un poco el final.

Había «reseteado» el tiempo tres segundos en sentido inverso, hacia atrás, por decirlo de algún modo, hasta antes de tocar la melodía que echaba a andar la máquina. Aunque lo consideraba una fuerte hipótesis, no recordaba haber intentado hacer eso en otra línea temporal, una que jamás existió, una que había sido borrada.

—No me explico qué más les puede pasar a estos aparatos. Hace unos minutos funcionaban bien y el Acumulador tenía un 1%. Esa energía no se pudo esfumar así como así. Sin lugar a dudas, aquí hubo un viaje temporal.

Anotó en su cuaderno:

Si se diera el caso de que ya retrocedí en el tiempo y el teclado temporal se estropeó, entonces se puede decir que el uso de tal aparato y tal condición del tiempo es limitado. Se debe a que, en la historia y según innumerables diseños experimentales, las leyes que gobiernan el tiempo funcionan en un sistema que no admite muchas modificaciones. Es decir, el tiempo está obligado a no detenerse y, por ende, mucho menos avanzar en dirección contraria.

A su vez, la energía que se pierde en el acumulador no se puede recuperar, aunque se retroceda al momento en el que estaba cargado. Se puede decir que es una energía, pues viaja a través del tiempo y se agota a través del tiempo.

Por todo ello, un avance del tiempo en el sentido contrario al habitual rompe el esquema al que está habituada esa dimensión. Un quiebre en ese esquema libera tal cantidad de energía que se manifiesta como un destello de luz similar a un cometa y quizá fue la que estropeó mis aparatos. A su vez, como el universo siempre busca la forma más estable, el tiempo se ve imposibilitado de ir en retroceso muchas veces seguidas.

A pesar de su logro, el sueño de todo físico, lo embargó un amargo sentimiento. Ello porque razonó que, aunque cambiara el tiempo en tres segundos, las cosas ya estaban de por sí bastante podridas para él y los viejitos como para solucionarlas. Tres segundos atrás en el tiempo no harían la diferencia.

—Mis compatriotas americanos, esta bomba es mil veces más potente que la bomba atómica y la de quarks juntas. Es poderosa como la luz de una estrella, al igual que el poder de nuestra nación, poder que ilumina la libertad.

Pancracio y Concrecio escuchaban la radio que sonaba al otro lado de la quinta dimensión.

—Recordemos que el presidente Obama no es alguien que hable nada más por hablar, él siempre cumple su palabra. Sigamos escuchando la declaración que nuestros reporteros de Radio Lola FM han cubierto esta mañana:

—No toleraremos que nadie invada nuestra soberanía, así que le informamos a las potencias que nos están amenazando que la nación Estados Unidos no andará con rodeos. La bomba Córdica está lista para ser lanzada en cualquier momento.

Una semana más tarde, los viejitos volvieron a escuchar la radio:

—Ha sido una semana de olvidar para todo el mundo. Estados Unidos ha hecho una serie de experimentos con su recién creada bomba Córdica, llamada así por hacer detonar las cuerdas que componen las partículas subatómicas, todos ellos con consecuencias que se han reflejado en cada rincón del orbe.

»El gran sismo registrado el lunes, que se creía en un inicio que era una réplica del terremoto de Curicó, no era nada más que

un ensayo de la bomba Córdica en Cabo Cañaveral. El miércoles, otro ensayo provocó un tsunami en la costa de New York, el cual, si bien estuvo a punto de tumbar la Estatua de la Libertad, anegó todo el distrito financiero. ¿Y qué decir de la prueba de ayer? Fue un ensayo de la bomba mencionada en la Isla Marshall, que alumbró todo el mundo por un segundo y que provocó un tsunami de magnitudes épicas en las costas de Australia. En las tres localidades afectadas, especialmente en Australia, aún se está realizando el conteo de víctimas.

»Ante esos experimentos se han pronunciado los mandatarios de Corea y de Rusia, los líderes del bloque comunista, en una postura que nadie predecía.

—Hemos sido impotentes testigos del poder que tiene la nueva bomba Córdica de Estados Unidos. Creemos que nada justificaría un ataque contra civiles. Basta con recordar los incidentes ocurridos hace medio siglo en Nagasaki e Hiroshima, causados por una bomba de nombre y funcionamiento similares. Ninguna postura política cuesta tantas muertes de gente inocente. Las heridas que dejaron esas bombas permanecen como cicatrices que tal vez jamás se borren; pero ha pasado el tiempo y hemos evolucionado como sociedad. Por eso, hacemos el llamado al señor Obama para hacer una tregua.

UNA SEMANA SE TARDÓ Eduardo en arreglar el teclado temporal. Separó y limpió cada una de las sesenta y una teclas que lo componían. Revisó los circuitos, reemplazó los cables quemados, limpió los restos de polvo del sismo.

Revisó el Acumulador, también estaba impeque.

Ahora nada podría malir sal.

Había dejado todo *ready* para echar a andar el teclado temporal (de nuevo).

Solo le faltaba la energía necesaria en su Acumulador, que allí estaba, limpiecito y con todo funcionando a la perfección, listo para esperar algo así como un milagro que lo cargase.

Un milagro que no estaba tan lejos de cumplirse, pues Edu calculó que debía haber una réplica del «terremoto» de Curicó cuyo epicentro, esta vez, sería más al norte y cuya magnitud sería mayor. Eduardo era paciente y se prometió esperar. Después de todo, era su única opción.

Pasó ese tiempo resolviendo las fórmulas para determinar si el tiempo ya se había reseteado.

Un día de esos, al ir a comer un tentempié a la cocina, el refrigerador tembló un poco y, de forma somera, alcanzó a escuchar la radio de sus papás:

—Se ha detectado un leve sismo a lo largo de Chile. El origen del movimiento se ha asignado a la Isla Marshall, en Estados Unidos, y se cree que es debido a un nuevo ensayo con la bomba Córdica. El presidente Obama, quien, recordemos, no aceptó la tregua que el bloque socialista le propuso, niega toda responsabilidad y estipula que se trata nada más de un sismo común y corriente.

El refrigerador osciló de nuevo y un chispazo sonó en su pieza/laboratorio. Se trataba de su Acumulador, del que salía una pequeña columna de humo.

Edu no podía explicar qué había pasado. Después de todo, encerrado y concentrado en sus investigaciones, no estaba muy enterado de la naturaleza del arma con la que experimentaban en Estados Unidos. Por esa desinformación, no podía hacer calzar en su cabeza que un pequeño sismo tuviera relación con la falla en su Acumulador.

CHILÓE SE LEVANTÓ temprano para ir a dirigir la marcha de los lunes en contra de los viejitos. Ya llevaba un mes liderando la turba antiviejos, o AV, como se llamaban a sí mismos en sus reuniones semanales.

Cuando se lavaba la cara, escuchó una voz al oído que le dijo: «Quantovisión informa».

—¿Qué chucha? —dijo asustada, mirando, semidormida, al espejo.

«¿Eso lo escuché o lo pensé? —se cuestionó, fijando la mirada en su reflejo—. ¿Qué mierda es Quantovisión? ¿Me estaré volviendo loca con tanta marcha?».

Al prender el hervidor, escuchó claramente:

> —*Quantovisión informa: La presidenta Milena Millones está realizando una inhumana y antiética campaña para que dos esforzados viejitos en Curicó pierdan su querida fuente de trabajo.*

Mientras tomaba desayuno, vio en Chilevisión-noticias que el mismo mensaje lo habían escuchado alrededor de doscientas cincuenta personas en todo Chile. El noticiero señalaba como sospechoso a un tal Eduardo Witten, cuyo rostro no se conocía. Lo que ningún chileno sabía era que ese mensaje había sido enviado hacía mucho tiempo y todo ese tiempo anduvo vagando por la atmósfera terrestre, tal vez a la espera de que algún suceso poco habitual le permitiera llegar a algún oído humano. Y los ensayos de la bomba Córdica habían sido ese suceso que acercó el mensaje de Quantovisión a gran cantidad de chilenos.

Si bien el mensaje de Eduardo parecía convincente, la turba ya tenía la mente lavada con la idea de que Eduardo y los viejitos eran una amenaza. Milena se había encargado sistemáticamente de que todos los medios nacionales llenaran de información falsa a cada chileno, y Chiloé no fue la excepción.

Todos los diarios, como La Prensa, La Segunda, El Copuchento, El Cahuín, El Clarín y El Mirón; todos los canales de televisión, incluidos Televisión Regional y Curicónoticias; todos los canales de YouTube informativos, como CNN, BBC, e incluso famosos canales internacionales de YouTube, como ElRubiusOMG, Te lo resumo y PewDiePie, compartían la misma información: Eduardo Witten, el maquiavélico e inhumano físico, estaba creando artilugios maliciosos para, a grandes rasgos, controlar a las masas y hacerse rico.

Por todo ese bombardeo de información, Chiloé, a pesar de que pudo escuchar con claridad el mensaje de Quantovisión, no se dejó convencer. Después de todo, era un mensaje de audio de dudosa procedencia contra una docena de videos, noticias y columnas informativas en todas las plataformas habidas y por haber.

—¡Patrañas! —le dijo momentos después a la turba reunida en la plaza—. ¡Compañeros AV, todo debe ser otro de los artilugios de Eduardo! Si fue capaz de inventar tantas leseras, ¿cuánto le va a costar inventar una mentira tan obvia como esa? Queridos hermanos curicanos, es mejor que sigamos con nuestro cometido. ¡Encontremos a los viejitos y luego a ese tal Eduardo antes de que nos lave el mate!

De todos modos, convencida o no, ya era demasiado tarde para que Chiloé hiciera algo. Y la turba siguió las palabras de Chiloé, pero no solo eso, le exigió, además, y en una especie de ultimátum, una fecha de ataque a los viejitos si no se entregaban por su propia voluntad, ofensiva que no estaba en sus planes originales.

Y Chiloé decretó la fecha y hora del ataque.

Solo una semana quedaba.

Una semana y todas las protestas, la turba furibunda y la propaganda amarillista desaparecerían…

Al igual que los viejitos.

14

En los días posterremoto, la mayoría de los chilenos estuvieron sacando carretilladas tras carretilladas de escombros y levantando mediaguas de madera provisorias para capear el calor. Todos menos Eduardo, quien solo hizo un pequeño refugio encima de los escombros de su pieza. Clavó cuatro vigas que sacó del techo y las tapó con una plancha de zinc toda destartalada; allí resguardó su teclado temporal y su Acumulador echado a perder.

Pasó día y noche intentando relacionar el pequeño sismo con las fallas en su Acumulador. Su cuaderno habitual se perdió entre los escombros y registró sus nuevas observaciones en un viejo y pequeño cuaderno cuadriculado que había ocupado para sus primeras clases de guitarra, el cual contenía las letras y acordes de un par de canciones folclóricas.

¿Un terremoto con todas las de la ley cargó apenas el 1 % de energía del Acumulador, mientras que un leve sismo casi imperceptible pudo llegar a echarlo a perder?

Causas:

- *¿Colapso espaciotemporal?*
- *Rotura de Acumulador.*

En medio de esas dudas, miró desde su refugio las estrellas y quiso encontrar la solución en ellas. Razonó que, debido a la enorme distancia a la que están de la Tierra, literalmente estaba viendo luces del pasado, de más o menos cincuenta años atrás, como promedio. El hecho de ver «el pasado» en ellas le daba inspiración casi siempre.

Así estaba, divagando con la boca abierta y el cuello torcido hacia arriba, y como un reflejo de lo que había sido su vida, es decir, siempre con la mente en las nubes y alejado de la realidad, paveando y pensando en las maravillas del mundo, de la Física y de cuanta lesera, no se dio cuenta de que un joven moreno flaite le apuntaba con un revólver.

El joven de pelo largo estaba apoyado sobre un plasma. Con el terremoto, no había guardias que resguardasen las multitiendas y abundaban los saqueos.

—Vo soi el Eduardo, maldito conchetumare. Con vo me voy a hacerme terrible rico, perro culiao. ¿Te acordái de mí, maldito bastardo peazo e caca?

Le mostró la mano con cuatro heridas, las marcas de cuatro colmillos de perro. Eduardo reparó en el arma, ¡era el revólver de oro de Milena! ¡Y el flaite era Tapu! De no haber sido por la mordedura salvadora de Globi, este lo hubiera matado.

—Ahora no tení ningún perro culiao que te proteja —dijo Tapu—. A vo te busca to el mundo, weón. Hasta el negro del Obama te busca, logi culiao. A vo voy a secuestrarte pa cobrar la recompensa.

Tapu le puso la pistola en la espalda y lo hizo caminar a punta de cañón. Eduardo hizo como que se tropezó y fue a dar en el suelo. Para su sorpresa, a su lado estaba el violín Quantovisión hecho trizas y lleno de polvo. Eduardo se dio una vuelta carnero y, sin saber si funcionaría, le apuntó el aparato al joven.

—Una pa los vios —le dijo Edu, emulando su jerga y recordando que él mismo ya lo había asaltado una vez.

Tapu sintió miedo, pero no soltó la pistola.

—Deja esa wea ahí o te rajo el paño —lo amenazó Tapu, apuntándole la frente con la pistola.

Eduardo reparó en el arma y recordó que, en una escena parecida, el flaite que estaba frente a él casi lo había matado en un período en el que no quería vivir. Pero ahora tenía mucho por qué hacerlo, estaba *ad portas* de realizar el sueño de muchos escritores de ciencia ficción. Por ello, fingió estar muerto de miedo y, tembloroso, soltó a Quantovisión de sus manos.

Parecía que Tapu esta vez se saldría con la suya; sin embargo, antes de que Eduardo soltase Quantovisión, había apretado el botón «amplificar». Por ello, y debido a lo estropeado que estaba, en cuanto el aparato tocó el suelo, arrojó un sonido estruendoso y explotó en mil pedazos y astillas, los cuales, junto a potentes ondas sonoras, saltaron directo a la cara de Tapu.

Tapu no alcanzó a apretar el gatillo, pues antes de eso cayó inconsciente, como saco de papas, a los escombros de lo que una vez fue la casa de Eduardo.

Eduardo pateó el cuerpo de Tapu, que estaba lleno de astillas de violín, en las costillas, y lo alejó de su casa tomándolo de los brazos y arrastrándolo por el suelo. Por último, se hizo con la preciosa pistola dorada.

La pistola relucía como ningún otro objeto visto por Eduardo.

Antes de separar parte alguna, la examinó una y otra vez como si se tratase de una antiquísima reliquia con la que tener contacto sería un pecado, una especie de santo grial.

Y es que era un objeto solemne, con detallados diseños tallados en el cañón y el mango, un acabado perfecto en el seguro, un gatillo con la forma única de una cabeza y parte de la cola de una serpiente y, por último, las letras de la palabra «Milena» grabadas en los compartimientos, una letra por cada uno, donde se ponían las balas.

Intentando no obsesionarse con su perfección, procedió a desarmarla. Dejó todas las piezas en su cama separadas y procedió a desmontar su teclado temporal. Situó las partes del teclado junto a las del revólver, cuidando de que no se le «revolvieran» entre sí.

Eliminando teclas, amplificadores, parlantes y una pila de cables sin utilidad, pudo realizar lo que ni él mismo creía posible: compactó toda la maquinaria de su teclado temporal en el revólver dorado de Milena. Se preocupó, eso sí, de que la explosión que generase el percutor fuera diez veces más potente que un revólver normal. Para ello, dotó al revólver de un minúsculo compartimiento de trinitrotolueno (TNT).

Como cualquier otro de los muchos saqueadores que se aprovechaban del caos posterremoto, entró a robar un par de cadenas de oro en la joyería «Tauro» en la calle Pratt, a solo seis cuadras de la Reparadora Beta.

Fundió las cadenas e hizo ocho balas doradas con un pequeño hueco en cada una. Su idea original era rellenar ese hueco con algún material radioactivo de gran energía, como el Uranio o el Torio. Sin embargo, debido al terremoto, era imposible conseguirlos en la feria de las pulgas, ya que la mitad de la gente estaba reconstruyendo sus hogares o vendiendo agua y frazadas, así que no había proveedores que los trajeran de Estados Unidos, lugar donde los fabricaban.

Entonces, optó por una opción más accesible, aunque menos eficaz. Robó veinte kilos de plátano de la feria, los machacó, maceró, secó al sol y pudo aislar a duras penas cien miligramos de Potasio-40, un material que, a pesar de su baja radiactividad, serviría a sus propósitos. Echó el potasio en las balas y las cerró con otro poco de oro.

Llamó a su nuevo prototipo temporal «Kalabi-Yau». Igual que las formas que designaron los físicos de ese nombre, este aparato tendría como misión deformar el tiempo.

A su vez, Eduardo reparó el Acumulador. Comprendió que, aunque no sabía de qué tipo se trataba ni sus características, rondaba por ahí una gran cantidad de energía que no cabía en su Acumulador. Además, tal energía lo echaba a perder, por lo que, más allá de la cantidad de ella, debía ajustarlo para resistir la naturaleza de la energía, algo así como reforzar sus paredes o algo por el estilo.

Entonces partió de nuevo a la joyería Tauro para robar un par de anillos de compromiso, aunque esa vez casi sale perdiendo, pues el suboficial mayor Hernández lo divisó de lejos y le gritó que se detuviera. Eduardo se ocultó en la Reparadora Beta, donde pudo perderlo.

Ya en su tienda, ubicada sobre los restos de su pieza/laboratorio, agrandó los compartimientos de energía, otrora las paredes de un microondas, de su Acumulador. Luego fundió el oro robado y reforzó las paredes de los compartimientos con una fina capa de oro.

—Supongo que con eso bastará —murmuró en solitario—. A falta de pan, buenas son las tortas.

Se hizo de las partes que había desechado de su teclado temporal y las instaló en el Acumulador.

Con ello dotó de aún más capacidad de carga al Acumulador, pues las partes del teclado funcionaron como una especie de resistencia que impedirían que el Acumulador se achurrascase al recibir energía a montones.

En los días siguientes, Edu no dejó de preguntarse si podría aprovechar otro movimiento telúrico, aunque con ello solo se cargase un 1 % su Acumulador.

Habiendo calculado la magnitud y la ubicación exacta del epicentro de la última réplica, y extrapolando los datos históricos de las réplicas de los últimos terremotos (siendo el de Valdivia el más apocalíptico), calculó que, en efecto, habría una réplica del mismo que tendría como epicentro la ciudad de Iquique y que tendría magnitudes similares a las que tuvo el sismo en Curicó.

LOS VIEJOS ROBARON UNA AMBULANCIA
Testigos informan que casi matan a chofer y dejaron abandonada a enfermera.
Curicó.

A las tres de la mañana del lunes se registró un asalto a una ambulancia pública, propiedad del Hospital Base de Curicó. Según fuentes policiales y testigos de la escena, los delincuentes fueron reconocidos como los enemigos del Estado más famosos del último tiempo. Desde luego, nos referimos a los señores Pancracio del Carmen Flores Díaz y Concrecio Wenefrildo del Tránsito Correa Fuenzalida.

Según hemos mencionado antes, los viejos prófugos están sin control alguno y ahora están atacando, nada más y nada menos, que a inocentes civiles, en este caso a un pobre chofer de ambulancia y a una bonachona paramédica cuyo trabajo al ser funcionaria pública se basa en servir a la sociedad en algo tan básico como la salud.

Debido a la violencia y a la eficacia con que han cometido esta y un sinnúmero de fechorías más, entre las que se incluye atentar contra la vida de la mismísima mandataria en jefe, se cree que, en realidad, no son simples viejitos. Es fuerte la hipótesis de que debajo de esas canas y arrugas se esconden dos jóvenes terroristas cuyo disfraz de «viejitos inofensivos» sirve para despistar a la gente que les lanza miradas de compasión y ternura. Una investigación hecha por agentes de la Central de Inteligencia de los Estados Unidos (CIA) apunta a que se trata de dos jóvenes rusos de la facción comunista que, junto a un tercero que se encarga de las labores informáticas y tecnológicas, quieren derrocar el sistema capitalista de Chile, así como boicotear el gobierno de la presidenta Milena Millones.

—Es increíble en lo que se han convertido esos viejitos —murmuró Chiloé al leer el diario—, ¡y pensar que antes era su clienta principal! Hay que hacer algo con esos viejos, si no, quién sabe cuántas almas terminarán matando.

Tal era la preocupación de Chiloé por lo que leyó en el diario que en los días que restaron para el ataque final, menos de una semana, se dedicaría, las veinticuatro horas del día, a difundir panfletos incitando a que más personas se reunieran a la hora y fecha prevista para el ataque final y así llevar a cabo la total erradicación de la imprenta/reparadora. Los panfletos decían:

Todos unidos seremos libres. Únete para dar término a este encierro.
Solo nosotros podremos detener esta cuarentena.
Un par de terroristas menos vale mucho más que la soñada libertad.
La alegría no vendrá sola. Ayúdanos a que renazca Curicó.
No le tenemos miedo al terror. No a los terroristas.

A un día del ataque final, Chiloé llamó a Milena Millones para hacerle saber el progreso de la operación que, en una de esas, la podía hacer aún mucho más rica de lo que ya era.

—Sí, señora presidenta, organizaré un ataque nunca visto contra esos viejitos. Ya planeamos la fecha. Será como ningún otro linchamiento, habrá antorchas, palos, perros rottweiler, armas, megáfonos, máquinas de demolición, retroexcavadoras… Además, contaremos con la mejor de las armas: el enojo de un grupo de gente que ha tenido que permanecer, durante meses, encerrada como ratas.

—¡Y yo que pensaba que la gente estaba enfocada en la reconstrucción!

—Sí, sí lo está. Pero el disgusto con la cuarentena es tan grande que trasciende la idea de levantarse de las desgracias. Así que no se preocupe, el ataque será todo un éxito.

—La veo muy confiada, se ve que no conoce a Eduardo del todo. Este ataque lo supervisaré yo. Espéreme ahí, hoy mismo voy a Curicó para afinar los últimos detalles.

Milena, preocupada por un eventual ataque defensivo de Eduardo, consiguió a los mejores físicos de Chile, armados con aparatos de última tecnología, para repeler de forma eficaz cualquier ataque de aquel hombre, la leyenda, el mito que los medios llamaban «el terrorista en jefe». Junto a un séquito de treinta cerebros ilustrados, formado por las mejores mentes científicas del momento, más veinte guardaespaldas, quienes llegaron en quince minutos en un avión militar, también de última tecnología, a la ciudad de las tortas.

Milena no se atrevió a acercarse a la imprenta, por lo que, junto a Chiloé, estuvo dándole unas vueltas a la manzana para chequear inconvenientes e imprevistos para el ataque.

—Concuerdo con Biden en que un ataque preciso de su avión militar destruirá una parte de su *mall* Multicuricó —le dijo Chiloé a Milena—, pero es un precio que se debe pagar. Y si llegase a destruir Curicó, también se justificaría con el mismo fin superior: terminar con el terrorismo. Será el ataque final. Que Dios nos guarde.

«Ataque mañana alcanzó a leer Eduardo, todo incómodo en un bus atestado de gente, antes de que un hombre corpulento que se escabullía por el pasillo del bus le botase su diario. Edu iba sentado al lado del pasillo y, pegado a él, al lado de la ventana, iba una señora obesa, hedionda a ala, que lo apretaba contra su asiento. Cargaba una guagua, toda cagada y con la refrescante fragancia correspondiente, que no dejaba de llorar como chancho en matadero.

Iba cagado de hambre, pues, aunque llevaba huevitos duros, le parecía asqueroso comer al lado de la señora pasada a axila. «Tal vez me caiga un pelo de su axila en los huevos», pensó. Además, de repente, la señora le lanzaba restos de saliva y sándwich mientras comía como puta nerviosa.

Cuidando de no desmayarse por el hambre y el sofocamiento debido al calor, estaba preocupado de no pisar una bolsa llena de su propio vómito que había dejado debajo del asiento delantero, lo que era bien difícil, ya que tenía hundidas sus rodillas en dicho asiento. Ir en ese bus fue la opción más barata y, debido a la cantidad de gente y al calor infernal de verano, el bus parecía un sauna.

Pa más remate, Edu llevaba una barba artificial y un turbante que, junto a las gafas de sol negras y un traje harapiento hecho con trozos de género, le hacían parecerse, para su inconvenientimiento, a un verdadero terrorista de los que pinta el gobierno de Estados Unidos, un Bin Laden de tomo y lomo, tal cual.

Pues bien, quedaba un día para el ataque. Deshidratado en el bus que, por lo lleno, parecía lata de sardina, por fin llegó a Iquique y arrendó una cabaña donde dejó sus herramientas, el revólver de oro y algunas partes de sus inventos que había salvado del terremoto. Le tincaba que estas podían servirle de algo en alguna emergencia.

Se sentó en la costa, en la mismísima arena, esperando el terremoto, comiendo los últimos huevos duros que le quedaban del viaje, ahora a salvo de la señora del bus.

Y esperó.

Y esperó.

Pero nada pasaba.

Ya con todo lo esperado, según su hipótesis, los afectados por el terremoto tendrían armadas sus mediaguas nuevas y, si la suerte le hubiese sonreído, su máquina tendría, al menos, ese tan anhelado 1 %, o tal vez más, y ya hubiera reseteado el tiempo.

Pero no era así.

Esperando en vano y mirando el mar, pensó que ese era el final de su historia, que la vida no era como una película o un libro, donde existe un arco en que todo al final parece resolverse a favor del protagonista. La vida a veces solo es y ya. Porque de algo estaba seguro: el fin de los viejitos estaba encima, solo a un día.

Recordó cuando pensó: «Al menos ayudando a los viejitos quedaré en paz, pase lo que pase».

—¡Pues no estoy en paz! —gritó a todo pulmón al mar—. ¡Los viejitos morirán y poco pude hacer! ¡Soy el más ridículo de todos los ridículos! ¡Mi vida es ridícula, mi existencia es ridícula!

Y la réplica no llegaba.

Como un peso que se sacó de encima, dejó el Acumulador en la arena.

Eduardo sonrió.

Aceptó lo absurda que es la vida. Tanto que trabajó para juntar dinero para viajar a Estados Unidos, tantos bailes sensuales en los que vendió su orgullo por míseros cuarenta mil pesos la hora, tantas rifas que hizo. ¿Y todo para qué? Para que de la nada, y de forma fortuita, fuera un terremoto lo que cargó su Acumulador.

Y ahora tanto que planeó la carga de su Acumulador con la seudorréplica en Iquique, tampoco le resultó.

Se metió al mar de Iquique, que, comparado con las frías y salvajes olas sin marea de Iloca, le pareció manso y tibio, justo cuando un gran buque de carga zarpaba del puerto.

Esquivando el oleaje, gritó otra vez al mar, o a Dios:

—¿Por qué todo lo que planeo nunca me resulta? ¿Por qué me persigue la desgracia? ¿Por qué eres tan desgraciado? ¿Acaso te ríes de mí? ¡Pues yo no me río, conchetumadre! El hombre propone, tú dispones… ¡DESGRACIAS, SOLO DESGRACIAS! ¿Acaso de verdad existes? Porque debe haber alguien orquestando tanto infortunio. ¡Da la cara, po, weón! ¿Existes? ¿Qué eres? ¿Estás escondido en las vibraciones de las cuerdas, acaso?

Después de tanto grito, afónico, se puso a llorar.

—Este es el fin, lo he dado todo. Tú eres testigo, lo he dado todo.

Sin darse cuenta, sus pies ya no tocaban la arena y la marea lo arrastraba mar adentro.

—Tal vez yo sea quien deba acabar con dignidad el sufrimiento de los viejitos.

El día había llegado.

Las vuvuzelas sonaban.

La fuerte voz de Chiloé se escuchaba sin interrupciones en el megáfono.

Las pancartas se encontraban recién pintadas.

Las armas se habían cargado y los combos para demoler estaban listos.

El avión militar gringo de última tecnología rondaba cerca del cerro Condell.

Milena llevaba su mejor traje frente a los medios de prensa de todo el mundo y toda clase de canales de YouTube.

Habían llegado reporteros de todo el mundo, incluyendo unos chinos y otros de Kuala-Lumpur, para presenciar el desalojo de la imprenta a manos de la turba antiviejos.

El día D había llegado, el día en que la historia de los viejitos terminaría, el día en que la lucha cesaría, en que la tormenta al fin cesaría, pues no hay mal que dure cien años.

Hasta la ex de Edu componía la turba. Si bien de cierta forma lo traicionó en el sentido de apoyarlo, nunca pudo apagar las cenizas de su amor. Por ello, asistió al desalojo arreglada, toda toditita, perfumada con su mejor loción, el pelo alisado, los ojos pintados, estucada en base y con las pestañas encrespadas, para disimular su tristeza ante el destino del físico.

Después de todo, había una gran probabilidad de que muriera en el desalojo, o de que muriera un buen lote de gente, si el avión gringo se dignaba a disparar en vez de andar sembrando miedo y demostrando el poder bélico de los United States desde lo alto.

—¡Cuchuflí barquillo! —gritaba un vendedor ambulante que aprovechó la aglomeración de tanta burrada de gente.

Otro vendedor, más inteligente aún, aprovechó el calor de verano para ganar unas, hartas digo yo, chauchas y al grito de: «¡A los tru, lu, lu lu, lu!», vendía el icónico helado de las playas chilenas.

Los viejitos estaban atemorizados en la quinta dimensión, pues pensaron que entre tanta gente no faltaría quien descubriera la entrada a su escondite dimensional.

Y la turba marchaba.

—¡Ya se fue su suerte, a los viejitos muerte! —gritaban.

Con sus payasos, sus antorchas emulando un grupo inquisidor y sus bombos de estadio marchaba.

Marchaba directo hacia la Reparadora Beta.

Marchaban con una sola misión: desalojar a los viejitos, sin importar si el resultado era su propia muerte o no.

Marchaban gritando, tocando pitos, lanzando ráfagas de extintores, tirando serpentinas y rollos de papel.

—¡No más encierro, no somos perros! —gritaban enardecidos, golpeando las cortinas de fierro de la reparadora.

El avión militar volaba, cada vez más bajo, en círculos alrededor de la reparadora.

—*Get out with the hands in the air!* —les gritaba una voz en altoparlante desde la nave, alternando con—: *Give up, United States Army!*

—¡No más cuarentena, no queremos pena!

La turba entró a la reparadora, destruyó el cholguán y descubrió la minimprenta. Ahí estaba, impreso del todo, el último de los libros.

La turba cogió el libro y procedieron, cual ritual, a quemarlo hoja por hoja, ayudados por un soplete, y entre cada hoja gritaban: «¡No más cuarentena!». El libro era largo y tuvieron que gritar 495 veces. Y mientras gritaban, Concrecio, sin reaccionar y sordo a los cánticos de odio, miraba y miraba su vaso con cianuro.

—¡Por la cresta, weón —le gritó Pancracio—. ¡Reacciona, Concrecio, por la chita! ¡Vienen a matarnos, hombre! ¡Nos van a disparar, viejo leso retamboreao! ¡Nos van a moler a palos y a pisarnos como si fuéramos uva de chicha! ¡Escucha el sonido! ¿Acaso no escuchái que hay un avión grande que puede destruir todo este espacio con nosotros dentro? ¡Avíspate, po, hombre! ¡Despierta de tu aweonamiento, po, weón! ¡Despabila, po, tonto del mate! ¡Deja de mirar como weón ese vaso, por la rechucha!

Pero los sentidos de Concrecio ya no estaban en este mundo.

Sus ojos miraban a Segismunda, su nariz olía su aroma a jazmín, sus oídos escuchaban su risa de chancho comiendo, sus manos tocaban los pequeños pelos que tenía en la nuca y su lengua saboreaba la lengua pequeña y torpe que al principio le había incomodado besar.

Y es así como esta historia, y la de los viejitos, llega a su fin. Tal vez sea un final oscuro, pero así es el mundo real y, a veces, lo que consideramos oscuro, triste, amargo y desafortunado, en realidad, para el curso de las cosas, es solo la normalidad: no hay dobles lecturas, no hay injusticia, no hay causalidad, ni víctimas ni victimarios, nadie a quien culpar ni nadie que culpabilice: simplemente el mundo es así y ya.

Para saciar nuestro deseo de propósito en la vida es que queremos que todo tenga un «fin», un «motivo», y no podemos soportar que haya finales injustos, que Concrecio, mientras la turba arrasaba con todo, tomase el vaso con cianuro, o que, momentos más tarde, luego de que la turba entrara a la reparadora y lo destruyera todo, Edu apuntase su pistola a la frente de Pancracio y disparase.

Pero el mundo real, para nosotros, es injusto y no una novela con un final feliz.

Afortunadamente, esta historia, la de Pancracio y Concrecio, «sin final feliz», nunca pasó.

Por mala o buena suerte, un helicóptero de Carabineros de Chile notó que la marea lo llevaba mar adentro. Ya situado arriba de Eduardo, le hablaron por altoparlante:

—¡Carabineros de Chile, no pierda la calma! ¡Sosténgase a la cuerda que le tiramos!

—¿Carabineros? ¡Cómo se nota lo bromista que eres! —dijo mirando hacia arriba—. Te salen wenas, weón. Este es el remate más chistoso que he visto. ¡Qué ridiculez más grande encontrarme aquí, que me atrapasen justo ahora que te estaba puteando! Te salió muy buena, quien quiera o lo que sea que eres. Así que me van a atrapar, la wea sin sentido.

»Al final, después de tanto escaparme, llegué a parar a la boca del lobo. Buscando soluciones acá en el norte cavé mi propia tumba. Es muy chistoso. ¡Ja, ja, ja, ja! ¡Ay, mi guata, no puedo de la risa! ¡Wua, ja, ja, ja!

Eduardo ignoró la cuerda que le tendían y se reía a carcajadas entre el agua salada que tragaba. Los dos funcionarios de Carabineros no entendían de qué diablos se podía reír alguien que estaba más cerca que nunca de la muerte.

Y en vez de agarrar la cuerda, Eduardo nadó alejándose de ella.

—¡Señor, entre en razón! ¡Tranquilo, tome la cuerda! ¡No pierda la calma!

Los funcionarios, que aún no habían distinguido que estaban en presencia del prófugo más buscado de todo Chile, creían que Eduardo solo había entrado en pánico y que por eso esquivaba la cuerda. Al final, Eduardo agarró la soga y, mientras colgaba de ella y el helicóptero lo alejaba del agua, siguió riendo nerviosamente.

—Me darán pena de muerte, ¡wua, ja, ja, ja! Me pondrán en la silla eléctrica, ¡ja, ja, ja, ja! ¡Qué gran broma! ¡Ja, ja, ja! Mejor me hubiera quitado la vida tiempo atrás, cuando tuve la oportunidad. Debí quitármela yo mismo antes de que lo hiciera otro en el escarmiento público que se me viene, el medio tete que se me viene.

»Ya lo imagino, una sala con muchos niveles y yo en el centro, tal como una operación que ven estudiantes de Medicina. ¡Qué vergüenza ser mirado frente a tanta gente en esa silla eléctrica! ¡Presencien al gran Eduardo, todo un *rockstar*! ¡Wua, ja, ja, ja, ja!

El piloto reparó en el bulto que venía en la cuerda.

—¡Pero si es Eduardo Witten! —gritó a su ayudante.

—¡Eduardo Witten! —gritaron por el altoparlante—. Queda usted arrestado por terrorismo nacional.

Eduardo, retomando su modo «cascarrabias», miró al cielo y siguió maldiciendo.

—Maldito que me hiciste terminar acá, ¡maldito, maldito, maldi…!

Y al parecer, el cielo lo escuchó.

Las nubes, de la nada, empezaron a iluminarse. No solo ellas, todo el cielo se puso blanco.

Los gritos que profería se acallaron por un pitido agudo. A Eduardo se le taparon los oídos y no pudo escuchar nada. Movía sus labios y sentía vibrar su garganta, pero no escuchaba sonido alguno, ni siquiera el del helicóptero que volaba justo encima de él.

El piloto, encandilado y desorientado por el blanco que emergía de todas las cosas, comenzó a pilotear de forma errática.

Edu vio que todo se hacía blanco, no solo el cielo, sino la arena, el mar, el helicóptero, él mismo. Sus piernas empezaron a desaparecer, engullidas en el blanco.

Lo último que alcanzó a ver antes de que la blancura inundara todo fueron sus manos soltando la cuerda que lo sostenía al helicóptero.

15

EL DESTELLO BLANCO cubrió todo el mundo.

Estados Unidos había lanzado, en las costas del océano Pacífico, en la Isla Marshall, un ensayo de la bomba de cuerdas con la que tanto había amenazado al bloque comunista.

Todo el mundo se cubrió de blanco: en Asia, donde era de noche, se iluminaron sorpresivamente las plantaciones de arroz; en África, el potente sol se difuminó ante el resplandor blanco; las edificaciones históricas de Europa dejaron de exhibir su belleza; la penumbra de la Antártida desapareció por unos momentos; los amplios océanos del mundo se volvieron blancos, y la Estatua de la Libertad se consumió por completo en un único color. Durante el tiempo en el que la luz cubrió al globo, todo se volvió fresco, el calor en la selva se apagó y el frío antártico desapareció.

En la costa occidental de Estados Unidos murió todo rastro de vegetación, no quedaron árboles ni palmeras que adornaran las costaneras.

En Curicó, el blanco se fue y los integrantes de la turba que atacaba a los viejitos se pudieron ver las caras otra vez, ahora con una expresión de asombro en vez de odio. Habían pasado de los gritos llenos de cólera a bocas abiertas de la impresión, incapaces de articular palabra alguna que describiera esa onírica tonalidad blanca que había cubierto todo.

Una vez que el blanco desapareció por completo, que las llamas en la imprenta se hicieron visibles otra vez y que el mundo mostró sus colores de nuevo, vino el estruendoso ruido.

Sin quererlo del todo, el presidente Obama había terminado con la incipiente guerra. Con lo que no contaba era con que dicho ensayo destruyera una vasta extensión oceánica, aniquilando miles de peces y cientos de ballenas de las que ni siquiera quedaron los huesos.

A su vez, corales, algas, moluscos y todo organismo pequeño desapareció del agua. No fue solo eso, sino que el ensayo de la bomba destruyó la atmósfera en las cercanías de la Isla Marshall, dejando un hueco por el que los rayos del sol entraban a cabalidad, calentando el agua oceánica. Ya sin atmósfera que la protegiese de los rayos solares, quedó una vasta extensión de océano con agua hirviendo y, por la carencia de vida alguna, transparente.

Con lo que tampoco contó Obama fue con que la bomba abriese los compartimientos radioactivos de Chernóbil, cerrados hacía tanto tiempo. Su apertura contaminaría de sustancias radiactivas a cuatro estados cercanos, eliminando toda forma de vida en ellos. La pesadilla química se repetía, pero esta vez abarcando muchos más kilómetros que el desastre sucedido en 1986.

Obama mucho menos había contado con que un tsunami azotara las costas de Miami, arrancando de cuajo todas las palmeras de la costanera e inundando ese y todos los estados colindantes con el mar en la costa este.

El tiro le había salido por la culata.

Ese devastador «ensayo», mejor dicho «ataque», marcaría el final de la tregua, la rendición definitiva de la facción comunista y, a su vez, el cese al fuego de cualquier nuevo intento de ataque del bloque capitalista, con lo que la guerra por fin terminaría.

Todo ello si esta historia hubiese continuado y Eduardo no hubiese jalado del gatillo en la frente de Pancracio.

Eduardo abrió los ojos.

Había caído de golpe en la arena al soltar la cuerda y estuvo aturdido un par de segundos.

Eduardo desafió con la mirada a la luz blanca que, si bien no se había ido del todo, se estaba atenuando.

Al parecer, el piloto todavía estaba aturdido por la luz blanca. Edu achinó los ojos para ver dónde estaba el helicóptero. Al encontrarlo, notó que se alejaba de él.

Con las piernas temblorosas por el cansancio, salió corriendo en dirección contraria al helicóptero y cogió el Acumulador, que aún estaba enterrado en la arena y que, por algún milagro, nadie había robado. Luego caminó a pata pela' sobre el duro pavimento de la ruta de la costa y se refugió en un local que vendía paletas y baldes infantiles de playa.

«¿Qué chucha fue esa luz blanca que inundó todo y a todos?», pensó.

Luego vio el Acumulador.

¡Tenía un 100 % de carga!

—¿Será posible que…? —murmuró detrás de un rastrillo de juguete.

El sonido del helicóptero aumentó:

—Eduardo Witten, salga con las manos en alto —gritaron por el megáfono desde el helicóptero—. Preséntese ante la ley. ¡Atención, pueblo de Iquique, tenemos a un fugitivo suelto por la zona!

Eduardo esperó que el sonido del helicóptero bajara para salir de su escondite. Para pasar desapercibido, se puso encima lo primero que halló: un enterito, lentes de sol y un sombrero de mujer.

—¡Por Dios, la mujer fea! —le gritó una niña.

Tenía poco tiempo.

Debía encontrar un destornillador, una silla y otras baratijas.

Llegó a una feria artesanal y consiguió todo lo que necesitaba al doble del valor que se vendía en la ciudad.

A punto de orinarse en el enterito, alcanzó a llegar a su cabaña antes de que lo descubriesen.

Eduardo tenía un plan.

Calculó que la turba ya estaría en la imprenta y que, si él viajaba, no llegaría a tiempo de la forma tradicional. Y aun llegando a tiempo, no podría atravesar la turba solo.

Tendría que usar un atajo, un agujero de gusano.

Por ello, se hizo con el respaldo de la silla de madera de su cabaña y lo unió a una rueda de bicicleta que le robó al dueño de las cabañas. Eduardo lamentó hacerle eso al dueño, ya que parecía un tipo amable.

Puso los pedales de la bici a la altura de sus manos, de manera que, estando sentado, podría hacer girar la rueda con sus manos.

Ayudándose de un par de piezas ya inútiles, por estar cargado al máximo, del Acumulador, Eduardo crearía un nuevo agujero de gusano que lo llevaría directo hasta donde estaban los viejitos.

Crear un nuevo agujero de gusano era en extremo riesgoso. Si bien la segunda vez que lo ocupó se formó una pequeña grieta en el cielo que ya estaba casi cerrada, temía que usarlo una tercera vez acabara con todo y todos.

Hizo unos someros cálculos con lápiz pasta.

Los resultados eran certeros: si lo usaba otra vez, todo terminaría, el universo colapsaría. Las cuatro dimensiones del espacio y el tiempo implosionarían, eso era ya un hecho comprobado.

Pero en ese escenario, uno apocalíptico, habría una salida y esa esperanza radicaba en su acumulador recién cargado.

Sin más opciones ni tiempo de comprobar su creador de agujeros de gusano hechizo, comenzó a girar su silla sobre la rueda de la bicicleta.

Y antes de que la silla agarrase más velocidad, Eduardo escuchó el demoledor ruido, desfasado por varios minutos de la luz blanca, de la bomba de cuerdas. Tenía las manos ocupadas pedaleando, ya que si dejaba de pedalear no podría abrir el agujero de gusano. Por ello, se le reventaron los tímpanos. Sentía que la cabeza le iba a explotar.

Estaba a punto de desmayarse, pero siguió pedaleando.

—¡Tengo que abrirlo! —gritó. Su exclamación fue inaudible ante el sordo ruido que parecía diez veces más fuerte y muchísimo más largo que el pasado terremoto.

Con una lágrima en los ojos y un hilo de sangre en los oídos, Edu siguió pedaleando y pedaleando.

El blanco desaparecía en Curicó.

Las llamas en la imprenta, así como los rostros de la turba, se hicieron visibles. Todos se miraban entre sí sin que nadie pudiera entender lo que acababa de pasar. La turba empezó a cuchichear.

—Fueron los rusos —decía la mayoría.

—Fue un ataque de Obama —plantearon unos.

—Fueron los viejitos —dijeron otros.

—Fue Eduardo —dijo una minoría.

La luz había detenido el ataque de la turba y el eventual disparo del avión F-16 estadounidense.

Pero solo por un momento.

—Es solo otra artimaña de Eduardo —dijo Milena por megáfono.

—Sigamos con el ataque, compañeros —ordenó Chiloé.

Entonces llegó el estruendoso ruido que remeció la tierra e hizo que, para taparse los oídos, muchos soltaran sus armas, palos, combos, picanas, antorchas y varios instrumentos de destrucción. Las trescientas personas abrieron sus bocas para quejarse de dolor, pero, por el ruido, no se escucharon los gemidos generalizados. Algunos perros callejeros que andaban por ahí cayeron desmayados del dolor, con los oídos sangrando.

Milena, en vano, quiso gritar encima del ruido para alentarlos a seguir con la destrucción:

—¡No le hagan caso al estruendo! Eduardo juega con sus juguetitos y nos hace ver y escuchar cosas, así que sigan adelante.

Pero el ruido era muy fuerte y la gente no la escuchó.

—Tal vez sea otro terremoto —murmuraron los presentes—. Mejor nos vamos.

—¡Les dije que es una trampa, mierda! —gritó Milena—. Está bien, me han orillado a esto. ¡Le daré un billón de pesos a cada persona presente que se quede a la destrucción de la imprenta!

Los concurrentes necesitaban dinero para reconstruir sus casas dañadas por el terremoto, así que no lo pensaron dos veces.

—¡Turba antiviejos! —gritó Chiloé—. ¡Al ataque!

De la nada, pareció que el sol quemaba más fuerte, pues las llamas del incendio se avivaron y el sol se agrandó. Aquellos de piel sensible gritaron de dolor.

Misteriosamente, una segunda grieta negra, más larga y ancha, apareció en el cielo.

—Lo ha hecho Eduardo —gritó Milena—. Es solo otra artimaña de Eduardo. Por más impactante que sea, no le den crédito, es falsa, no la pesquen. ¡Prosigan! ¡Prosigan con sus fines destructivos!

Y la turba fue con todo a destruir la imprenta.

El avión F-16 volvió del cerro Condell. El sol aumentó anormalmente su tamaño, comenzó a pegar más fuerte, hecho que, para desgracia de los viejitos, avivó el fuego.

El fuego achicharró la impresora/portal y, como un conejo que abandona su madriguera, hizo salir a los viejitos de la minioficina en la quinta dimensión. Fueron aplanados por un momento para pasar por la estrecha ranura de la impresora y luego volvieron a sus dimensiones normales. Como la ranura se estaba derritiendo por el fuego, los viejitos se rasparon la piel al salir de su escondite.

—¡Destruyan la impresora! —aconsejaron los físicos de Milena—. Así los viejos no podrán regresar a su escondite.

Chiloé, con diez más, amasó con bates de béisbol la vieja impresora de hierro, el portal a la minioficina. De ese modo, se cerró para siempre la entrada a la minioficina.

Las trescientas personas intentaron entrar a la imprenta y forzaron tanto las murallas que, ya todas abolladas y con huecos debido a los golpes de la turba, cedieron para caer, una a un lado de la entrada de Multicuricó, dos en el estacionamiento del *mall* y la cuarta en la vereda. De ese modo, las trescientas personas se pudieron reunir alrededor de los viejitos. Los acorralaron en un pequeño círculo, apuntándoles con escopetas.

—Última oportunidad —gritó Chiloé—: ¡ríndanse o abriremos fuego!

Un poderoso viento agitó la cabellera de Chiloé, dándole más solemnidad a sus palabras. En ese momento, el avión F-16 bajó para acercarse a los viejitos. Pancracio vio claramente que un cañón de guerra se había vuelto hacia ellos para apuntarles de cerca. Un disparo a esa distancia los pulverizaría.

La turba esperaba una respuesta.

El incipiente fuego y el sol derritiendo todo hacían que todo fuese más difícil, un auténtico infierno. En medio de ese insoportable calor y con la grieta negra en el cielo abriéndose más, Pancracio se tiró encima de Concrecio, que estaba en la camilla, tomó una larga bocanada de aire y le gritó a Chiloé, a Milena y a todos con sus últimas fuerzas:

—¡JAMÁS!

Chiloé sintió una fuerte punzada en el pecho, cerró los ojos y, con vergüenza y pesar, bajó la cabeza.

—¡Lo lamento mucho! —le gritó Chiloé, con los ojos llorosos, a los viejitos. Luego miró a Milena con complicidad.

—Cédame los honores a mí, si no le molesta —dijo Milena—. Yo daré la orden de disparar.

Debía demostrar poder, hacer patente que ella siempre ganaba. Debía gritar aún más fuerte que Pancracio. Infló el pecho y rugió:

—¡Pelotón antiviejos, preparados!

Sonaron las armas.

—¡Apunten!

Ajustaron las miras.

—¡Fu…

Un agujero tornasol se abrió al lado de los viejitos.

De él salió Eduardo, apuntando el revólver dorado a Milena.

—¡Bajen las armas o disparo!

Milena miró el revólver ¡y notó que era su revólver! La situación era absurda, estaba siendo amenazada con su propia arma.

—¡Bajen las armas, idiotas! —gritó Milena con dolor—. Yo valgo más.

Las escopetas se bajaron y el avión F-16 dejó de apuntar su cañón. Daba la impresión de que esta vez perdería, si no fuera porque…

De manera increíble, el sol se fue acercando aún más, haciendo que todos se taparan los ojos con el antebrazo, menos Eduardo, que, viendo que todos habían bajado la guardia, es decir, la turba y el avión, movió el brazo armado y alejó la mira, hecha con un gran rubí, del rostro de Milena.

En su lugar, y sin bajar el brazo, fue a apuntarle a Pancracio, que estaba echado sobre Concrecio. Le apuntó justo en medio de la frente.

El sol se acercaba aún más. Muchos integrantes de la turba se desmayaron por insolación y, unas cinco cuadras más al este, los árboles de la alameda comenzaron a incendiarse.

Pancracio miró a Eduardo con desconsuelo. Una lágrima cayó por su rostro; lo miró fijamente y le dijo:

—Así que este es el fin. Supongo que debo agradecerte por las veces en que nos ayudaste. Ahora no hay solución. No te preocupes, acaba con todo de una vez.

Debido al calor y a los nervios, a Eduardo le corrieron varias gotas de sudor por el mentón. Vio que el sol tenía el quíntuple del tamaño normal y que la grieta negra se había agrandado. Estaba pasando lo que había temido: el colapso espaciotemporal estaba sucediendo, ya que usó el agujero de gusano. Pronto todo el universo, o al menos la región cercana al sistema solar, colapsaría y todo acabaría.

Eduardo reparó en los rostros de las trescientas personas que componían la turba, todas listas para atacar ante cualquier error que cometiese. Ante ello, supo que no tenía muchas opciones.

Rostros demacrados por el encierro, ojos rojos llenos de rabia, de deseos destructivos, pero ojos de seres humanos, al fin y al cabo.

De padres de familia, de pololos, de hermanos, hijos, amigos, vecinos, compañeros. Si no hacía nada, esas personas morirían, la humanidad se extinguiría, el planeta entero desaparecería, todo se desvanecería. Y sería por su culpa, por querer salvar a los viejitos de una muerte indigna a manos de palos y picanas eléctricas en un grotesco ensañamiento público.

«Los viejitos no merecían esa muerte, no se merecían eso —pensó—. El mundo no podía ser así de injusto».

Por el contrario, si hacía algo, si disparaba a Pancracio y concretaba el plan que había maquinado unos instantes atrás, cuando el color blanco inundó todo el mundo, había una gran probabilidad de que Pancracio muriera víctima de sus propias manos, con una enorme bala dorada calibre treinta y ocho.

No quedaba una opción sin riesgos; Eduardo había sellado el destino, de cierta forma. Ya todo se estaba destruyendo y no había marcha atrás.

Pancracio se puso a sollozar, Concrecio lo sintió y despertó.

Concrecio suspiró, sonrió al cielo y dijo en voz baja:

—Allá voy, Segismunda.

Eduardo fijó la mirada en Concrecio. Tal vez era la última vez que lo vería.

La pistola estaba a pocos centímetros de la frente de Pancracio, era imposible fallar.

Y no lo haría.

Eduardo cerró los ojos y disparó.

16

LA BALA DE EDUARDO salió del revólver y viajó hasta la frente de Pancracio.

En ese recorrido, el tiempo pareció ralentizarse.

Las opciones, analizadas por Eduardo, que podían surgir del disparo eran dos.

La primera era que la bala penetrase a Pancracio, perforándole el cráneo y matándolo al instante, y que luego el sol consumiese la Tierra, si antes el espacio-tiempo no colapsaba, hecho que, en ese escenario, pasaría tarde o temprano.

La segunda era que el revólver de Milena, que él había modificado para que tuviera otro funcionamiento, le permitiera resetear el tiempo, pero ignoraba hasta cuándo.

El Acumulador tenía mucha energía, Eduardo no sabía qué sucedería.

Pues bien, la bala, como en un lento vals, pasó frente a los rostros sorprendidos de las personas, también ralentizadas, que tenían las escopetas apuntando hacia abajo. El proyectil flotó, cual calmado dirigible, a muy poca velocidad hasta tocar la frente de Pancracio y luego, despacio, hundió su piel levemente.

Entonces la bala se detuvo.

Y el tiempo se detuvo.

Una descarga eléctrica cubrió a Pancracio. Y sucedió lo que Eduardo había planeado.

El tiempo empezó a andar… pero en sentido contrario.

Hacia atrás, todo hacia atrás, como una película en reversa. La bala retrocedió y se despegó de la piel de la frente de Pancracio, pasó entre una llamarada de fuego y por una chispa del extremo del cañón del revólver dorado para volver a introducirse en el compartimiento con las letras de la palabra «Milena».

El sol se alejó, la grieta negra se parchó.

Todo transcurrió en la otra dirección, hacia atrás, como si al tiempo se le hubiese olvidado algo y estuviera devolviendo los pasos al camino.

Eduardo dejó de apuntar a Pancracio.

Eduardo entró en el hueco del agujero de gusano.

El hueco tornasol del agujero de gusano se cerró. «Después», la turba apuntó con sus escopetas a los viejitos.

La vidriera se recompuso desde mil pedazos.

Las sustancias radiactivas de los sectores cercanos a Chernóbil volvieron a su contenedor y las personas pasaron del miedo a estar riéndose y caminando hacia atrás.

Se escuchó el estruendoso sonido. «Luego», la luz de la bomba Córdica.

La ojiva de la bomba Córdica emergió del fondo del mar para meterse a un avión gringo que voló hacia atrás sobre el océano Pacífico.

El fuego causado por la turba antiviejos disminuyó.

Las cenizas se volvieron madera.

La gasolina con la que habían rociado la imprenta regresó a sus contenedores desde hilitos disparejos hasta parecer ríos siendo succionados.

Las hojas achurrascadas del «último de los libros» volvieron a quedar lisas, las llamas de las antorchas se consumieron y pasaron a ser solo trapos secos. Las personas caídas de la turba se levantaron en contra de la gravedad como por arte de magia. La turba salió de la imprenta y caminó hacia atrás mientras las hojas del último de los libros entraban por la ranura a la impresora.

El avión F-16 voló hacia atrás, alejándose de Curicó.

Milena entró a su jet, subiendo de espaldas las escaleras y el jet se devolvió al norte, hacia atrás.

Eduardo viajó en un bus que iba «retrocediendo» hacia el sur y se tragó su propio vómito que llegaba desde una bolsa de papel.

En otros sectores del planeta, avalanchas se deshacían hacia arriba y dejaban la nieve lisa.

Enormes incendios forestales se extinguieron solos.

Las velas de cumpleaños se volvieron a encender con una succión de aire.

Las casas se levantaron de entre los escombros en el terremoto de Curicó y el mar se recogió y les devolvió partes sueltas a las casas, que iban quedando secas, en el tsunami de Iloca.

Las cascadas, la lluvia, los granizos y los copos de nieve ascendieron.

Los niños se deslizaron hacia arriba en la nieve y desarmaron hombres de nieve.

Un cohete con un grupo de millonarios se devolvió hacia la Tierra.

El sol, visto desde la Tierra, formó eclipses lunares y solares y se movió hacia el otro sentido del movimiento habitual, es decir, de oeste a este. La Tierra giraba al revés.

Las flores escondieron sus pétalos al pasar de la mañana a la noche, mientras el sol se «ocultó» en el horizonte.

Las balas de los tanques rusos volvieron a sus cañones desde la Estatua de la Libertad y desde la Casa Blanca, mientras se reconstruyeron sus escombros.

Los tigres vomitaron a sus presas.

Los leones se alejaron de las gacelas.

Los grandes peces se alejaron de los bancos de pequeñas presas en infructuosas «pescas grupales» por ecolocalización.

Milena, desconociendo a los viejitos, salió hacia atrás por la puerta de la Imprenta Alfa y se alejó de ella.

Los recién nacidos dejaron de llorar, los doctores unieron los cordones umbilicales con una tijera y «luego» las criaturas, después de ser mojadas con líquido amniótico con un paño seco, volvieron a entrar a la vagina de sus madres metiendo primero las piernas.

Las abejas regresaron a sus celdas operculadas, deshicieron sus panales y vaciaron de polen sus celdas con alimentos.

Los caballos corrieron hacia atrás en las praderas.

Las serpientes avanzaron hacia la punta de sus colas.

Gigantescas ballenas devolvieron sus saltos en el mar y cayeron sobre sus colas.

Algunos rascacielos de Manhattan se «deshicieron», mostrando las capas internas de su estructura.

Algunos viejitos postrados en el Hospital de Curicó se levantaron de sus camas y Concrecio salió del coma en el hospital.

Grandes pedazos de glaciares salieron del mar polar para volver a pegarse a los casquetes.

Enormes buques rompehielos pegaron el hielo tras su avance en «retroceso».

Todos los autos retrocedieron a la vez hacia atrás.

Las personas en el otro lado del mundo vomitaron la pasta de dientes con precisión al cepillo para luego acostarse por la mañana.

Globi dejó de estar inmóvil y volvió a ladrar. Milena se alejó de la luna.

Los tornados se deshacían hacia arriba.

Y los ríos de lava volvieron a los volcanes.

Los fuegos artificiales de Año Nuevo implosionaron y los letreros de cada Año Nuevo del cerro Condell se desmontaron:

Feliz Año Nuevo 2019
Feliz Año Nuevo 2018
Feliz Año Nuevo 2017

Las auroras boreales se deshicieron.

Hubo implosiones en minas de tajo abierto que parchaban grandes huecos en las vetas.

Milena unió con unas grandes tijeras el lazo inaugural de un flamante y recién construido *mall* Multicuricó.

Algunas personas, en accidentes automovilísticos, envueltas en esquirlas de parabrisas, fueron introducidas a sus respectivos asientos de automóvil.

Las estrellas fugaces se recompusieron y ascendieron.

Las olas volvieron a ser mareas.

Las gallinas succionaron los huevos por las cloacas.

Las crías recién nacidas de aves, ensangrentadas y magulladas, se despegaron del suelo y regresaron a sus nidos con un torpe batir de alas.

Millones de personas volvieron a preocuparse creyendo que el mundo se acababa con el término del calendario azteca.

El papa Juan Pablo II recuperó su salud en su cama.

Milena, con un atuendo menos caro, realizó sus multibingos de Multicuricó cuando aún no era *mall* y solo una tienda pequeña.

Rehenes americanos recuperaron sus extremidades en implosiones de bombas en la guerra de Afganistán.

El cohete del Opportunity Rover «aterrizó» con las llamas entrando a sus propulsores.

Más y más atrás…

Y las torres gemelas surgieron de la polvareda y vomitaron al avión terrorista.

Los autos fueron hacia atrás.

Millones de personas volvieron a preocuparse, creyendo que el mundo se acabaría con la llegada del nuevo milenio.

Un Pancracio de unos treinta años y de oscuro pelo negro, con una brocha y pintura blanca y moviendo su mano hacía la izquierda, «desescribió» en la vidriera las palabras «Imprenta Alfa»

Silvano Nikolichi le regresó notas al órgano y Milena, siendo niña, devolvió su primera bicicleta en la pequeña multitienda Curicó junto a su mamá. Las lágrimas de Milena volvieron a sus ojos mientras ella sacaba la mano y su camisa de la gran y nueva impresora de fierro de los viejitos.

En ese momento, el tiempo dejó de retroceder y un destello horizontal surcó el cielo.

Y el tiempo volvió a correr.

1 (17)

EL TIEMPO ES CAPRICHOSO y no sucede igual dos veces.

Milena, una niña cachetona y con peinado de lado, mientras jugaba con esa gran impresora nueva, vio, a través de la vidriera, una luz que surcó el cielo.

—¡Mira, mamá! ¡Un ovni!

El destello fue a esconderse tras el cerro Condell. Por muy raro que pareciera, la mamá de Milena, la señora Plata, no tuvo la más mínima idea del suceso, pues esta dele que habla con los señores Pancracio y Concrecio. Por esa actitud negligente, la chomba de Milena estuvo a punto de quedarse atascada, de no ser porque sucedió algo inusual:

—¡Mire, señora Plata! —exclamó Pancracio con un grave vozarrón—. ¡Hay un destello en el cielo!

Entre su camisa se dejaba ver una frondosa alfombra de vellos pectorales.

Pancracio sintió una pequeña descarga eléctrica en su codo, algo más fuerte que los comunes cosquilleos eléctricos producidos por la estática que impregna algunos objetos.

Era el destello del reseteo del tiempo.

La señora Plata lo observó. Su conversación se interrumpió, así que atinó a ver, como por costumbre, a su hija Milena. Ya su chomba había empezado a entrar en la impresora.

Pero la señora Plata estaba atenta y pudo salvar a tiempo a la tierna Milena sin que sufriera rasguño alguno en su camisa nueva.

—Te salvaste, mi niñita —le dijo la señora Plata.

De no ser así, de no haber salvado a Milena del atrapamiento, quién sabe qué trauma habría desarrollado, con qué carácter y motivaciones hubiera crecido la mocosa y solo Dios sabe qué historia se hubiese contado.

En eso, mientras la señora Plata, agachada, le arreglaba el pelo y le ponía la chomba de nuevo, al otro lado de la vidriera, una señora de hermosos y tubulares rulos dorados, la mamá de Eduardo, que estaba en sus cuarenta, les lanzó una mirada de ternura.

La señora iba acompañada de un niño, Eduardo, que miró a Milena con curiosidad y urgencia, pues repetía una y otra vez: «Me hago pipí, me hago pipí», al otro lado de la vidriera.

Milena lo saludó ondeando la mano, mientras dejaba escapar una tierna sonrisa.

—Este es un buen lugar para que entremos —dijo la mamá de Eduardo—. ¡Si tan solo no hubieses tomado tanto jugo, no tendríamos que pasar estas vergüenzas!

La joven mamá de Eduardo pasó por el lado de Milena, quien no dejaba de sonreírle al pequeño que solo atinaba a poner sus manos en la entrepierna y apretar.

Una vez que salieron del baño, la madre de Eduardo se puso a conversar con Pancracio.

—Muchas gracias, caballero. De no ser por usted, mi hijo se hubiera hecho en los pantalones. ¡Eduardo, dale las gracias al hombre!

—Gracias, señor —dijo Eduardo.

—De nada, pequeño. Cuando quieras, date una vuelta por aquí y podrás imprimir lo que quieras. Podemos hacerte lindos cómics encuadernados.

Eduardo no siguió la conversación. Estaba pendiente de Milena, que no dejaba de reírse.

—¿Acaso tengo cara de payaso? —le preguntó Eduardo.

—Casi te haces, ¡qué gracioso eres!

—Eres fea.

—Eso es mentira. Además, no me importa, porque mi mamá hoy me va a comprar una bicicleta nueva. Mi mamá me puede comprar todo, todo lo que quiero. Mi mamá tiene mucho dinero, mucho más que la tuya…

—¡A ver, Milena! —la retó la señora Plata—. ¿Qué te he enseñado sobre no andar demostrando nuestra situación?

—Déjelos, solo son juegos de niños —dijo la mamá de Eduardo—. Solo lo dice en broma. Además…

La mamá de Eduardo, la señora Laura, se quedó viendo un póster pegado detrás del mostrador.

Era una hoja de oficio con tipografía demasiado llamativa para una época en la que casi no había computadoras.

El póster decía:

¿Es su hijo demasiado inteligente para su clase?

¿Siente que sus capacidades y talento se están desperdiciando?

No lo piense más e inscriba a su hijo en el programa de intercambio que el gobierno de Chile tiene para estudiar en Princeton y luego poder ingresar a la prestigiosa Universidad de Princeton…

—Veo que le gustó el póster que imprimí —dijo Pancracio—. El alcalde me dio la información de una beca totalmente gratuita para estudiar en gringolandia y, para captar postulantes, intenté hacer un póster llamativo. Allá les dan de todo a los niños: educación, deporte, salidas a la bahía de vez en cuando… en resumen, todo un futuro. Es una oportunidad irrepetible.

—¡No, po, es de lo mejor! —exclamó la señora Laura—. Y hasta se podría quedar donde mi hermana, que vive en Baltimore. Queda un poco lejos, pero igual le servirá.

La señora Laura no cabía en sí de tanta emoción, y le dijo al pequeño:

—¡Mira, Eduardo! ¡Ahí está tu futuro, en Estados Unidos!

Milena creció sana y sin traumas.

Como jamás quedó atrapada en alguna impresora o aparato similar, nunca desarrolló una irracional fobia a los aparatos mecánicos grandes.

De todos modos, se hizo millonaria y adquirió la tienda Multicuricó.

Con el pasar de las décadas, terminó transformando la multitienda en un *mall*, pero, cuando vio que le faltaban estacionamientos y que la imprenta vecina le brindaría ese espacio extra necesario, se conformó con tener menos cupos para autos, aunque eso implicase tener menos clientes.

Por su parte, Eduardo, luego de ganarse la beca para estudiar en Estados Unidos y vivir un par de años ahí, en Baltimore, junto a su tía Eulalia, se volvió todo un estadounidense. Cantó el himno gringo como si fuera el suyo, cambió los dieciocho de septiembre por los cuatro de julio, las empanadas por *hot dogs*, las cazuelas por McDonald's y la cueca por el *country*.

Tuvo una novia hasta los dieciocho, edad en que, para dejar su pasado chilensis atrás, optó por cambiarse el nombre a Edward. Ya en sus estudios superiores en Harvard, tuvo innumerables distinciones, siendo considerado un niño prodigio, un genio de tomo y lomo. No conforme con cambiarse el nombre, instó a que sus padres chilenos se fueran a vivir con él a Maryland y que se cambiaran el nombre de Luis y Laura a Louis y Lorraine.

A su vez, Concrecio se inspiró en el tesón de la señora Laura y en el sueño del niño, pues la mamá de Eduardo recibió no uno, sino tres rechazos de parte del gobierno gringo en sus tentativas de ganarse la beca en Princeton para su hijo.

En los momentos en que Concrecio sentía que todo estaba perdido, recordaba el empeño de Laura, y eso le permitió no amargarse mientras se hacía viejo y esforzarse al máximo cada día.

Y su positivismo tendría recompensa.

Cuando Concrecio cumplió los cuarenta y cinco, escuchó en la radio una noticia que le cambió la vida.

—*Radio Lola informa: Edward Witten, el chileno nacionalizado estadounidense, se acaba de ganar una beca en la Universidad de Princeton. Con solo quince años, y con notas absurdamente sobresalientes, representa una renovación, un soplo de frescura en el estudio de la teoría cuántica de campos y de cuerdas.*

—Si ese chiquillo que nació acá logró eso, ¿cómo yo no voy a ser capaz de ir adonde Segismunda y declararle mi amor?

Entonces Concrecio, siempre recordando los logros de Eduardo, se propuso, libre de toda amargura y duda, conquistar a Segismunda a como diera lugar.

Y lo haría.

Desde sus cuarenta y cinco, todos los domingos sin excepción alguna, saldría a pasear de la mano con ella por la alameda y el cerro Condell, comer un helado sentados en la plaza de Curicó y amarla en los momentos en que Chiloé, la nieta de Segismunda, no se encontraba en casa.

Edward Witten, sujeto real cuya historia alternativa contada en este libro nadie recordará, se volvió el físico más prestigioso y reconocido a nivel mundial, un *rockstar*, el mismísimo sucesor de Einstein.

Ya para los cincuenta, Edward había aportado a la ciencia, entre muchas otras contribuciones, su prueba de la positividad de la energía en la teoría general de la relatividad, su trabajo sobre supersimetría, su introducción de la teoría cuántica de campos topológicos, su trabajo sobre simetría especular y teoría gauge, y su conjetura de la existencia de la teoría M.

Sus aportes fueron tan universales que llegó a ganarse la medalla Fields, premio que por lo general solo reciben matemáticos, siendo el primer físico en obtener dicha distinción.

Edward tuvo dos hijas con su esposa, Xiara Nappi, llamadas Daniela e Ilana.

Concrecio tuvo siete con Segismunda: Domitila, Pancracia, Tránsita, Elígido, Fer, Raichi y, por supuesto, Edward, en honor al chico que lo inspiró en una linda historia que sí pasó.

Lecturas recomendadas

El retorno de las almas. Un viaje en el tiempo (Fernando Souper)

Una palabra que no existe (Vanessa María Ortiz Sánchez-Navarro)

El hombre que no envejecía (Francisco J. Bonnemaison)

Un lugar hermoso para quedarse (Carolina Vázquez)

www.ingramcontent.com/pod-product-compliance
Lightning Source LLC
Chambersburg PA
CBHW051819150726
47998CB00001B/207